岩 波 文 庫

31-042-12

花火・来訪者

他十一篇

永井荷風作

目　次

花火

午飯の箸を取ろうとした時ぽんと何処《どこ》かで花火の音がした。梅雨《つゆ》も漸《ようや》く明けぢかい曇った日である。涼しい風が絶えず窓の簾《すだれ》を動かしている。見れば狭い路次裏の家々には軒並《のきなみ》に国旗が出してあった。国旗のないのはわが家の格子戸ばかりである。わたしは始めて今日は東京市欧洲戦争講和記念祭の当日であることを思出《おもいだ》した。

午飯をすますとわたしは昨日《きのう》から張りかけた押入の壁を張ってしまおうと、手拭《てぬぐい》で斜《ななめ》に片袖を結び上げて刷毛《はけ》を取った。

去年の暮押詰《おしつま》って、しかも雪のちらほら降り出した日であった。この路次裏の家に引《ひき》越《こ》したその日から押入の壁土《かべつち》のざらざら落ちるのが気になってならなかったが、いつかその儘《まま》半年たってしまったのだ。

過ぐる年まだ家には母もすこやかに妻もあった頃、広い二階の縁側で穏かな小春の日を浴びながら蔵書の裏打をした事があった。それから何時《いつ》ともなくわたしは用のない退屈な折々糊仕事をするようになった。年をとると段々妙な癖が出る。
わたしは日頃手習《てならい》した紙片《かみぎれ》やいつ書捨てたとも知れぬ草稿のきれはし、また友達の文《ふみ》反古《ほご》なぞ、一枚一枚何が書いてあるかと熱心に読み返しながら押入の壁を張って行った。花火はつづいて上る。

しかし路次の内は不思議なほど静かである。表通りに何か事あれば忽《たちま》ちあっちこっちの格子戸の明《あ》く音と共に駈け出す下駄の音のするのに、今日に限って子供の騒ぐ声もせず近所の女房の話声《はなしごえ》も聞こえない。路次のつき当りにある鍍金屋《めっきや》の鑢《やすり》の響きもせぬ。みんな日比谷か上野へでも出掛たにちがいない。花火の音につれて耳をすますとかすかに人の叫ぶ声も聞える。わたしは壁に張った草稿を読みながら、ふと自分の身の上がいかに世間から掛離れているかを感じた。われながら可笑《おか》しい。また悲しいような淋しいような気もする。何故《なぜ》というにわたしは鞏固《きょうこ》な意志があって殊更《ことさら》世間から掛離れようと思った訳でもない。いつとなく知らず知らずこういう孤独の身になってしまったからである。世間と自分との間には今何一つ直接の連絡もない。

涼しい風は絶えず汚れた簾を動かしている。曇った空は簾越しに一際《ひときわ》夢見るが如くどんよりとしている。花火の響《ひびき》はだんだん景気よくなった。わたしは学校や工場が休《やすみ》になって、町の角々に杉の葉を結びつけた緑門《アーチ》が立ち、表通りの商店に紅白の幔幕が引かれ、国旗と提灯《ちょうちん》がかかげられ、新聞の第一面に読みにくい漢文調の祝詞《しゅくし》が載せられ、人がぞろぞろ日比谷か上野へ出掛ける。どうかすると芸者が行列する。夜《よ》になると提灯行列がある。そして子供や婆さんが踏殺《ふみころ》される……………そう云う祭日のさまを思い浮べた。これは明治の新時代が西洋から模倣して新《あらた》に作り出した現象の一である。東京市民が無邪気に江戸時代から伝承して来た氏神の祭礼や仏寺の開帳とは全くその外形と精神とを異にしたものである。氏神の祭礼には町内の若者がたらふく酒に喰酔《くらいよ》い小僧や奉公人が強《こわ》飯《めし》の馳走にありつく。新しい形式の祭には屢々《しばしば》政治的策略が潜んでいる。

わたしは子供の時から見覚えている新しい祭日の事を思い返すともなく思い返した。

明治二十三年の二月に憲法発布の祝賀祭があった。おそらくこれがわたしの記憶する社会的祭日の最初のものであろう。数えて見ると十二歳の春、小石川の家にいた時である。寒いので何処へも外へは出なかったがしかし提灯行列というものの始まりはこの祭日からである事をわたしは知っている。また国民が国家に対して「万歳」と呼ぶ言葉を覚えたのも確かこの時から始ったように記憶している。何故というに、その頃わたしの父親は帝国大学に勤めて居られたが、その日の夕方草鞋《わらじ》ばきで赤い襷《たすき》を洋服の肩に結び赤い提灯を持って出て行かれ夜晩《よるおそ》く帰って来られた。父はその時今夜は大学の書生を大勢引連れ二重橋へ練り出して万歳を三呼した話をされた。万歳と云うのは英語の何とやらいう語《ことば》を取ったもので、学者や書生が行列して何かするのは西洋にはよくある事だと遠い国の話をされた。しかしわたしには何となく可笑しいような気がしてよくその意味がわからなかった。

尤《もっと》もその日の朝わたしは高台の崖の上に立っている小石川の家の縁側から、いろいろな旗や幟《のぼり》が塀外の往来を通って行くのを見た。そして旗や幟にかいてある文字によって、わたしはその頃見馴れた富士講や大山参《おおやままいり》なぞとその日の行列とは全く性質の異《ちが》ったものである事だけは、どうやら分っていたらしい。

大津の町で露西亜《ロシア》の皇太子が巡査に斬られた。この騒《さわぎ》には一国を挙げて朝野共に震駭《しんがい》したのは事実らしい。子供ながらわたしは何とも知れぬ恐怖を感じた事を記憶している。その頃加藤清正がまだ朝鮮に生きているとか。西郷隆盛が北海道にかくれていて日本を助けに来るとかいう噂があった。しかもかくの如き流言蜚語《ひご》が何とも知れず空恐《そらおそろ》しく矢張わたし等《ら》子供の心を動かした。今から回想するとその頃の東京は、黒船の噂をした江戸時代と同じように、ひっそりして薄暗く、路行《みちゆ》く人の雪駄《せった》の音静《しずか》に犬の声さびしく、西風《にしかぜ》の樹を動かす音ばかりしていたような気がする。

祭と騒動とは世間のがやがやする事において似通っている。

十六の年の夏大川端《おおかわばた》の水練場に通っていた。或日《あるひ》の夕方河の中からわたしは号外売が河岸通《かしどおり》をば大声に呼びながら馳《か》けて行くのを見た。これが日清戦争の開始であった。翌年小田原の大西病院というに転地療養していた時馬関条約が成立《なりた》った、しかし首都を離れた病院の内部にはかの遼東《りょうとう》還附に対する悲憤の声も更に反響を伝えなかった。わたしはただ薬局の書生が或朝大きな声で新聞の社説を朗読しているのを聞いたばかりである。わたしはその頃から博文館が出版し出した帝国文庫をば第一巻の太閤記から引続いて熱心に読み耽《ふけ》っていた。夏は梅の実熟し冬は蜜柑の色づく彼の小田原の古駅《こえき》はわたしには一生の中《うち》最も平和幸福なる記憶を残すばかりである。

明治三十一年に奠都《てんと》三十年祭が上野に開かれた。桜のさいていた事を覚えているので四月初めにちがいない。式場外の広小路で人が大勢踏み殺されたという噂があった。

明治三十七年日露の開戦を知ったのは米国タコマにいた時である。わたしは号外を手にした時無論非常に感激した。しかしそれは甚《はなはだ》幸福なる感激であった。わたしは元寇《げんこう》の時のように外敵が故郷の野を荒し同胞を屠《ほふ》りに来るものとは思わなかった。万々一非常に不幸な場合になったとしても近世文明の精神と世界国際の関係とは独り一国をしてかくの如き悲境に立至《たちいた》らしめる事はあるまいと云うような気がした。基督教《キリスト》の信仰と羅馬《ローマ》以降の法律の精神にはまだまだ憑拠《ひょうきょ》するに足るべき力があるもののように思いなしていたのだ。いかに戦争だとて人と生れたからにはこの度《たび》独逸《ドイツ》人が白耳義《ベルジック》においてなしたような罪悪を敢《あえ》てし得るものではないと思っていたのだ。つまりわたしは号外を見て感激したけれど、しかし直《ただち》に父母の身の上を憂うる程《ほど》切迫した感情を抱かなかったのである。ましてや報道は悉《ことごと》く勝利である。戦捷《せんしょう》の余栄はわたしの身を長く安らかに異郷の天地に遊ばせてくれたので、わたしは三十八年の真夏東京の市民がいかにして市内の警察署と基督教の教会を焼いたか、また巡査がいかにして市民を斬ったかそれ等の事は全く知らずに年を過した。

明治四十四年慶応義塾に通勤する頃、わたしはその道すがら折々四谷の通で囚人馬車が五、六台も引続いて日比谷の裁判所の方へ走って行くのを見た。わたしはこれまで見聞《けんもん》した世上の事件の中で、この折程云うに云われない厭《いや》な心持《こころもち》のした事はなかった。わたしは文学者たる以上この思想問題について黙していてはならない。小説家ゾラはドレフュー事件について正義を叫んだ為め国外に亡命したではないか。しかしわたしは世の文学者と共に何も言わなかった。わたしは何となく良心の苦痛に堪えられぬような気がした。わたしは自ら文学者たる事について甚しき羞恥を感じた。以来わたしは自分の芸術の品位を江戸作者のなした程度まで引下げるに如《し》くはないと思案した。その頃からわたしは煙草入をさげ浮世絵を集め三味線をひきはじめた。わたしは江戸末代の戯作者《ぎさくしゃ》や浮世絵師が浦賀へ黒船が来ようが桜田御門で大老が暗殺されようがそんな事は下民《げみん》の与《あずか》り知った事ではない――否《いな》とやかく申すのは却《かえっ》て畏《おそれ》多い事だと、すまして春本や春画をかいていたその瞬間の胸中をば呆れるよりは寧《むし》ろ尊敬しようと思立《おもいた》ったのである。

かくて大正二年三月の或日、わたしは山城河岸の路次にいた或女《あるおんな》の家で三味線を稽古していた。(路次の内ながらささやかな潜門《くぐりもん》があり、小庭があり、手水鉢《ちょうずばち》のほとりには思いがけない椿の古木があって四十雀《しじゅうから》や藪鶯《やぶうぐいす》が来る。建込んだ市中の路次裏には折々思いがけない処に人知れぬ静かな隠宅と稲荷の祠《ほこら》がある。)その時俄《にわか》に路次の内《なか》が騒しくなった。溝板《どぶいた》の上を駈け抜ける人の足音につづいて巡査の佩剣《はいけん》の音も聞えた。それが為めか中央新聞社の印刷機械の響きも一しきり打消されたように聞えなくなった。わたしは潜門をあけてそっと首を出して見た。牛乳配達夫のような足袋跣足《たびはだし》にメリヤスの襯衣《シャツ》を着て手拭《てぬぐい》で鉢巻をした男が四、五人堀端《ほりばた》の方へと路次をかけ抜けて行った。その後から近所の出前持が斜向《すじむこう》の家の勝手口で国民新聞焼打の噂を伝えていた。わたしは背伸をして見た。しかし烟《けむり》も見えぬので内《うち》へ入るとその儘《まま》ごろりと昼寝をしてしまった。置炬燵《おきごたつ》が誠に具合よく暖かであったからである。夕飯《ゆうめし》をすまして夜も八時過、あまり寒くならぬ中《うち》家へ帰ろうと数寄屋橋へ出た時巡査派出所の燃えているのを見た。電車は無い。弥次馬で銀座通は年の市よりも賑かである。辻々の交番が盛《さかん》に燃えている最中である。道路《みち》の真中《まんなか》には石油の鑵《かん》が投出《なげだ》されてあった。

日比谷へ来ると巡査が黒塀を建てたように往来を遮っている。暴徒が今しがた警視庁へ石を投げたとか云う事である。わたしは桜田本郷町の方へ道を転じた。三十八年の騒ぎの時巡査に斬られたものが沢山あったという話を思出したからである。虎の門外《そと》でやっと車を見付けて乗った。真暗な霞ケ関から永田町へ出ようとすると各省の大臣官舎を警護する軍隊でここもまた往来止めである。三宅坂へ戻って麴町の大通りへ廻り牛込のはずれの家へついたのは夜半過《よなかすぎ》であった。

世の中はその後静《のちしずか》であった。

大正四年になって十一月も半頃《なかばごろ》と覚えている。都下の新聞紙は東京各地の芸者が即位式祝賀祭の当日思い思いの仮装をして二重橋へ練出し万歳を連呼する由を伝えていた。かかる国家的並《ならび》に社会的祭日に際して小学校の生徒が必ず二重橋へ行列する様になったのも思えばわたし等が既に中学校へ進んでから後《のち》の事である。区役所が命令して路次の裏店《うらだな》にも国旗を掲げさせる様にしたのもまた二十年を出《い》でまい。この官僚的指導の成功は遂に紅粉《こうふん》売色の婦女をも駆って白日大道を練行かせるに至った。現代社会の趨勢はただただ不可思議と云うの外はない。この日芸者の行列はこれを見んが為めに集り来《きた》る弥次馬に押返され警護の巡査仕事師も役に立たず遂に滅茶滅茶になった。その夜わたしはその場に臨んだ人からいろいろな話を聞いた。最初群集の見物は静かに道の両側に立って芸者の行列の来るのを待っていたが、一刻一刻集り来る人出に段々前の方に押出され、軈《やが》て行列の進んで来た頃には、群集は路の両側から押され押されて一度にどっと行列の芸者に肉迫した。行列と見物人とが滅茶滅茶に入り乱れるや、日頃芸者の栄華を羨む民衆の義憤はまた野蛮なる劣情と混じてここに奇怪醜劣なる暴行が白日雑沓の中《うち》に遠慮なく行われた。芸者は悲鳴をあげて帝国劇場その他附近の会社に生命からがら逃げ込んだのを群集は狼のように追掛け押寄せて建物の戸を壊し窓に石を投げた。その日芸者の行《ゆく》衛《え》不明になったものや凌辱の結果発狂失心したものも数名《すめい》に及んだとやら。しかし芸者組合は堅くこの事を秘し窃《ひそか》に仲間から義捐金を徴集してそれ等の犠牲者を慰めたとか云う話であった。

昔のお祭には博徒の喧嘩がある。現代の祭には女が踏殺される。

大正七年八月半《なかば》、節は立秋を過ぎて四、五日たった。年中炎暑の最も烈しい時である。

井上唖々《いのうえああ》君とその頃発行していた雑誌花月の編輯を終り同君の帰りを送りながら神楽坂まで涼みに出た。肴町《さかなまち》で電車を下ると大通りはいつものように涼みの人出で賑っていたが夜店の商人は何やら狼狽《うろた》えた様子で今がた並べたばかりの店をしまいかけている。夕立が来そうだというのでもない。心付けば巡査が頻《しきり》に往《い》ったり来たりしている。横町へ曲って見ると軒を並べた芸者家は悉《ことごと》く戸をしめ灯を消しひっそりと鳴《なり》を静めている。再び表通りへ出てビーヤホールに休むと書生風の男が銀座の商店や新橋辺の芸者家の打壊《うちこわ》された話をしていた。

わたしは始めて米価騰貴の騒動を知ったのである。しかし次の日新聞の記事は差止めになった。後になって話を聞くと騒動はいつも夕方涼しくなってから始まる。その頃は毎夜月がよかった。わたしは暴徒が夕方涼しくなって月が出てから富豪の家を脅かすと聞いた時何となく其処《そこ》に或《ある》余裕があるような気がしてならなかった。騒動は五、六日つづいて平定した。丁度雨が降った。わたしは住古《すみふる》した牛込の家をばまだ去らずにいたので、久しぶりの雨と共に庭には虫の音《ね》が一度に繁くなり植込に吹き入る風の響にいよいよその年の秋も深くなった事を知った。

やがて十一月も末近くわたしは既に家を失い、これから先何処《いずこ》に病軀をかくそうかと、目当もなく貸家をさがしに出掛けた。日比谷の公園外《そと》を通る時一隊の職工が浅黄《あさぎ》の仕事着をつけ組合の旗を先に立てて隊伍整然と練り行くのを見た。その日は欧洲休戦紀念の祝日であったのだ。病来久しく世間を見なかったわたしは、この日突然東京の街頭に曽《かつ》て仏蘭西《フランス》で見馴れたような浅黄の労働服《ブルーズ》をつけた職工の行列を目にして、世の中はかくまで変ったのかと云うような気がした。目のさめたような気がした。

米騒動の噂は珍らしからぬ政党の教唆によったもののような気がしてならなかったが、洋装した職工の団体の静《しずか》に練り行く姿には動かしがたい時代の力と生活の悲哀が現われているように思われた。わたしは既に一昔も前久《ひさ》し振《ぶり》に故郷の天地を見た頃考えるともなく考えたいろいろな問題をば、ここに再び思い出すともなく思い出すようになった。目に見る現実の事象はこの年月耽りに耽った江戸回顧の夢から遂にわたしを呼覚《よびさま》す時が来たのであろうか。もし然《しか》りとすればわたしは自らその不幸なるを嘆じなければならぬ。

花火は頻《しきり》に上っている。わたしは刷毛《はけ》を下に置いて煙草を一服しながら外を見た。夏の日は曇りながら午《ひる》のままに明るい。梅雨晴の静な午後と秋の末の薄く曇った夕方ほど物思うによい時はあるまい…………。

（大正八年七月稿）

曇天

衰残《すいざん》、憔悴《しょうすい》、零落《れいらく》、失敗。これほど味《あじわ》い深く、自分の心を打つものはない。暴風《あらし》に吹きおとされた泥の上の花びらは、朝日の光に咲きかける蕾《つぼみ》の色よりも、どれほど美しく見えるであろう。捨てられた時、別れた後、自分は初めて恋の味いを知った。平家物語は日本に二ツと見られぬ不朽のエポッペエである。もしそれ、光栄ある、ナポレオンの帝政が、今日《こんにち》までもつづいて居たならば、自分はかくまで烈しく、フランスを愛し得たであろうか。壮麗なるコンコルトの眺めよ。そは戦敗の黒幕に蔽われ、手向《たむけ》の花束にかざられたストラスブルグの石像あるがために、一層偉大に、一層幽婉になったではないか。凱旋門をばあれほど高く、あれほど大きく、打仰《うちあお》ごうとするには、是非ともその下で、乱入した独逸人《ドイツじん》が、シュツベルトの進行曲を奏したと云う、屈辱の歴史を思返す必要がある。後世のギリシヤ人は太古祖先の繁栄を一層強く引立たせる目的で、わざわざ土耳古人《トルコじん》に虐げられて居たのではあるまいか、自分は日本よりも支那を愛する。暗鬱悲惨なるが故《ゆえ》にロシヤを敬う。イギリス人を憎む。エジプト人をゆかしく思う。官立の大学を卒業し、文官試験に合格し、局長や知事になった友達は自分の訪ねようとする人ではない。華族女学校を卒業して親の手から夫の手に移され、児《こ》を産んで愛国婦人会の名誉会員になっている女は、自分の振向こうとする人ではない。自分は汚名を世に謳われた不義の娘と腕を組みたい。嫌われた上句《あげく》に無理心中して、生残った男と酒が飲みたい。晴れた春の日の、日比谷公園に行くなかれ。雨の降る日に泥濘《でいねい》の本所を散歩しよう。鳥うたい草薫る春や夏が、田園に何の趣きを添えようか。曇った秋の小径の夕暮に、踏みしく落葉の音をきいて、はじめて遠く、都市を離れた心になる……

自分は何となく気抜けした心持で、昼過ぎに訪問した友達の家を出た。友達は年久しく恋していた女をば、両親の反対やら、境遇の不便やら、さまざまな浮世の障害を切抜けて、見初《みそ》めて後の幾年目《いくねんめ》、やッとの事で新しい家庭を根岸に造ったのだ。その喜ばしい報道に接したのは、自分が外国へ行って丁度二年目、日本では梅が咲く、しかしかの国ではまだ雪が解けない春の事で、自分は遠からず故郷へ帰ったならば、何はさて置き、わが出発の昔には、不幸な運命に泣いてのみ居た若い男、若い女、今では幸福な夫と妻、その美しい姿を見て、心のかぎり喜びたいと思っていた。しかし自分はどうした訳《わけ》であろう。ただ何と云う事もなくがっかりしたのだ。一種の悲愁と、一種の絶望を覚えたのだ。ああ、どうしたわけであろう。どうしたわけであろう。

毎日の曇天。十一月の半過《なかば》ぎ。寂《しん》とした根岸の里。湿った道の生垣つづき。自分はひとり、時雨《しぐれ》を恐れる蝙蝠傘《こうもりがさ》を杖にして、落葉の多い車坂を上《あが》った。巴里《パリー》の墓地に立つ悲しいシープレーの樹を見るような真黒な杉の立木に、木陰の空気は殊更に湿って、冷《ひや》やかに人の肌をさす。

淋しくも静かに立ち連《つらな》った石燈籠の列を横に見て、自分は見晴しの方へと、灰色に砂の乾いた往来の導くままに曲って行った。危《あやう》い空模様の事とて人通りは殆《ほとん》どない。処々の休茶屋《やすみぢゃや》の、雨ざらしにされた床几《しょうぎ》の上には、枯葉にまじって鳥の糞が落ちている。幾匹と知れぬ鴉の群ればかり、霊廟《おたまや》の方から山王台まで、さしもに広い上野の森中せましと騒ぎ立てて居る。その厭《いと》わしい鳴声は、日の暮れが俄《にわ》かに近《ちか》づいて来たように、何と云う訳もなく人の心を不安ならしめる。自分は黒い杉の木立の間をば、脚絆《きゃはん》に手甲《てっこう》がけ、編笠かぶった女の、四人五人、高箒《たかほうき》と熊手を動《うごか》し、落葉枯枝《かれえだ》をかきよせているのをば、時々は不思議そうに打眺《うちなが》めながら、摺鉢山《すりばちやま》の麓を鳥居の方へと急いだ。掻寄《かきよ》せられた落葉は道の曲角《まがりかど》に空地も同様に捨てられた墓場の隅、または赤土の崩れから、杉の根が痩せひからびた老人の手足のように、気味わるく這い出している往来際に、うず高く積み上げられ、番する人もなく、燃るがままに燃されている。しかし閃《ひらめ》き出《いず》る美しい焰はなくて、真青《まっさお》な烟《けむり》ばかりが悩みがちに湧出《わきいだ》し、地湿りの強い匂いを張らせて、小暗《おぐら》い森の梢高く、からみつくように、うねりながら昇って行く。ああ、静かな日だ、淋《さむ》しい昼過ぎだ、と思うと、自分は訳もなく、その辺に冷たい石でもあらば腰かけて、自分にも解らぬ何事かを考えたくて堪《たま》らなくなった。

しかし突然、道は開けて、いそがし気に車の馳せ過ぎる鳥居前の大通りに出た。大通の両側、土手の中腹の其処此処《そここ》に、幾時代を経たとも知れぬ松の大木がある。松の大木は如何《いか》なる暴風、如何なる地震が起っても倒れはせぬ。如何なる気候の寒さが来ても枯れはせぬと云わぬばかり、憎々しく曇天の空に繁り栄えて、自分がその瞬間の感想に対して、驚くほど強い敵意を示すものの如く思われた。すると、その憎らしい幹の間から、向うに見下す不忍《しのばず》の池一面に浮いている破《や》れ蓮の眺望《ながめ》が、その場の対照として何とも云えず物哀れに、乃《すなわ》ち、何とも云えず懐しく、自分の眼に映じたのである。敗荷《はいか》、ああ敗荷よ。さながら人を呼ぶ如く心に叫んで、自分は最早《もは》や随分歩きつかれていながらも、広い道を横切り、石段を下りて、また石橋を渡った。

雨に剝げた渋塗《しぶぬ》りの門をくぐって、これも同じく、朱塗りの色さめた弁天堂の裏手へ進んで行くと、ここにも恐しいほどな松の大木が、そのあたりをば一段小暗《こぐら》くして、物音は絶え、人影は見えない浮島のはずれ。自分はいいところを見付けたと喜んで、松の根元の捨石に労《つか》れた腰を下した。松の根は巌《いわ》の如く、狭い土地一面に張り出していて、その上には小さい木箱のような庚申塚《こうしんづか》、すこし離れて、冬枯れした藤棚の下には、帝釈《たいしゃく》天《てん》を彫り出した石碑が二ツ三ツ捨てたように置いてある。蜘蛛のようにその肩から六本の手を出したこの異様な偶像は、あたりの静寂を一層強めるばかりでなく、その破損磨滅の彫刻が、荒廃の跡に対して誰《た》れもが感ずる、かの懐しい悲哀をも添えるのである。

空気は上野の森中《もりなか》よりも、一層湿気多く沈んでいる。今ではひろびろと遮るものなく望まれる曇った空は、暗い杉や松の梢の間から仰ぎ見た時よりも、一段低く、一段重く、落ちかかるように濁った池の泥水を圧迫している。泥水の色は毒薬を服した死人の唇《くち》よりも、なお青黒く、気味悪い。それを隔てて上野の森は低く棚曳《たなび》き、人や車は不規則にいかにも物懶《ものう》くその下の往来に動いているが、正面に聳える博覧会の建物ばかり、いやに近く、いやに大きく、いやに角張《かどば》って、いやに邪魔くさく、全景を我がもの顔にとがんばって居る。ああ、偉大なる明治の建築。偉大なる明治の建築は、如何にせば秋の公園の云いがたい幽愁の眺めを破壊し得らるるかと、非常な苦心の結果、新時代の大理想なる「不調和」と「乱雑」を示すべきサンボールとして設立されたものであろう。その粗雑なる、豪慢なる、俗悪なる態度は、丁度、娘を芸者にして、愚昧なる習慣に安んじ、罪悪に沈倫しながら、しかも穏かにその日を送って居る貧民窟へ、正義道徳、自由なぞを商売にとて、売りひろめに来た悪徳新聞の記者先生の顔を見るようだ、と自分は思った。

自分は実際心の底から、その現代的なるを嘆賞する。同時に自分は、現代的なるこの建築の前に、見るも痛ましく枯れ破れた蓮の葉に対しては、以前よりも一層烈しい愛情を覚えた。日本の蓮《ロータス》は動し難いトラジションを持っている。ギリシヤの物語で神女《ナンフ》が戯れ浮ぶ水百合《ネニユフワール》とは違う。五重の塔や、石燈籠や、石橋や、朱塗の欄干にのみ調和する蓮の葉は、自分の心と同じよう、到底強いものには敵対する事の出来ない運命を知って、新しい偉大な建築の前に、再び蘇生する事なく、一時《いっとき》に枯れ死して、わざわざ、ふてくされに、汚い芥《あくた》のようなその姿を曝《さら》しているのであろう。

曇った空は、いよいよ低く下りて来て、西東《にしひがし》、何方《どちら》へ吹くとも知れぬ迷った風が、折々さっと吹き下りる。その度毎《たびごと》に、破れた蓮の葉は、ひからびた茎《くき》の上にゆらゆら動く。その動きを支え得ずして、長い茎は已《すで》に真中から折れてしまったのも沢山ある。揺れて触れ合う破れ葉《やれは》の間からは、殆んど聞き取れぬ程《ほど》低い弱い、しかし云われぬ情趣を含んだ響《ひびき》が伝えられる。河風に吹かれる葦の戦《そよ》ぎとも、時雨《しぐれ》に打たれる木葉《このは》の呟《ささや》きとも違って、それは暗い夜、見えざる影に驚いて、塒《ねぐら》から飛立つ小鳥の羽音にも例《たと》えよう、生きた耳が聞分けると云うよりも、衰えた肉身にひそむ疲れた魂ばかりが直覚し得る声ならざる声である。

真珠のような銀鼠色した小鳥の群が、流るる星の雨の如く、破れ蓮にかくれた水の中から、非常な速度で斜めに飛び立った。空の光を受けた水の面《おもて》の遠い処は、破れ蓮の間々《あいだあいだ》を、眩《まぶ》しいほどに光っている。その光の増すにつれ、上野の森は次第に遠く見え、その上の曇った空は怪しくも低くなり、暗くなって行く。冬の夕暮が近付いて来たのだ。野鴨が二、三羽、真黒《まっくろ》な影かとばかり、底光りする水面に現れて、すぐまた隠れてしまった。けたたましい羽音と共に、烏《からす》の群れが、最初は二羽、それから三羽四羽と引きつづいて、自分の頭の上の松の木にとまって啼き出した。それに応えて、上野の森の方からは、なおも幾羽と知れず、後を追って飛んでくるらしい。松の実が二ツばかり、鋭い爪に摑まれた枝から落ちて、ピシャリと水の上に響いた。水の上に映って居る沈静した凡《すべ》ての物の影が、波紋と共にゆらゆら動いて、壁紙の絵模様のようになる……。面白い眺《ながめ》である。しかし自分は余りに騒がしく鳴き叫ぶ烏の声に急《せ》き立てられて、遂に水際の捨石から立上らねばならなくなった。

自分は今日始めて見る、名ばかし美しい観月橋《かんげつきょう》をば、心中非常な屈辱を感じながらも、仕方なしに本郷の方へと渡って行く。四、五日ほども引続いて、毎日曇っていた冬の空は、とうとう雨になった。満池の敗荷は丁度自分の別れを送る音楽の如く、荒涼落寞の曲を奏ではじめる。自分は外套の襟を立て返したばかりで傘はささず、考えるともなく、池と森とを隔てて、今日の昼過ぎ訪問した根岸の友達の事を考えながら歩いた。

池にのぞむ人家にはもう灯《ひ》がついている。それが美しく水に映る。自分はありあり友達夫婦の額を照らす、ランプの火影《ほかげ》を思い浮べた。火影は実に静かである。静かであるだけ、如何にも鈍い、薄暗い。ああ、恋の満足家庭の幸福と云うものは、かくまで人間を遅鈍にするものだろうか。一時《いちじ》二人の結婚は到底不可能だと絶望して居た時分、二人はまだ外国へ旅立たなかった自分の書斎を、せめてもの会合場にしていた。その頃、彼《か》の女《じょ》の若い悲しい眼の中には、何と云う深い光が宿っていたであろう。彼の男の光沢《つや》ある唇《くちびる》から出る声の底には、何と云う強い反抗の力が潜んでいたであろう。ああ、その頃二人は、如何に月の光を愛したか、如何に花の散るのを見て悲んだか。二人は自分と共々、青春に幸《さち》多い外国の生活、文学、絵画、音楽、社会主義、日々起る世間の出来事、何につけても、活々《いきいき》した感想を以てそれ等を論じた。わずか数年の後、恋の満足を遂げてしまった二人の男女は、自分が質問する日本の衣服の、その後における流行の変遷さえ多くは語らなかった。目下妊娠していて子供が男子であってくれればよいと云う事ばかり云っていた。夫は勤めている会社に、この儘《まま》、おとなしくさえして居れば、将来生活にこまる事はない。妻は下女のいいのが無くってこまると云う事を話した。

ああ、二人の胸には堪えがたい過去の追想も、止みがたい将来の憧憬《どうけい》もなくなったのだ。今頃二人は、時雨の音する軒の下で、昼過ぎ自分に話したような、同じ事を繰返しながら、ランプの光のかげに日本の習慣とてさも忙し気《いそがげ》に、晩飯をかき込んで居るのであろう。

自分はこれから何処《いずこ》に行こうか。雨は盛《さかん》に降ってくる。上野の鐘が鳴る前世紀の人達が幾百年聞き澄ましたそれと同じ寂滅無常の声。この声に促されて、東洋の都市は歓楽《よろこび》もなく、哀傷《かなしみ》もなく、ただ寝よ、早く寝よ、夢さえ見る事なく寝よとて暗くなって行くのだ。自分は、ヴェルレーヌの一句を思付いた。自分は日本の国土に、「あまりに早く生れ過ぎたか。あまりに晩《おそ》く生れ過ぎたか。」

怠倦

この春朝日新聞の紙上に「冷笑《れいしょう》」と云う小説を書いていた時に、自分はその日の朝机に向って書き綴った自分の文章が、毎日毎日機械的に翌日《あくるひ》の新聞紙に載っているものを見て、何となく自分もいよいよ小説家になった。作者になった。筆を家業にする専門家《くろうと》になったような心持《こころもち》がして何とも知れず一種の不安と不快とを覚えた。

今度は意外にも学校の教室に立って文学と云うものを講義せねばならなくなった。人生、芸術、美、空想、感動、幻影なぞと云う言語を無暗《むやみ》と口にするのが義務でもあり、職業でもあるような心持がしてまたまた新しい不安と不快とを覚える。

昨日《きのう》まで市《いち》に隠れて人に知られず、ただ恣《ほしいまま》なる空想の世界に放浪していた当時には、人生と云い芸術と云い美と云う言語は如何《いか》に尊《たっと》く懐しいものであったろう。何故ならばそれ等の言語はわが刹那刹那の感激によって我が目の前に閃《ひらめ》き過《す》ぐる幻《まぼろし》の影を捕えて、少くとも自分の生きている間は保存せらるべき記録を紙上に移して呉《く》れる唯一《ゆいつ》の媒介者であったからだ。

どうして自分は彼《あ》の時にはああ云う夢を見たか。どうしてその時にはそれを臆面もなく歌ったか。いかにするとも返っては来ぬ「時間」の隔離《へだて》を振返って今更改めてそれを説明せよと云うこんな無慈悲な事はない、無理な事はない。

もともと自分は己れを信ずる事のできぬ者である。自分は今までに一度だって世間に対して厚面《あつかま》しく何事をも主張したり教えたりした事はない。自分はただ訴えたばかりだ。泣いたばかりだ。しかし狂犬のように吠える事を欲せず、残《のこり》の蟲の如くに出来得べくば聞く人の耳に逆《さか》わないようにと心掛けたばかりである。それも強いて耳を傾けてくれと強請《ねだ》ったのではない。もし聞いてくれる人があったら非常に感謝する代《かわ》り、聞いて呉れないからとて怒りも悲しみもせぬ。釈迦や孔子や基督《キリスト》や、世界に二度現われない偉大な人物が人間と名のつくものは必ず耳を傾けてしかるべき彼れ程正しい道をば、あれ程熱心に献身的に説いて聞かしてさえも、人間は一向に良くなって行くような様子を見せないではないか。いつも相変らず罪の世の中、相変らず澆季《ぎょうき》の時代だ。釈迦でも孔子でもない小さな人間が、いか程躍起になって騒いでも、それが世に聞かれよう筈《はず》がないのは初めから解りきった話だ。解りきった話だから、自分は今日《こんにち》まで一度も宗教家や道徳家や教育家なぞになりたいという考えを起した事はない。

自分はこの頃その感情と境遇の矛盾に立って、それから生ずる不安の念をどうして静むべきものかを頻《しき》りに思い悩んでいる。

ここに世の中の凡《すべ》ての事を軽く視てその成り行きに任すと云う極めて不真面目な態度がある。そう物事を生真面目に堅苦しく生野暮《きやぼ》に考えても駄目だ。物事はなるようにしかならら無いと云う、つまり動揺に甘《あまん》じ朦朧《もうろう》不定不確実に安心する消極的の自暴自棄である。時代と群集に対して個人の意志人格の力を極めて小さなものと諦め、しかもそれを憤《いきどお》らずに嘲る事である。好んで嘲る訳《わけ》ではないが、憤った処で及ばぬ事と自分の力なさと助けなさとを能《よ》く知抜《しりぬ》いている為《た》めに、憤る訳にも行かないその怨恨――自分に対する怨恨を自分から慰めようとする結果が、止むを得ず嘲笑と云う逃げ道を見出すに至る事である。

こうなると、失敗もそれほど気にはならない代り成功もまたさほど嬉しくない。失敗は自分の力の足りない事を無論証拠立てているのであるが、しかし最初から自分を其様《そんな》に力のあるものと自惚《うぬぼ》れさえしていなければ左程《さほど》失敗せずにも済む事だし、また成功は自分が偉いのではなくて、世間が勝手次第に自分の実際よりも以上の価値をつけたので、乃《すなわ》ち買被《かいかぶ》ったものと見て仕舞えば、残る処は世間が頼まれもせぬのにその愚昧その不注意を表白したと云う事になるばかりだ。百日の説法屁《へ》一ツの譬《たとえ》、失敗ほど滑稽なものはない。同時に成功ほど内容の空虚な馬鹿馬鹿しい事はない。

何《いず》れの民族にもせよ、其処《そこ》に発生した一代の文明の究極する処は人心の廃頽衰微であろう。次第に老い行く欧洲近世の文明が仏蘭西《フランス》に詩人ボードレールを生んだ如く、東洋の江戸文明は夙《つと》に通人《つうじん》戯作者《ぎさくしゃ》俳諧師の思想中に、諸《あらゆ》る人間の感激熱情を滑稽的に解釈し、風流三昧と称する口実の下に、奮闘努力の世界から逃れて、唯我的思想の隔離を企てたような著しいデカダンスの傾向を示した事は、当時の文芸的作品によって伺い知る事が出来る。同時に吾人は仏蘭西のデカダンス思想の甚しく暗鬱に厭世的反抗的なるに反して江戸のデカダンス思想の、不思議な程軽快に楽天的で且《か》つ執着《しゅうじゃく》に乏しいそれ等の差別から、根本的に国民性の相違にも気付く事が出来る。

いずれにもせよ。デカダンス思想は、爛漫たる文明の花が開き得る限りその花弁《はなびら》を開かせて風もない黄昏《たそがれ》の微光の底に、今や散ろうか散るまいかと思悩《おもいなや》んでいる美しい疲労の態《さま》を意味するので、されば建国武勇の思想から見たならこれ程危険なこれ程恐しいものはあるまい。しかし仏陀の教《おしえ》にも諸行無常、生者必滅と云う事が云われてある。凡《およ》そ物極れば必ず尽るはこれ避くべからざる天然自然の法則である。一身の幸《さち》は軈《やが》て失われんが為めにのみ存在し、一国の運命は凡て滅びんが為めに栄ゆる。もしこれを避けんとせば宜しく最初から、栄え誇らんとする事なく、国家にしたならば永久に野蛮未開の地位に止《とどま》ってそれから一歩も進み出ぬようにしていなければならぬ。人智の開発進歩を教るは早晩何等かの結末に赴く一階段を占わすに外ならぬ。

学才に富み、智識豊かに、趣味高く、礼儀を喜び、人生の経験深く、喜怒哀楽の夢のかぎりを味《あじわ》い尽したものは、自然《おのず》と何事に対しても争闘する勇気が乏しくなる。争闘を恐れると云うよりは寧《むし》ろ、争闘の結果の甚《はなは》だつまらない事を予測するからである。予測しまいと思っても豊富緻密なる経験から自然と先きが見え透いて仕舞うからである。

歴史は羅馬人《ローマじん》がゼルマン民族に破られた事、平家が源氏に負けた事、支那歴代の帝国が北方の匈奴の侵略に苦しめられた事を語っている。生粋《きっすい》の江戸子《えどっこ》は地方の移住者の為めに全く敗れて河の彼岸に退却してしまった。

須田町《すだちょう》でも尾張町《おわりちょう》でも茅場町《かやばちょう》でも何処《どこ》でもよい、電車の乗換場の混雑は吾々に向って日々百巻の書物よりもなお有益な教訓を与えている。処世の方法を説明している。人より先《さき》ぜんと欲するものは実に乱暴である。勢《いきおい》がよい。気まりがわるい抔《など》と四辺《あたり》を顧《かえりみ》る余裕を許さぬ。何でも無理押しに押して行く。此処《ここ》に始めて成功があった。勝利があった。主義の徹底であった。主張の実行が見られるのであった。

先の大統領ルーズヴェルトは青年の鑑《かがみ》とすべき意志の英雄であろう。しかし自分の眼にはこの英雄を崇拝するに、その頸の余りに太く、その指の余りに不格恰《ぶかっこう》なるを奈何《いか》にせん……。

（四十三年五月）

銀座界隈

毎日同じように、繰返し繰返し営んでいるこの東京の都会生活のいろいろな事情が、世間的と非世間的との差別なく、この一、二年間はわけて、自分の身を銀座界隈に連れ出す機会を多からしめた。自分はつまり期せずして銀座界隈の種々なる方面の観察者になっていたのである。

不幸にして現代の政治家とならなかった自分は、まだ一度もあの貸座敷然たる外観を呈した松本楼の大玄関に車を乗りつける資格を持たなかったとは云え、夏の炎天にフロックコートを着て、帝国ホテルや、精養軒や、交詢社《こうじゅんしゃ》の石の階段を昇降する社交的光栄の義務を担ったこともある。気の置けない友達大勢と、有楽座、帝国劇場、歌舞伎座などを見物した折には、いつも劇場内の空気が特種の力を以て吾々を刺戟する精神の昂奮に、吾々はどうしてもその儘《まま》黙って、真暗《まっくら》な山の手の家に帰って寝て仕舞うには忍びず、燈火《あかり》の多いこの近辺の適当なる飲食店を見付けて、最終の電車のなくなるのも構わず、果てしのない劇評を戦わすのであった。

上野の音楽学校に開かれる演奏会の切符を売る西洋の楽器店は二軒とも、皆《みん》なの知っている通り銀座通りにある。新しい美術品の展覧場「吾楽《ごらく》」というものが建築されたのは八官町の通である。雑誌「三田文学」を発売する書肆は、築地の本願寺に近い処にある。華美《はで》な浴衣《ゆかた》を着た女達が大勢、殊に夜の十二時近くなってから、草花を買《かい》に来るお地蔵さまの縁日は、三十間堀の河岸《かし》通《どお》りである。

逢う毎にいつもその悠然たる貴族的態度の美と洗錬された江戸趣味の品性とが、自分をして坐《そぞ》ろに蔵前の旦那衆を想像せしむる、我が敬愛する下町の俳人某《なにがし》子の邸宅は、団十郎の旧宅とその広大なる庭園を隣り合せにしている。高い土塀と深い植込みとに、電車の響《ひびき》も自《おの》ずと遠い嵐のように軟《やわら》げられてしまうこの家《や》の茶室に、自分は折曲げて坐る足の痛さをも厭わず、幾度《いくたび》か湯のたぎる茶釜の調《しらべ》に、耳を澄まして、礼儀のない現代に対する反感を休めさせた。

建込《たてこ》んだ表通りの人家に遮ぎられて、すぐ真向《まむこう》に立っている彼《か》の高い本願寺の屋根さえ、何処《どこ》にあるのか分らぬような静《しずか》なこの辺の裏通には、正しい人達の決して案内知らぬ露地のような横町が幾筋もある。こう云う横町の二階の欄干から、自分は或《あ》る雨上りの夏の夜に、通り過る新内を呼び止めて、「酔月情話《すいげつじょうわ》」を語らせて喜んだ事がある。また梅が散る春寒《はるさむ》の昼過ぎ、磨硝子《すりガラス》の障子を閉めきった座敷の中は黄昏《たそがれ》のように薄暗く、老妓ばかりが寄集《よりあつま》った一中節《いっちゅうぶし》のさらいの会に、自分は光沢《つや》のない古びた音調の、ともすれば疲れ勝ちなる哀傷を味《あじわ》った事もあった。

しかしまた、自分の不幸なるコスモポリチズムは、自分をしてそのヴェランダの外なる植込みの間から、水蒸気の多い暖《あたたか》な冬の夜などは、夜の水と夜の月島と夜の船の影が殊更美しく見えるメトロポオル・ホテルの食堂を忘れさせない。世界の如何《いか》なる片隅をも我家のように楽しく談笑している外国人の中に交って、自分ばかりは唯《たっ》た独り、心淋しく傾けるキアンチの一壜に、年を追うて漸《ようや》く消えかかる遠い国の思出を呼び戻すのであった。

銀座界隈には何と云う事なく、凡《すべ》ての新しいものと古いものとがある。一国の首都がその権威と便利とを以て供給する凡ての物は、皆ここに集められてあるのだ。吾々は新しい流行の帽子を買うため、遠い国から来た葡萄酒を買うためにも、無論この銀座へ来ねばならぬが、それと同時に、有楽座などで聞く事を好まない「昔」の歌をば、成りたけ「昔」らしい周囲の中に聞き味おうとすれば矢張りこの辺の特種な限られた場所を選ばなければならない。

自分は折々天下堂の三階の屋根裏に上《あが》って、都会の眺望を楽しむ。山崎洋服店の裁縫師でもなく、天賞堂の店員でもない吾々が、銀座界隈の鳥瞰図を楽もうとすれば、この天下堂の梯子段を上るのが一番軽便な手段である。ここまで高く上って見ると、東京の市街も下に居て見るほどに汚らしくはない。十月頃の日本晴れの空の下にでも、一望尽る処なき瓦屋根の海を見れば、矢鱈《やたら》に突立《つった》っている電柱の丸太の浅間《あさま》しさに呆れながら、兎《と》に角《かく》東京は大きな都会であるという事を感じ得る。

人家の屋根の上をば山手線の電車が通る。それを越して霞ケ関、日比谷、丸の内を見晴す景色と、芝公園の森に対して品川湾の一部を眺めるのと、また眼の下の汐留《しおどめ》の堀割から引続いて、お浜御殿の深い木立と城門の白壁を望む景色とは、季節や時間の具合によっては、随分見飽きないほどに美しい事がある。

遠くの眺望から眼を転じて、直《す》ぐ真下《まっした》の街を見下すと、銀座の表通りと並行して、幾筋かの裏町は高さの揃った屋根と屋根との間を真直《まっすぐ》に貫き走っている。どの家にも必ず付いている物干台が、小さな菓子折でも並べた様に見え、干してある赤い布や並べた鉢物の緑《みど》りが、光線の軟《やわらか》な薄曇《うすぐもり》の昼過ぎなどには、汚れた屋根と壁との間に驚くほど鮮かな色彩を輝かす。物干台から家の中に這入《はい》るべき窓の障子が開《あ》いている折には、自分は自由に二階の座敷では人が何をしているかを見透《みすか》す。女が肩肌抜ぎで化粧をしている様《さま》やら、狭い勝手口の溝板《どぶいた》の上で行水を使っているさままでを、すっかり見下して仕舞う事がある。尤《もっと》も日本の女が外から見える処で、行水をつかうのは「御菊夫人《マダムクリザンテエム》」の著者を驚喜せしめた大事件であるが、自分は、わざわざ天下堂の屋根裏に上《のぼ》らずとも、山の手の垣根道では、いつも度々出遇《でっくわ》してびっくりしているのである。これを進めて云えば、これまで種々なる方面の人から論じ出された日本の家屋と住居と国民性の問題を繰返すに過ぎまい。

吾々の生活は年を追うて遠からず、西洋のように、殊に亜米利加《アメリカ》の都会のように変化するものたる事は、誰が眼にも直ちに想像され得る。しからばこの問題を逆にして、東京の外観が遠からずして全くその改善を完成し得た暁《あかつき》には、如何なる方面、如何なる隠れた処に、旧日本の旧態が残されるかを想像して見るのも、また今日《こんにち》の皮肉な観察者には興味のないことではあるまい。実例は帝国劇場の建築だけが純西洋風に出来上りながら、いつの間にかその大理石の柱のかげには旧芝居の名残りなる簪屋《かんざしや》だの飲食店などが発生繁殖して、遂に厳粛なる劇場の体面を保たせないようにして仕舞った。銀座の商店の改良と銀座の街《まち》の敷石とは、将来如何なる進化の道によって、浴衣に兵児帯《へこおび》をしめた夕涼《ゆうすずみ》の人の姿と、唐傘《からかさ》に高足駄《たかあしだ》を穿いた通行人との調和を取るに至るであろうか。交詢社の広間に行くと、希臘《ギリシヤ》風の人物を描いた「聖き森《ボアサクレエ》」の壁画の下に、五ツ紋の紳士や替り地のフロックコオトを着た紳士が幾組となく対坐して、囲碁仙集《せんしゅう》をやっている。パチリパチリと高い金塗《きんぬり》の天井に響き渡る碁石の音は、廊下を隔てた向うの室から聞えて来る玉突のキューの音に交る。初めてこの光景に接した時の自分は、無論云うべからざる奇異なる感に打たれたのである。そしてこの奇異なる感は、如何なる理由によって呼起《よびおこ》されたかを、深く考え味わねばならなかった。数寄《すき》を凝《こら》した純江戸式の料理屋の小座敷には、活版屋の仕事場と同じように白い笠のついた電燈が天井からぶらさがっているばかりか、遂には電気仕掛けの扇風器までが輸入された。要するに現代の生活においては、凡ての固有純粋なるものは、東西の差別なく、互に噛み合い壊し合いしているのである。異人種間の混血児は、特別なる注意の下に養育されない限り、その性情は概して両人種の欠点のみを遺伝するものだと云うが、日本現代の生活は正しくかくの如きものであろう。

銀座界隈は云うまでもなく、日本中で最もハイカラな場所であるが、しかしここに一層皮肉な贅沢屋があって、もし西洋その儘の西洋料理を味おうとしたなら銀座界隈の如何なる西洋料理屋も、その目的には不適当なる事を発見するであろう。銀座の文明と横浜のホテルとの間には歴然たる区別がある。そして横浜と印度《インド》の殖民地と西洋との間にはまた梯子昇りに階段がついている。

ここにおいて、或る人は、帝国ホテルの西洋料理よりも寧《むし》ろ露店の立ち喰いにトンカツの噯《おくび》をかぎたいと云った。露店で食う豚の肉の油上げは、既に西洋趣味を脱却して、しかも従来の天麩羅《てんぷら》と牴触《ていしょく》する事なく、更に別種の新しきものに成り得ているからだ。カステラや鴨南蛮が長崎を経て内地に進み入り、遂に渾然たる日本的のものになったと同一の実例であろう。

自分はいつも人力車と牛鍋とを、明治時代が西洋から輸入して作ったものの中で一番成功したものと信じている。敢《あえ》て時間の経過が今日の吾々をして人力車と牛鍋に反感を抱《いだか》しめないのでは決して無い。牛鍋は鍋と云う従来の形式の中に内容を変更したばかりであるし、人力車は玩具《おもちゃ》のように小《ちい》さく、何処となしに可笑《おか》しみがあって、最初から、日本の生活に適当調和するように発明されたものである。原物その儘の輸入でもなく無意味な模倣でもない。少くとも発明と云う賛辞に価いするだけに、発明者の苦心と創造力とが現われている。発明者の苦心と云う国民性を通過してしかる後に現れ出《いで》たものである。

こう云う点から見て、自分は維新前後における西洋文明の輸入には、甚《はなは》だ敬服すべきものが多いように思っている。徳川幕府が仏蘭西《フランス》の士官を招聘して練習させた歩兵の服装——陣笠にツツ袖の打裂羽織《ぶっさきばおり》、それに昔の儘の大小をさした出立《いでたち》は、純粋の洋服を着せる今日の軍服よりも、胴が長く足の曲った日本人には遥かに能《よ》く適当していた。洋装の軍服を着れば如何なる名将と雖《いえど》も、威儀風采において日本人は到底西洋の下士官《スーツフ》にも肩を比することは出来ない。違った人種は、よろしくその容貌体格習慣挙動の凡てを鑑みて、一様には論じられない特種のものを造り出すだけの苦心と勇気を要する。自分は上野の戦争の絵を見る度《た》びに、官軍の冠《かむ》った紅白の毛甲《けかぶと》を美しいものだと思い、そしてナポレオン帝政当時の軽騎兵の甲を連想する。

銀座の表通りを去って、所謂《いわゆる》金春《こんぱる》の横町を歩み、両側ともに今では古びて薄暗くなった煉瓦造りの長屋を見ると、自分は矢張り明治初年における西洋文明輸入の当時を懐しく思返すのである。説明するまでもなく金春の煉瓦造りは、土蔵のように壁塗りになっていて、赤い煉瓦の生地を露出させてはいない。家の軒はいずれも長く突き出て半円形をなし、円い柱によって支えさしてある。今日ではこのアーチの下をば無用の空地《くうち》にして置く丈《だ》けの余裕がなくなって戸々勝手にこれを改造もしくは破壊して了《しま》った。しかし当初この煉瓦造を経営した建築者の理想は、家並《やな》みの高さを一致させた上に、家毎の軒の半円形と円柱との列によって、丁度リボリの通りを見るように、美しいアルカアドの眺めを作らせるつもりであったに違いない。二、三十年前の風流才子は南国風なあの石の柱と軒のアーチとが、その陰なる江戸生粋《きっすい》の格子戸と御神燈《ごじんとう》とに対して、如何なる不思議な新しい調和を作り出したかを必ず知っていた事であろう。

明治の初年は一方において西洋文明を丁寧に模倣し奇麗に輸入し正直に工風を凝した時代である、と同時に、一方においては、徳川幕府の圧迫を脱した江戸芸術の残りの花が、目覚《めざま》しくも一時に二度目の春を見せた時代である。劇壇において芝翫《しかん》、彦三郎《ひこさぶろう》、田《た》之助《のすけ》の名を掲げ得ると共に、文学には黙阿弥《もくあみ》、魯文《ろぶん》、柳北《りゅうほく》の如き才人が現れ、画界には暁斎《きょうさい》や芳年《よしとし》の名が轟《とどろ》き渡った。境川《さかいかわ》や陣幕《じんまく》の如き相撲はその後には一人もない。円朝の後に円朝は出なかった。吉原は大江戸の昔よりも更に一層の繁栄を極め、金瓶大黒《きんぺいだいこく》の三名妓の噂さが一世《いっせ》の語り草となった位である。

両国橋には不朽なる浮世絵の背景がある。柳橋は動《うご》かし難い伝説の権威を背負っている。それに対して自分は艶《なま》めかしい意味においてしん橋の名を思出す時には、いつも明治の初年に返咲《かえりざ》きした第二の江戸を追想せねばならぬ。無論、実際よりもなお麗《うるわ》しくなお立派なものにして憬慕《けいぼ》するのである。

現代の日本ほど時間の早く経過する国が世界中にあろうか。今過ぎ去ったばかりの昨日の事をも全く違った時代のように回想しなければならぬ事が沢山にある。有楽座を日本唯一の新しい西洋式の劇場として眺めたのも、僅《わず》かに二、三年間の事に過ぎなかった。

吾々が新橋の停車場を別れの場所、出発の場所として描写するのも、また僅々《きんきん》四、五年間の事であろう。

今では日吉町にプランタンが出来たし、尾張町の角にはカフェー・ギンザが出来かかっているし、また若い文学者間には有名なメイゾン・コオノスが小網町《こあみちょう》の河岸通りを去って、銀座附近に出て来るのも近い中《うち》だとかいう噂さである。しかしこう云う適当な休み場所がまだ出来なかった去年頃まで、自分は友達を待ち合わしたり、或《あるい》は散歩の疲れた足を休めたり、または単に往来《ゆきき》の人の混雑を眺める為めには、新橋停車場内の待合所を選ぶがよいと思っていた。

その頃には銀座界隈には、已《すで》にカフェーや喫茶店やビーヤホールや新聞縦覧所など云う名前をつけた飲食店は幾軒もあった。けれども、それ等はいずれも自分の目的には適しない。一時間ばかりも足を休めて友達とゆっくり話をしようとするには、これまでの習慣で、非常に多く物を食わねばならぬ。ビール一杯が長くて十五分間、その店のお客たる資格を作るものとすれば、一時間に対して飲めない口にもなお四杯の満《まん》を引かねばならない。しからずば何となく気が急《せ》いて、出て行けがしにされるような僻《ひが》みが起って、どうしても長く腰を落ち付けている事は出来ない。

これに反して停車場内の待合所は、最も自由で最も居心地よく、些《いささ》かの気兼ねもいらない無類上等のCafé《カフェー》である。耳の遠い髪の臭《くさ》い薄ぼんやりした女ボーイに、義務的のビールや紅茶を命ずる面倒もなく、一円札に対する剰銭《つりせん》を五分もかかって持《もっ》て来るのに気をいら立てる必要もなく、這入《はい》りたい時に勝手に這入って、出たい時には勝手に出られる。自分は山の手の書斎の沈静した空気が、時には余りに切なく自分に対して、休まずに勉強しろ、早く立派なものを書け、六ケ敷《むずかし》い本を読めと云うように、心を鞭打つ如く感じさせる折には、なりたけ読み易い本を手にして、この待合所の大きな皮張りの椅子に腰をかけるのであった。冬は暖い火が焚いてある。夜は明《あか》るい燈火《ともしび》が漲《みなぎ》っている。そしてこの広い一室の中では有《あ》らゆる階級の男女《なんにょ》が、時としてはその波瀾ある生涯の一端を傍観させて呉《く》れる事すらある。Henry Bordeaux《アンリイボルドオ》という人の或る旅行記の序文に、手荷物を停車場に預けて置いた儘、汽車の汽笛の聞える附近の宿屋に寝泊りして、毎日の食事さえも停車場内の料理屋で準《ととの》え、何時にても直様《すぐさま》出発し得られるような境遇に身を置きながら、一向に巴里《パリ》を離れず、却《かえっ》て旅人のような心持で巴里の町々を彷徨している男の話が書いてある。新橋の待合所にぼんやり腰をかけて急《いそが》しそうな下駄《げた》の響と鋭い汽笛の声を聞いていると、居ながらにして旅に出たような、自由な淋しい好《い》い心持がする。上田敏先生もいつぞや上京された時自分に向って、京都の住居《すまい》も云わば旅である。東京の宿も今では旅である。こうして歩いているのは好い心持だと云われた事がある。

自分は動いている生活の物音の中に、淋しい心持を漂《ただよ》わせるため、停車場の待合室に腰をかける機会の多い事を望んでいる。何の為めにここに来るのかと駅夫に訊問される折りの用意にと、自分は見送りの入場券か品川行の切符を無益に買い込む事を、いつでも辞さないのである。

再び云う日本の十年間は西洋の一世紀にも相当する。三十間堀の河岸通りには昔の船宿の残りが二、三軒ある、自分はそれ等の家の広い店先の障子を見ると、母上がまだ若い娘の時分に、この辺から猿若町《さるわかまち》の芝居見物に行くには、重箱に詰めた食事の用意までして、猪牙船《ちょきぶね》で堀割から堀割を漕いで行ったとか云われた話をば、いかにも遠い時代の夢物語のように思い返す。自分がそもそも最初に深川の方面へ出掛けて見たのも、矢張《やっぱ》りこの汐留の石橋の下から出発する小《ちい》さな石油の蒸気船に乗ったのであるが、それすら今では既に既に消滅してしまった時代の逸話となった。

銀座と銀座の界隈はこれから先も一日一日に変って行くであろう。丁度活動写真を見詰める子供のように、自分は休みなく変って行く時勢の絵巻物をば眼を痛くするまでに見詰めて居たい。

（四十四年七月）

花より雨に

鉄の橋や堀割の水からは遠い遠い山の手の古庭に、春の花は支那の詩人が春風《しゅんぷう》二十四番と数えたよう梅、連翹《れんぎょう》、桃、木蘭、藤、山吹、牡丹、芍薬と順々に咲いては散って行った。

明《あかる》い日の光の中に燃えては消えて行くさまざまな色彩《いろ》の変転は、黙って淋しく打眺《うちなが》める自分の胸に、悲しい恋物語の極めて美しい一章一章を読み行くような軟かい悲哀を伝える。

われの悲しむは過ぎ行く今年の春の為《た》めではない、また来《く》べき翌年の春の為めと歌ったのは誰《た》れであったか忘れてしまったが、春はわが身に取って異《こと》なる秋に過ぎないと云ったのは、南国の人の常として特更《ことさら》に秋を好むジャン・モレアスである。

空は日毎に青く澄んで、よく花見帰りの午後《ひるすぎ》から突然暴風になるような気候の激変は全くなくなった。日の光は次第に強くなって、赤味の多い橙色《ゆずいろ》の夕日は、もう黄昏《たそがれ》も過ぎ去る頃かと思う時分まで、案外長く何時《いつ》までも、高い樫の梢の半面や、または低く突出《つきだし》た楓《かえで》の枝先なぞに残って居て、或《あるい》は何処《どこ》から差込んで来るのかとも知れず、植込の奥深い土の上にばらばらな斑点を描いて居る事もあった。そう云う夕方に空を仰ぐと、冬には決して見られない薄鼠色の鱗雲《うろこぐも》が名残の夕日に染められたなり動かずに、空一ぱいに浮いていて、草の葉をも戦《そよ》がせぬ軽い風が、自然と食後の人をば星の冴えそめる頃まで、遠く郊外の方へと連れて行く。

何処《いずこ》を見ても若葉の緑は洪水のように張り溢《みなぎ》れて、日の光に照されるその色の強さは、閉めた座敷の障子にまで反映するほどなので、午後の縁先なぞに向い合って話をする若い女の白い顔をば、色電気の中に舞う舞姫《バレエ》のように染め出す。どんより曇った日には緑の色は却《かえ》って鮮かに澄渡《すみわた》って、沈思につかれた人の神経には、軟《やわらか》い木の葉の緑の色からは一種云いがたい優しい音響が発するような心持をさせる事さえあった。

古庭は非常に暗く狭くなった。

繁った木立がその枝を蔽う木の葉の重さに堪えぬような憂《なげか》わしい苦しい様子を見せるばかりでなく、圧迫の苦悩は目に見えぬ空気の中に漲っている。西からとも東からとも殆《ほと》ど方向の定まらぬ風が水でも投捨てるように突然吹き下りて突然消えると、こんもりした暗い樹木は蛇が鱗を動《うごか》すような気味悪い波動をば俯向《うつむ》いた木の葉の茂りから茂りへと伝える。折々雨が降って来ても、庭の地面は冬のように直様《すぐさま》湿れはせず、湿れると却て土地の熱気を吐き出すように一体の気候を厭《いや》に蒸暑くさせる。伸び切った若葉の尖った葉末に雨の雫《しずく》の滴《したた》りもせずに留《とま》って居るのを、曇りながらに何処《どこ》か知《し》らパッと明い空の光が宝石のように麗しく輝かす。石に蒸す青苔にも樹の根元の雑草にも小さな花が咲いて植込の陰には、雨を避《よ》ける蚊の群が雨の糸と同じように細かく動く。

雲が流れて強い日光が照り初めると直ぐに苺《いちご》が熟した。枇杷《びわ》の実が次第に色付いて、無果花《いちじく》の葉裏にはもう鳩の卵ほどの実がなって居た。最早《もは》や庭中何処《いずこ》を見ても花と云うものは一つもない日当りの悪い木立の奥に気味悪く青白い紫陽花《あじさい》が咲きかけたばかりで、青かった木葉の今は恐しく黒ずんで来たのが、云うべからず不快に見えてならぬ。古庭はますます暗くなって行く。

或日《あるひ》の夕方近所の子供が裏庭の垣根を破《こわ》して、長い竹竿で青梅の実を叩き落して逃て行った。別に不消化なものを食べたと云うでもないのに、突然夜半《よなか》に腹痛を覚えて自分はふいと眼をさました事がある。その時戸外《おもて》には余程前から雨が降って居たと見えて、点滴の響のみが、夜風が屋根の上にと梢から顫《ふる》い落すまばらな雫の音をも耳にした。梅雨《ばいう》はこんな風に何時から降出したともなく降り出して、何時止むとも知らず引き続く……

家中の障子を尽《ことごと》く明け放して、空の青さと木葉の緑を眺めて、午後《ひるすぎ》の暑さに草苺や桜の実を貪った時には、風に動く木の葉の乾いた響が殊更に、晴れた夏と云う快い感じを起させたが、今では、もう降りつづく雨の日は木葉一つ動かずに沈み返って、普段は朝から聞えるさまざまな街の物音、物売りの声も全く途絶えた。午時《ひるまえ》の十時頃が丁度夕方のように薄暗い時、いつもは他の物音に遮ぎられて聞えない遠い寺の時の鐘が、音波の進みを目に見せるように響いて来る。すると、この寺の鐘は冬の午後に能《よ》く聞馴れた響なので、自分の胸には冬に感ずる冬の悲しみが時ならず呼起《よびおこ》されて、世の中には歓楽も色彩も何にもないような気がして、取返しのつかない後悔が倦怠の世界に独《ひとり》で跋扈《ばっこ》するのだ。

筆の軸は心地悪くねばって、詩集の表紙に黴《かび》が生《はえ》る。壁と押入からは湿気の臭《におい》が湧出《わきだ》して、手箱の底に秘蔵する昔の恋人の手紙をば蟲が喰う。蛞蝓《なめくじ》の匍《は》う縁側に悲しい淋しい蟇《ひき》の歌が聞える暮方近く、湿って寒いので室《へや》の障子は一枚も開けたくはないけれど、余りの薄暗さに折々は縁先に出て佇《たたず》んで見ると、雨の糸は高い空から庭中の樹木を蜘蛛の網のように根気よく包んで居る。ヴェルレーヌが、

Il pleure dans mon cœur
Comme il pleut sur la ville……
　都に雨の降る如く
　わが心にも雨が降る……

と歌ったような音楽的な雨ではない。あの詩は響のつよい秋の時雨《しぐれ》を思わせるが、現代に最も悲しい詩人と云われた白耳義《ベルジック》のローダンバックが、

Comme les pleurs muets des choses disparues,
Comme les pleurs tombant de l'œil fermé des morts……
　滅びしものゝ声なき涙《なんだ》の如く
　死せし人の閉《とざ》されし眼より落つる涙の如く……

と色も音もない彼の国の冬の雨を歌った詞《ことば》は、今最も適切に自分の記憶に呼返される。

Notre âme, elle n'est plus qu'un haillon sans couleurs,
Comme un drapeau mouillé qui pend contre sa hampe.

人の心は旗竿より湿《ぬ》れて下《お》りし
其の旗の色とてもなき襤褸《ぼろ》なりけり

と云われた通り、動きもせぬ、閃きもせぬ、人の心はただただ腐って行くばかりである。

しかしそれ等近世の詩人に取っては悲愁苦悩は屢々《しばしば》何物にも換えがたい一種の快感を齎《もたら》す事がある。梅雨の時節には他の時節に見られない特別の恍惚を自分は見出す。それは絶望した心が美しいものの代りに恐しく醜いものを要求し、自分から自分の感情に復讐を企てようとする時で、晴れた日には行く事のない場末の貧しい町や露地裏や遊廓なぞに却て散歩の足を向ける。そして雨にぬれた汚い人家の燈火《ともしび》を眺めると、何処《どこ》にか酒呑《のみ》の亭主に撲《なぐ》られて泣く女房の声や、継母《ままはは》に苛まれる孤児《みなしご》の悲鳴でも聞きはせぬかと恐れるよりは聞いたなら何様《どんな》心持がするだろうと一心に耳を聳《そばだ》てる。或夜《あるよ》非常に晩《おそ》く、自分は重たい唐傘を肩にして真暗な山の手の横町を帰って来る時、迷った犬の子が哀れに鼻を鳴して人の後《うしろ》に尾《つ》いて来るを見たが、他分その犬であろう。自分は家へ這入って寝床に就いてから、夜中《よじゅう》遠くの方で鳴いては止み、止んではまた鳴く犬の子の声をば、これも夜中断えては続く雨滴《あまだれ》の音の中に聞いた………

雨は折々降り止む。すると空は無論隙間なく曇りきって居ながら、日が照るのかと思う程に明《あか》るくなって、庭中の樹木は茂りの軽重に従って陰影の濃淡を鮮かにし、凡《すべ》ての物の色が黄昏《たそがれ》の時のように浮き立って来るので、感じ易い心は直様《すぐさま》秋の黄昏に我れ知らず耽《ふ》けるような果《はて》しのない夢想に引き入れられる。薄曇りの空の光に日頃は黒い緑の木葉が一帯に秋の如く薄く黄ばんで了《しま》って、庭のかなたこなたに溜った池のように水の面《おもて》は眩しいばかり澄渡って、もう大分紫の色濃くなった紫陽花の反映して居るのが如何にも美しい。少しの風もないのに接骨木《かなめ》の生垣からは赤くなった去年の古葉が雨の雫と共に頻《しき》りと落る。

雀の声が俄《にわか》にかしましく聞え出すと、それが雨の晴れ間に生返る生活の音楽のプレリユードで、この季節に新しく聞く苗売りの長く節をつけて歌う声、続いて魯西亜《ロシア》のパン売り、その呼声《よびごえ》を珍しそうに真似する子供の叫びが彼方《あなた》から彼方《かなた》へと移って行くので、パン売りは横町を遠くへと曲って行った事が能くわかった。冬にも春にも日頃いつでも聞く街の声は一時《いちじ》に近く遠く聞え出したが、する程もなく、再び耳元近く、ブリキ製の樋竹《とよだけ》に屋根から伝わり落る雨滴れの響に、ああ、自分は始めて目には見えない糠雨《ぬかあめ》が空の晴れそうに明くなって居るにも係《かかわ》らず、いつの間にかまた降出していたのに心付くのであった。

枇杷の実は熟しきって地に落ちて腐った。厠《かわや》に行く縁先に南天の木がある。その花はいかなる暗い雨の日にも雪のように白く咲いて、房のように下っている。自分は幼少《ちいさ》い時、この花の散りつくすまで雨は決して晴れないと語った乳母の詞《ことば》を思い出した

…………

蟲干

毎年《まいねん》一度の蟲干《むしぼし》の日ほど、なつかしいものはない。

家中《うちじゅう》で一番広い客座敷の椽先《えんさき》には、亡《なく》なった人達の小袖や、年寄った母上の若い時分の長襦袢《ながじゅばん》などが、幾枚となくつり下げられ、そのかげになって薄暗く妙に涼しい座敷の畳の上には歩く隙間もないほどに、古い蔵書や書画帖などが並べられる。

色のさめた古い衣裳の仕立方と、紋の大きさ、縞柄《しまがら》、染模様《そめもよう》なぞは、鋭い樟脳《しょうのう》の匂いと共に、自分に取っては年毎にいよいよなつかしく、過ぎ去った時代の風俗と流行とを語って聞せる。古い蔵書のさまざまな種類は、その折々の自分の趣味思想によって、自分の家にもこんな面白いものがあったのかと、忘れている自分の眼を驚かす。

近頃になって父が頻《しき》りと買込まれた支那や朝鮮の珍本は、自分の趣味智識とは余りに懸隔が烈し過ぎる。古い英語の経済学や万国史はさして珍しくもない。今年の蟲干の昼過ぎ、一番自分の眼を驚かし喜ばしたものは、明治の初年頃に出版された草双紙や錦絵やまたは漢文体の雑書であった。

それ等は悉《ことごと》く自分がこの世に生れ落ちた当時の人情世態を語る尊い記録《ドキューマン》である。自分がまだ文字《もんじ》を知らない以前、記憶という能力のまだ充分に発育しない以前、自分の周囲の世界が、今では疾《と》うに死んでしまった古老の口を通して、自分に囁《ささや》き聞かした一切の事件や逸話は、一度《ひとた》びそれ等の書籍や絵画を見るにつけて、突如として遠い遠い記憶の中に呼び返される。自分は己れの身の上ばかりではない。自分を生んだ頃の父と母との若い華やかな時代はどんなであったかと云う事をも、ありありと眼に浮べる。丁度苔と落葉と土塊《つちくれ》とに埋れてしまった古い碑文の面《おもて》を、恐る恐る洗い清めながら、磨滅した文字の一ツ一ツを捜り出して行くような心持で、自分は先ず第一に、「東京新繁昌記《とうきょうしんはんじょうき》」と云う漢文体の書籍を拾い読みした。

今日《こんにち》では最早《もは》やこう云う文章を書くものは一人もあるまい。「東京新繁昌記」は自分がここに説明するまでもなく、静軒《せいけん》居士の「江戸繁昌記」柳北《りゅうほく》先生の「柳橋新誌《りゅうきょうしんし》」に摸《なら》って、正確な漢文をば、故意に破壊して日本化した結果、その文章は無論支那人にも分らず、また漢文の素養なき日本人にも読めない所謂鵺《いわゆるぬえ》的な、一種変妙な形式を作り出すに至ったのである。この変妙な文体は今日の吾々に対しては、著作の内容よりも寧《むし》ろ一層多大の興味を覚えさせる。何故《なぜ》なれば、それは正確純粋な漢文の形式が漸次時代と共に日本化して来るに従って、もし漢文によって、浮世床や縁日や夕涼《ゆうすずみ》の如き市井の生活の写実を試みようとすれば、どうしても支那の史実を記録するような完全固有な形式を保たしめる事が出来ないという事を証明したものとも見られるし、また江戸以来勃興した戯作という日本語の写実文学の感化が邪道に陥った末世《まっせ》の漢文家を侵《おか》した一例と見ても差支《さしつか》えがないからである。

自分は「東京新繁昌記」の奇妙な文体が、厳格なる学者を憤慨させる間違った処に、時代を再現させるその書の価値が含まれているのだと思う。かくの如き漢文はやがて吾々が小学校で習った漢字交りの紀行文に終りを止《とど》めて、その後は全く廃滅に帰してしまった。時勢が然《しか》らしめたのである。漢文趣味と戯作《げさく》趣味とは、共に西欧趣味の代るところとなった。自分は今日近代的文章と云われる新しい日本文が、恰《あたか》も三十年昔に「東京新繁昌記」が試みた奇態な文体と同様な、不純混乱を示していはせぬかと思う事がある。かの「スバル」一派を以て、その代表的実例となした或《あ》る批評の老大家には、青年作家《さくか》の文章が丁度西洋人の日本語を口真似する手品使いの口上のように思われ、また日本文を読み得る或《ある》外国人には矢張り現代の青年作家が日本文の間々《あいだあいだ》に挿入する外国語の意味が、余りに日本化して使われている為《た》め、折々は了解されない事があるとか云う話を聞いた。大きにそうかも知れない。しかしこの間違った、滑稽な、鵺的な、故意にした奇妙の形式は、寧《む》しろ云現《いいあらわ》された叙事よりも、内容の思想をなお能《よ》く伺い知らしめるその文章の真生命《しんせいめい》であるのだ。

新繁昌記第五編中、妾宅と云う一節の書始めに、次のような文章がある。

方今女学之行也専明㆓女子之道㆒。稍有㆓男女同権之説㆒。然而別品之流行未㆘曽有㆗益㆓今日㆒者㆖也。妻有㆓正権㆒妾有㆓内外㆒。一男而能守㆓一婦㆒者甚鮮矣。蓋一男之養㆓数女㆒則男権之圧㆓女権㆒也。一女之遇㆓四男㆒則女権之勝㆓男権㆒也。合㆓算此等之権㆒以為㆓男女同権㆒耶。

〔方今女学の行はるるや、専《もっぱ》ら女子の道を明《あきらか》にし、稍《や》や男女同権の説有り。然り而して別品の流行未だ曽《かつ》て今日より益《さか》んなる者有らず。妻に正権有り、妾に内外有り。一男にして能《よ》く一婦を守る者甚だ鮮《すくな》し。蓋《けだ》し一男の数女を養ふは則ち男権の女権を圧するなり。一女の四男に遇ふは則ち女権の男権に勝るなり。此等の権を合算して以て男女同権と為すか。〕

妾宅というような不真面目極《きわま》る問題をば、全然それとは調和しない形式の漢文を以て、仔細らしく論じ出して、更に戯作者的の頓智《とんち》滑稽の才を振《ふる》って人を笑わす。こう云う著作者の態度は飽くまでその時代の傾向を吾々に示しているのではないか。丁度それと同じよう、現代の年少詩人が日本にも随分古くからある天竺牡丹の花に殊更《ことさら》ダリヤという洋語を応用し、その花の形容から失える恋、得たる恋の哀楽を叙して、忽《たちま》ち人生哲学の奥義に説き及ぶのも、またよく吾々の時代思潮を語るものでは無かろうか。似て非なる漢文の著述は時代と共に全く断滅してしまった如く、吾々の時代の「新しき文章」も果して幾何《いくばく》の生命を有するものであろう。或《あるい》はこれが日本文の最後の定《さだま》ったる形式の、少くとも或る地盤を作るものであろうか。自分は知らない。

天保《てんぽう》年間の発行としてある「江戸繁昌記」とこれに模して著作された「東京新繁昌記」とを、単にその目次だけ比較して見ても、非常な興味を以て、時代風俗の変遷を眺める事が出来る。明治の初年における「文明開化」と云う通り言葉は如何《いか》なる強い力を以て国民を支配したのであろう。「新繁昌記」の著者が牛肉を讃美して「牛肉ノ人ニ於ケルハ開化之薬舗《ヤクホ》ニシテ而《シカ》シテ文明ノ良剤也《ナリ》」と云い、京橋に建てられた煉瓦の家を見ては、「此《コ》ノ築造有ルハ都下ノ繁昌ヲ増シテ人民ノ知識ヲ開ク所以《ユエン》ノ器械也」と叫んだ如きわざと誇張的に滑稽的に戯作の才筆を揮《ふる》ったばかりではなかろう。今日の時代から振返って見れば、無論この時代の「文明開化」には如何にも子供らしく馬鹿馬鹿しい事が多い。けれども時代一般の空気が如何にも生々《いきいき》として、多少進取の気運に伴って、奢《しゃ》侈《し》逸楽等の弊害欠点の生じて来る事に対しても、世間は多くの杞憂を抱《いだ》かず、清濁併せ呑む勢《いきおい》を以て大胆に猛進して行った有様は、いかにも心持よく感ぜられる。これを四十四年後における今日の時勢に比較すると、吾々は殊にミリタリズムの暴圧の下《もと》に委縮しつつある思想界の現状に鑑《かんが》みて、転《うた》た夢の如き感があると云ってもいい位である。しかし自分は断って置く。自分はなにも現時の社会に対して経世家的憤慨を漏《もら》そうとするのではない。時勢がよければ自分は都の花園に出て、時勢と共に喜び楽しむ代り、時勢がわるければ黙って退いて、象牙の塔に身を隠し、自分一個の空想と憧憬とが導いて行く好き勝手な夢の国に、自分の心を逍遥させるまでの事である。

寧ろこう云う理由から、自分は今正《まさ》に、自分がこの世に生れ落ちた頃の時代の中に、せめて蟲干の日の半日一時《いっとき》なりと、心静かに遊んで見ようと急《あせ》っている最中なのである。

大方母上が若い時に着た衣裳であろう。撫子《なでしこ》の裾模様をば肉筆で描《か》いた紗の帷子《かたびら》が一枚風にゆられながら下っている辺りの椽先に、自分は明治の初年に出版された草双紙の種類を沢山に見付け出した。大蘇芳年《たいそよしとし》の画《え》で古河黙阿弥《ふるかわもくあみ》の書いた「霜夜鐘十時辻占《しもよのかねじゅうじのつじうら》」もある。伊東橋塘《いとうきょうとう》と云う人の書いた「花春時相政《はなのはるときにあいまさ》」という俠客伝もある。「高橋お伝」や「夜嵐《よあらし》お衣《きぬ》」のような流行の毒婦伝もある。「明治芸人鑑《めいじげいにんかがみ》」と題して、俳優音曲落語家の人名を等級別に書分けたもの、または「新橋芸妓評判記」だの、「東京粋書《とうきょうすいしょ》」「新橋花譜《しんきょうかふ》」なぞ名付けた小冊子もある。

これ等の書籍はいずれも、水野越州《みずのえっしゅう》以来久しく圧迫されていた江戸芸術の花が、維新の革命後、如何に目覚《めざま》しく返咲《かえりざ》きしたかを示すものである。芝居と音曲と花柳界とは江戸芸術の生命である。仮名垣魯文《かながきろぶん》が「いろは新聞」の全紙面を花柳通信に費したのも怪しむに足りない。芝居道楽というディレッタントの劇評家が六二連を組織して各座の劇評を単行本として出版したのも不思議ではない。国貞《くにさだ》、国周《くにちか》、芳幾《よしいく》、芳年の如き浮世絵師が盛《さかん》にその製作を刊行させたのも自然の趨勢であろう。支那画家の一派もまた時としては、柳橋や山谷堀辺りの風景をば、恰《あだか》も水の多い南部支那の風景でもスケッチしたように、全く支那化して描いているが、これは当時の漢詩人が向島を夢香洲、不忍池《しのばずのいけ》を小西湖と呼んだと同じく、日本の社会の一面には何時《いつ》の時代にもそれぞれ、外国崇拝の思想の流れていた事を証明する材料の一つとして、他日別に論究さるべき問題であろう。

自分は蟲干の今日《きょう》もまた最も興味深く、古河黙阿弥の著作を読返した。脚本のトガキだけを書き直してその儘《まま》絵入の草双紙にしたもの、または狂言の筋書役者の芸評等によって、自分は黙阿弥翁が脚本家としての技量以外に、忠実なるその時代の写生画を見せて呉《く》れることを喜ぶのである。同時にまた、作者が勧善懲悪の名の下に、或は作劇の組織を複雑ならしめんが為めに描き出した多種類の悪徳及び殺人の光景が、写実的たると空想的たるとを問わず、江戸的デカダンス思想の最後の究極点を示している事を面白く思うのである。

江戸文明の爛熟は久しく傾城遊君《けいせいゆうくん》の如き病的婦人美を賞讃し尽した結果、その不健全なる芸術趣味の赴く処《ところ》は、是非にも毒婦と称するが如き特種なる暗黒の人物を造り出すに至った。（自分は当時の世の中に、事実全身に刺青《ほりもの》をして万引をして歩いたような毒婦が幾人あったにしても、それをば矢張り一種の芸術的現象と見做《みな》してしまう。何故なればこの当時の世の中には芝居が人心を支配した勢力と、芝居が実生活から捉えて来たモデルとの密接な関係が、殆《ほとん》ど或場合には引放す事の出来ない程《ほど》混同錯乱しているからである。）黙阿弥の劇中に見られるような毒婦は近松《ちかまつ》にも西鶴にも春水《しゅんすい》にも見出されない。馬琴《ばきん》に至って初めて「船蟲《ふなむし》」を発見し得るが、講談としては已《すで》に鬼神お松その他多くの例証を上げ得るであろう。黙阿弥はその以前とその時代とに云伝《いいつた》えられた毒婦を一括して、これに特種の典型を付し、菊五郎と源之助との技芸化を経て、遂に一時代の特色を作らしめた天才である。毒婦は如何なる彼の著作にも世話物と云えば必ず現われて来る重要なる人物で、観客は、この人物の悪徳的活動範囲の広ければ広いだけ、所謂芝居らしい快感と興味とを多く感ずるのである。そして勧善懲悪の名の下に、一篇の結末に至って、これ等の人物が惨殺もしくは所刑せられるのに対して、英雄的悲壮美を経験するのである。

毒婦の第一の資格は美人でなければならぬ。それも軽妙で、清洒《せいしゃ》で、すね気味な強みを持っている美人でなければならぬ。それ故《ゆえ》、毒婦が遺憾なくその本領を発揮する場合には、観客は道義的批判を離れて、全く芸術的快感に酔《え》い、毒婦の迫害に遭遇する良民の暗愚遅鈍を嘲笑する。「木間星箱根鹿笛《このまのほしはこねのしかぶえ》」と云う脚本中の毒婦は、色仕掛で欺《だま》した若旦那への愛想尽《あいそづか》しに「亭主があると明けすけに、言って仕舞へば身も蓋も、ないて頼んだ無心まで、ばれに成るのは知れた事、云はぬが花と実入《みい》りのよい大尽客を引掛《ひっかけ》に、旅へ出るのも有りやうは、亭主の為めと夕暮の、涼風慕ふ夏場をかけ、湯治場近き小田原で、宿場稼ぎの旅芸者、知らぬ土地故応頼《おうらい》の、転ぶ噂もきのふと過ぎ、今日迄すましてゐられたが、東京にゐた其《そ》の頃は、毎度いろはの新聞で、仮名垣さんに叩かれても、のんこのしやアで押通し、山猫おきつと名を取った、尻尾《しっぽ》の裂けた気まぐれ者さ。」なぞ云っているのは既に好劇家の諳記している処であろう。

自分は黙阿弥劇の毒婦とまた白浪物《しらなみもの》の舞台面から「悪」の芸術美を感受する場合、いつもボオドレエルの詩集 Fleurs du Mal を比較せねばならぬと思う。無論両者の間には東西文明の相違せる色調に従って、思想上の価値に高下の差別はあろうけれど、両者ともにデカダンス芸術の極致を示している事だけは同じである。

審美学者ギヨオは有名なるその著述「社会学上より見たる芸術」の巻末において犯罪者の心理に関するロンブロゾ博士の所論を引用して、悪人は一種恐しい虚栄心を持っているもので、単に世間を恐怖させるため、或は世間一般をして己れの名を歌わしめる為に人を殺す事がある。悪人の虚栄心は文学者や婦人のそれよりも更に甚《はなはだ》しい事を記載し、「殺人者の酔《えい》」と題するボオドレエルの――

乃公《おれ》の女房《にょうぼ》はもう死んだ。
乃公は気随気儘の身になつた。
一文なしで帰つて来ても、
ガア〳〵喚《わめ》く嬶《かか》アがくたばつて、
乃公は気楽にたらふく呑める………

と云う詩なぞを掲げているが、これ等は何処《どこ》となく、黙阿弥劇中に散見する台詞《せりふ》「今宵《こよい》の事を知つたのは、お月様と乃公ばかり。」また、「人間わづか五十年、一人殺すも千人殺すも、とられる首はたつた一ツ、とても悪事を仕出したからは、これから夜盗、家《や》尻切《じりき》り………。」の如きを思い出させるではないか。

ボオドレエルを始め西洋のデカダン中には必ず神秘的宗教的色彩が強く、また死に対する恐しい幻覚が現われているが、これ等は初めから諦めのいい人種だけに、江戸思想中には皆無である。その代《かわり》に残忍極る殺戮の描写は、他人種の芸術に類例を見ざる特徴であって、所謂「殺しの場」として黙阿弥劇中興味の大部分を占めている事は、今更らしく論じ出すにも及ぶまい。

毒婦と盗人《ぬすびと》と人殺しと道行《みちゆき》とを仕組んだ黙阿弥劇は、丁度羅馬《ローマ》末代の貴族が猛獣と人間の格闘を見て喜んだように、尋常平凡の事件には興味を感ずる事の出来なくなった鎖国の文明人が、仕度《したい》三昧の贅沢の挙句に案出した極端な凡《すべ》ての娯楽的芸術を最も能く総括的に代表したものである。即ちあらゆる江戸文明の究極点は、この劇的綜合芸術中に集注されているのである。講談における「怪談」の戦慄、人情本から味われべき「濡場」の肉感的衝動の如き、悉《ことごと》くこれを黙阿弥劇の中に求むる事が出来るではないか。三味線音楽が、またこの劇中において、如何に複雑に且《か》つ効果鋭く応用されているかは、已に自分がその折々の劇評に論じた処である。「殺の場《ころし》」のような血醒《ちなまぐさ》き場面が、屢々《しばしば》その伴奏音楽として用いられる歌沢《うたざわ》風の独吟と、如何に不思議なる詩的調和を示せるかを聞け。

以上は黙阿弥劇に現われたロマンチックの半面であるが、その写実的半面は、狂言の本筋に関係のない仕出しの台詞や、その折々の流行の洒落《しゃれ》、または狂言全体の時代と類型的人物の境遇等において伺い知られるのである。維新後零落した旗本の家庭、親の為めに身を売る娘、新しい法律を楯にして悪事を働く代言人《だいげんにん》、暴悪な高利貸、傲慢な官吏、淫鄙《いんぴ》な権妻《ごんさい》、狡獪《こうかい》な髪結《かみゆい》等いずれも生々とした新しい興味を以て写し出されている。自分は幕末から維新当時における下層社会の生活状態を研究するに、黙阿弥の著作が最も尊い材料である事を疑わないばかりでなく、なお今日に及んでも本所深川辺りの露地生活の秘密を知ろうとするには、非常に便利な手引草《てびきぐさ》であると信ずる。本所深川浅草等における貧民の婦女と花柳界の関係及びその罪悪の状況とは、往々にして宛然《えんぜん》三、四十年以前の黙阿弥劇その儘を見る如き実例が少くないからである。

蟲干の椽先には、なおいろいろの面白いものがあった。大川筋の料理屋の変遷を知るに足るべき「開化三十六会席」と題した芳幾の錦絵帖には、その時々に名を知られた芸者の姿を中心にして、河筋の景色が画いてある。自分は春信や歌麿や春章《しゅんしょう》やそれから下って豊国《とよくに》、国貞、国周、芳年などを見るにつけ、それ等と今日の清方《きよかた》や夢二などの画を比較すると、時代はその生活と思想を変化させるより先に、生理的に人間の容貌と体格とを変化さして行くものたる事を感ずる。吾々は今日の新橋に「堀《ほり》の小万《こまん》」や「柳橋《やなぎばし》の小悦《こえつ》」のような絵姿を望む事が出来ないならば、それと同じように、二代目の左団次と六代目の菊五郎に向って、鋳掛松《いかけまつ》や髪結新三の原型的な風采を求めてはならぬ。古池に飛び込む蛙《かわず》は昔のままの蛙であろう。中に玉章《たまずさ》忍ばせた萩と桔梗《ききょう》は幾代《いくだい》たっても同じ形同じ色の萩桔梗であろう。しかし人間と呼ばれる種族間においては、親から子に譲るべきその儘の同じものとては一ツもない、自分は時代の空気の人体に及ぼす生理的作用の余儀なささを論じたい………。

しかし夏の日足は已に傾きかかって来た。涼しい風が頻《しき》りと植込みの木の葉をゆすっている。縁先の鳳仙花は炎天に萎《しお》れたその葉をば早くも真直《まっすぐ》に立て直した。古い小袖を元のように古い葛籠《つづら》の中に仕舞い終った家人は、片隅から一冊ずつに古い書物を、倉の中へと運んでいる。自分はまた来年の蟲干を待とう。来年の蟲干には、自分の趣味はいかなる書物をあさらせる事であろう。

（四十四年八月）

初硯

一 家尊来青山人世に在せし頃よりいかなる故にや我家にては嘗《かつ》て松のかざりせし事なし。雑煮餅乾鯷《ごまめ》数ノ子なんぞ正月の仕度とてただ召使ふものゝ為にしつらへ置くのみにて家内の我等はただ形ばかり箸取るなりけり。大正改元の歳雪中に尽きて新春の第二日父失せ給ひければそれよりして我家にはいよ〳〵新玉の春らしき春といふもの来らずなりぬ。

一 われ今世の交全く絶果てし身なり。門扉常に掩うて開く事甚《はなはだ》稀なり。春めかぬ寂しき正月も久しきならはしとなれば更に怪しき心地もせず。年改りぬと知れば独り静に若水汲み来りてまづ先考遺愛の古硯を洗ひ香を焚き燭を点じてその詩を祭り、後おもむろに雑司ケ谷の墓に詣づるのみ、無為無能の身の正月更に無為なるこそ哀れなれ。

一 墓に詣る折には必ず蠟梅《ろうばい》両三枝を携へ行きて捧ぐ。蠟梅は蘇東坡《そとうば》好む処の花なりとか。先考深く東坡の詩を愛し後園に蠟梅両株を植ゑ、年年十二月十九日坡公の生日となれば、槐南石埭裳川《かいなんせきたいしょうせん》先生を始め檀欒会の諸詩星を請じ赤き蠟燭つけて祝ひたまひき。今槐南先生既になし石埭先生また玉池の仙館を去つて遠く故山にかくれ給ひぬ。あゝ当年来青閣上の賓客恙《つつが》なきもの幾人ぞや。

一　年々歳々人同じからざるに庭前の蠟梅冬至の節来れば幽香依然として馥郁《ふくいく》たり。蕉枯れ楓葉枝を辞して庭上俄《にわか》にあかるく、菊花山茶花《さざんか》共に憔悴して冬の庭は庭後庵が句に

石蕗《つは》八手《やつで》ほかに花なし冬の庭

と吟じられたる寂しきおもむき示す頃ともなれば、蠟梅はそが枯瘦の枝振り飽くまで支那めきたる枝頭に、蠟の如く黄き色したる花をつくるなり。われこの花に対する毎に不肖の身を省み不孝の罪を悔ゆる事浅からず。あゝ我が庭前の蠟梅、その花に精霊の宿る事あらば、希《ねがわ》くば深くわが罪を咎むるなかれ。

一　丙辰の年は春秋かけて四時雨多かりければ果実甘からず秋草菊花共にその色妍ならざりき。殊に秋熱の甚しき近年にためしなく疫癘流行し彼岸過ぎて後なほ寐られぬ程の蒸暑き幾夜もありけり。されど何事も過ぎぬれば夢かな。冬至の頃より風なく暖き日のみ打ちつゞく程に恐しき疫病の噂も忽《たちまち》忘れ果て丙辰の年はいつにも増して穏に

行きぬる如き心地せられぬ。

一　除夜百八の鐘声響き出づるを待ち、われ断腸亭の小さき床の間に過る年庭後庵が恵み給ひける

　禾《か》原《げん》忌や夜深く帰る雪の坂　　庭　後

の一軸。また先考の書斎来青閣の壁上にはその絶筆

　園梅初放雪猶残　　園梅　初めて放《ひら》くも　雪　猶ほ残れり
　樹下開尊欲酔難　　樹下　尊《たる》を開いて　酔《え》ひんと欲すれども難《かた》し
　吹徹江頭風幾日　　江頭を吹き徹《とお》る　風　幾日《いくにち》ぞ
　可憐花与酒人寒　　憐れむべし　花　酒人と与《とも》に寒きことを

の一幅を懸け香を焚きて後、銅瓶に蠟梅さゝんとて雨戸押開き雪洞《ぼんぼり》つけて庭に出づれば、上弦の月低く屋角にあり。門外には往来《ゆきき》の人の足音絶間なく破れし垣のかなたには隣家の燈火明く輝きて人の声すれど、わが庭のみ寂然として、樹木皆霧につゝまれ行年の夜も知らぬ顔に打息《うちいこ》ひたり。雪洞片手に飛石づたひ松下の蠟梅に近けば甘くし

て口にも入れたき程なる花香脈々として面を撲《う》つ。鋏の響丁々として夜半独《ひとり》閑庭に花を截るの思ひ、詩興自から胸に満ち来りて寧ろ堪へがたきに似たり。

一　思ひ出づ。我家に召使ふものあまたありける年の今宵には、仏手柑《ぶしゅかん》荔枝《れいし》竜眼《りゅうがん》棗子《なつめ》なぞ支那産の果物あまた買ひとゞのへ支那の絵蠟燭も取り寄せて心ゆくばかり祭の仕度したりしを。今は何事も不自由勝なる独棲《ひとりず》み。誰やらの句に寂しさや独り飯くふ秋の暮。寂寞何ぞただにこの事のみに止まらんや。

一　明《みん》人王次回《おうじかい》が疑雨集にわが心を打ちたる詩数首あり。録して聊《いささ》か憂を慰む。

歳暮客懐

無父無妻百病身
孤舟風雪阻銅墪
残冬欲尽帰猶嬾
料是無人望倚門

歳暮の客懐

父無く妻無し　百病の身
孤舟　風雪　銅墪《とん》を阻《へだ》つ
残冬　尽きんと欲して　帰ること猶ほ嬾《ものう》し
料るに是《こ》れ　人の望んで門に倚《よ》る無ければなり

強歓

悲来塡臆強為歓

強ひて歓ぶ

悲しみ来たれば臆《むね》に塡《うず》めて　強ひて歓びを為《な》す

不覚花前有涙弾
閲世已知寒暖変
逢人真覚笑啼難
詩堪当哭狂何惜
酒果排愁病也拚
無限傷心倚棠樹
東南枝下独盤桓

覚えず　花の前に涙の弾《はじ》くる有ることを
世を閲《けみ》して已《すで》に寒暖の変を知り
人に逢ひて真《まこと》に笑啼の難を覚《さと》る
詩は哭《こく》に当つるに堪へたり　狂　何ぞ惜しまん
酒は果たして愁ひを排《はら》ふ　病ひも也《ま》た拚《す》てん
無限の傷心　棠樹《とうじゅ》に倚《よ》り
東南の枝の下《もと》　独り盤桓《ばんかん》す

無聊

風情退減久無詩
研匣書箋罥網絲
魘語夢魂聞婢喚
悪愁懐抱恐児知
酒於痛飲非真適
情向新歓未肯痴
惆悵旧遊攜手処

無聊《ぶりょう》

風情《ふうじょう》　退減して　久しく詩無し
硯匣《けんこう》　書箋《しょせん》　網絲《もうし》罥《か》かる
魘語《えんご》　夢魂に　婢《ひ》の喚ぶを聞き
悪愁　懐抱して　児の知らんことを恐る
酒は痛飲に於いて真に適《かな》へるに非ず
情《じょう》は新歓に向《お》いて未だ肯《あ》へて痴ならず
惆悵《ちゅうちょう》す　旧遊　手を攜へし処

木犀天気独来時　　木犀の天気に独り来たる時

一　われ元より深く詩を知るものならず。ただ漫に読みて楽しむのみ。わが文壇西洋の芸術を喜ぶもの支那の詩と云へば清寂枯淡を衒《てら》ふにあらざれば強ひて豪壮磊落の気慨を示さんとするもの丶みにして一も人間胸中の秘密弱点を語るものなしとなす。これ或は然らん。然れども一度王次回が疑雨集を繙かば全集四巻悉《ことごと》くこれ情痴、悔恨、追憶、憔悴、憂傷の文字ならざるはなし。その形式の端麗にして辞句の幽婉なる而してまたその感情の病的なる、往々ボオドレヱルの詩に対するの思あり。支那の詩集中われこの疑雨集の如くその内容の肉体的なるものあるを知らずボオドレヱルが悪之華集中に横溢せる倦怠衰弱の美感は直に移して疑雨集の特徴とするを得べし。

愁　遣　　愁遣《しゅうけん》

本為無聊借酒澆　　本《も》と無聊は酒を借りて澆《そそ》ぐことを為《な》せしに

酒辺情味更無聊　　酒辺の情味　更に無聊

不知悵望縁何事　　知らず　悵望《ちょうぼう》　何事に縁《よ》る

但覚歓情日漸消　　但《た》だ覚ゆ　歓情の日《ひ》びに漸く消ゆるを

不寝　　寝《いね》ず

悪抱千端集夜深　　悪抱　千端　夜の深きに集まる
同眠人已睡沈沈　　同《とも》に眠る人　已《すで》に睡り沈沈たり
夢中驚問腮辺冷　　夢中より驚き問ふ　腮《あぎと》の辺の冷ややかなるを
卻是愁人涙湿衾　　卻《かえ》つて是れ　愁人　涙　衾《ふすま》を湿《うるお》せり

この類の詩篇挙げて数ふべからず。そが妻の病をいたはりその死に接し幾度か往時を追回し悲嘆やる方なき思を述べたるものに至つては惨憺の情凄艶の辞鬼気屢《しばしば》人に迫るものあり。

述婦病懐　録二首　　婦の病ひの懐ひを述ぶ　二首を録す

消渇還愁骨亦消　　消渇《しょうかち》　還《かえ》つて愁ふ　骨も亦た消えんかと
玩氷銜玉総無憀　　氷を玩び玉を銜《ふく》むも総《すべ》て憀《たよ》り無し
春来潑尽如泉涙　　春来《しゅんらい》　泉の如き涙を潑《そそ》ぎ尽くすも
病肺除非引涙澆　　病肺　除非《ただ》　涙の澆《そそ》ぐを引くのみ

前路無涯愛有涯
一心趨向妙蓮華
眼前眷属休悲恋
九品同生也一家

悲遣十三章　録二首

悼亡非為愛縁牽
儼敬如賓近十年
疏濶較多歓洽少
倍添今日涙綿綿

酔時感慨醒来悶
貧用奔波病卻眠
白日無聊更無暇
黄昏独到繐帷前

前路　涯《は》て無く　愛に涯て有り
一心　趨向《すうこう》す　妙蓮華
眼前の眷属　悲恋するを休《や》めよ
九品同生《くほんどうしょう》　也《ま》た一家

悲遣十三章　二首を録す

悼亡は愛縁に牽《ひ》かるるが為に非ず
儼敬《げんけい》　賓の如く　十年に近し
疏濶《そかつ》　較《や》や多く　歓洽《かんこう》　少なし
倍《ます》ます添ふ　今日《こんにち》　涙　綿綿たるを

酔時の感慨　醒め来たつての悶《もだ》へ
貧用　奔波のごとく　病に卻つて眠る
白日　無聊　更に暇《いとま》無し
黄昏　独り繐帷《けいすい》の前に到る

悼亡の情何ぞこれより切なるものあらんや。感慨流露いさゝか偽る処あるを見ず。

一　今年丁巳の元旦風なく暖かなりしかど夜来の寒雨暁より雪となりぬ。二日蠟梅数朶を携へ雪を踏んで雑司ケ谷の墓地に至る。途上音羽護国寺門前の景色絵の如し。雪午下に及んで止みしかど、それより寒威遽《にわか》に加り硯の水初めて凍る。空斎孤衾寒いよ〳〵堪へがたきものあり。たま〳〵窓を開いて庭上を窺へば皎月枯木を照して影残雪の上に婆娑たり。宿痾酒を用ゆべくもあらず。独り纔《わずか》に茶を煮て疑雨集中の寒詞を誦じて曰く、

娟娟霜月上梅枝　　娟娟《けんけん》たる霜月　梅枝に上《のぼ》る
正是明醪熱酒時　　正に是れ明醪《めいろう》　酒を熱する時
為有辟寒香玉在　　辟寒《へきかん》の香玉の在る有るが為め
不能茗艼過三巵　　茗艼《めいてい》して三巵《さんし》を過ぐる能《あた》はず

（丁巳新春稿）

夏すがた

一

日頃懇意の仲買にすすめられて云わば義理ずくで半口《はんくち》乗った地所の売買が意外の大当り、慶三《けいぞう》はその儲《もうけ》の半分で手堅い会社の株券を買い、残る半分で馴染の芸者を引かした。

慶三は古くから小川町辺に名を知られた唐物屋《とうぶつや》の二代目の主人、年はもう四十に近い。商業学校の出身で父の生きていた時分には家にばかり居るよりも少しは世間を見るが肝腎と一時横浜の外国商館へ月給の多寡を問わず実地の見習にと使われていた事もある。そのせいか今だに処嫌《ところきら》わず西洋料理の通を振廻し、二言目には英語の会話を鼻にかけるハイカラであるが、酒もさしては呑まず、遊びも大一座で景気よく騒ぐよりは、こっそり一人で不見転《みずてん》買いでもする方が結句物費《ものい》りが少く世間の体裁もよいと云う流義。万事甚《はなは》だ抜目のない当世風の男であった。

されば芸者を引かして妾《めかけ》にするというのも、慶三は自分の女が見掛こそ二十一、二のハイカラ風で売っているが、実はもう二十四、五の年増で、三、四年も「分け」で稼いでいる事を知っている処から、さしたる借金があるというでもあるまい。それ故《ゆえ》遊ぶ度々の玉祝儀《ぎょくしゅうぎ》待合の席料から盆暮の物入《ものいり》までを算盤《そろばん》にかけて見て、この先何箇月間の勘定を一時に支払うと見れば、先《まず》は月幾分《いくぶ》の利金を捨てる位のもので大した損はあるまいと立派にバランスを取って見た上、さて表立っての落籍なぞは世間の聞えを憚《はばか》るからと待合の内儀《ないぎ》にも極内《ごくない》で、万事当人同志の対談に、物入なしの親元身受と話をつけたのであった。

そこで慶三が買馴染の芸者、その名千代香《ちよか》は女学生か看護婦の引越同様、わけもなく表の車屋を呼んで来て、柳行李《やなぎごうり》に風呂敷包、それに鏡台一つを人力《じんりき》に積ませ、多年稼いでいた下谷のお化横町《ばけよこちょう》から一先《ひとまず》小石川餌差町《えさしまち》辺の親元へ立退く。直《す》ぐその足で午後の二時をば前からの約束通り、富坂下春日町《とみざかしたかすがまち》の電車乗換場で慶三と待合せ、早速二人して妾宅をさがして歩くという運びになった。

五月初めの晴れた日である。慶三は大島の初袷《はつあわせ》に節糸《ふしいと》の羽織を重ね、電車を待つ振《ふり》で時間通りに四辻の乗換場に佇《たたず》み三田行と書いた電車の留まる度、そこから降来《おりく》る人をば一人一人一生懸命に見張っていた。すると千代香は定めの時間よりは十分とは遅れず、軈《やが》て停車する電車の車掌台へと込合う乗客に混って、押しつ押されつしながら立現われた。これも大島の荒い絣《かすり》に繻子《しゅす》入《いり》お召《めし》の半ゴートを重ね、髪を女優風に真中から割っていた。千代香は車掌台の上から早くも路傍に立っている慶三の姿を見付けた様子で、此方《こなた》を見ながらにこにこ嬉しそうに笑いながら車を下りるや否《いな》や、打水《うちみず》のしてある線路の敷石をば、蹴出《けだ》しの間から白い脛《はぎ》を見せるまでにぱっと大股にまたいで、慶三の傍にスタスタと歩み寄り、腕先に金鎖《きんくさり》で結びつけた時計をば鳥渡《ちょっと》かざして見せながら、

「そんなに待ちゃァしないでしょ。随分いそいだのよ」と云いながら、今更のように慶三の顔を見て「羽織の襟が折れていない事よ。あなたの内儀《おかみ》さんは実《じつ》がないね。」

「その代り何にも御存じなしさ。結句無事だ。」と慶三は自分で羽織の襟を直す。

「全くね。」と女は手にした傘をさし、「どっちへ行きましょう。きめて頂戴よ。」

「どこがよかろう。お前あてがあるか。」

「そうね、神田辺はあんまりお店に近いし、本郷の方もぞっとしないわね。」

「行先がきまらなくっちゃ電車にも乗れない。まアぶらぶら歩きながら話そうじゃないか。」

二人は砲兵工廠《こうしょう》の赤煉瓦塀に添うて足の向くまま富坂を小石川の方へと上って行った。

「これから夏向《なつむき》にゃ山の手も悪かアあるまい。」

「そうねえ、なまじっか町よりか静かでいいかも知れないわ。」

「白山《はくさん》に芸者家が出来たって云う咄《はな》しだがあの辺はどうだ。矢張《やっぱり》芸者家のある土地の方が仕出屋《しだしや》や何かの便利がきくからね。」

「内々《ないない》で浮気も出来ますしね。」

「何を云うんだい。」

「それだって聊《いささ》か心配だわ。人情ですもの。」

慶三はいかにも満足らしくはははと笑ったが、千代香は坂をまだ半分とは上らぬ中《うち》に突然、

「あなた。もう歩けないわ。私。」と鼻をならして、「手でも曳いて頂戴なねえ、不実よ。」と突如懐手《いきなりふところで》して歩いている慶三の袖口へ手を入れた。

慶三は真昼間《まっぴるま》の往来とて、少し面喰《めんくら》って四辺《あたり》をきょろきょろ見廻したが、坂地の道路が広いだけに、通行の人は誰も気のつくものがないらしいので大きに安心して、じっと袖の中で千代香の手を握りながら、

「真直《まっすぐ》に行けば伝通院前だが、あの辺じゃ家をさがしたって仕様がないから、電車に乗って江戸川か牛込辺まで出て見よう。」

二人は大曲《おおまがり》で下りた後江戸川端から足の向く方の横町へとぶらぶら曲って行ったが、

する中にいつか築土《つくど》明神下の広い通へ出た。鳥居前の電車道を横ぎると向うの細い横町の角に待合の燈《あかり》が三ツも四ツも一束になって立っているのが見えて、その辺に立並んだ新しい二階家の様子なぞ、どうやら頃合な妾宅向《むき》の貸家がありそうに思われた。土地の芸者が浴衣《ゆかた》を重ねた素肌の袷に袢纏《はんてん》を引掛けてぶらぶら歩いている。中には島田をがっくりさせ細帯のままで小走《こばしり》にお湯へ行くものもあった。箱屋らしい男も通る。稽古三味線も聞える。互に手を引合った二人は自然と広い表通よりもこの横町の方へ歩みを移したが、すると別に相談をきめたわけでもないのに、二人とも、今は熱心にこの土地の貸《かし》家札《やふだ》に目をつけ始めた。

神楽坂《かぐらざか》の大通を挟んでその左右に幾筋となく入乱《いりみだ》れている横町という横町、露路という露路をば大方歩き廻ってしまったので、二人は足の痛むほどすっかり疲れてしまったが、しかしそのかいあって、二人は毘沙門《びしゃもん》様の裏門前から奥深く曲って行く横町の唯《と》ある片側に当って、その入口は左右から建込む待合の竹垣にかくされた極く静な人目にかからぬ露地の突当りに、またとない誂向《あつらえむき》の二階家をさがし当てた。表の戸袋へ斜《ななめ》に張った貸家札の書出しで差配はすぐ筋向《すじむこう》の待合松風と知れている処から、その家の小女を案内に一応内《うち》の間取を一覧し、早速手付金を置いて契約を済ました。その時千代香が便所《はばかり》を借りにと松風の座敷へ上ったが、すると二人は何しろ疲れきっているので、もう何処《どこ》へも行く元気がなくその儘《まま》この松風の奥二階へ蒲団を敷いて貰うことにした。

裏窓を閉めた雨戸一枚に時ならぬ宵闇《よいやみ》をつくった四畳半の一間、二人が昼寝の枕元にぱっと夕方の電燈がつく時、女中がお風呂はいかがで御座いますと知らせに来る。二人は共々に帯もしめぬ貸浴衣の寝衣《ねまき》のまま、勝手の庭先へと後から建増したらしい狭い湯殿へ下り、一人やっと入れる程な小さな浴槽《ゆぶね》の中へと無理やりに、二人一緒に裸身《はだみ》を抱合せるように押入れた。慶三は箱根に行こうが塩原に行こうが到底《とても》こんな好《い》い心持のお湯へは入れまいと思った。何《な》にしろ半日ほど歩いて能《よ》く運動した後、女と一緒にぐっすり一寝入してその汗ばんだ身体《からだ》を湯の中へつけた時には、五体の節々のみか生命《いのち》も共に延び延びしたようで、慶三は幸福と云おうか愉快と云おうか、ただもう夢のような気がした。それから二階へ上って来るとぐうぐういう程腹のすいた処へ晩餐の熱燗。これがまた何《ど》うも云いようのない味を覚えさせるので、彼は女房や子供の事また店の事までその瞬間は全く忘れてしまって、心の中にはこれから先毎晩こういう風に千代香を囲者《かこいもの》にしてからの楽しさのみが、却《かえっ》て切ないほど果てしもなく想像されるのであった。慶三は二、三杯熱いのを続けざまに引掛けると、既に恍惚たる精神は更に淘々然《とうとうぜん》とし、入湯して柔かくなった身体は足の指手の指の先まで何処ということなく一体にむず痒《がゆ》いように慾情の震動を伝え出すので、到底《とても》慶三は妾宅へ引移《ひきこし》の準備が出来るまで、このままぽんやり待っては居られないような気がした。彼は待合の内儀を呼上げ妾宅で使う女中の周旋を頼むのみか、万事新世帯に入用な品物を買入れる事まで何くれとなく依頼したのであった。

二

千代香はいよいよ素人《しろと》のお千代になって、ここに目出度《めでたく》神楽坂裏の妾宅に引越し、待合松風の世話で来た五十ばかりの老婢《ばあや》を相手に一日ごろごろ所在なく暮す身分となった。旦那の慶三は毎日夕方から欠かさず通って来る。慶三は学校にいる時分から既に遊びはなかなか巧者な方であっただけ、一時は商売人を引かして囲者なぞにしなくとも、女を好自由《すきじゆう》にする手はいくらもある。そんな馬鹿気た金を使うのは余程間抜けた人間のする業《わざ》のように悪く云っていた事もあったが、さて今度始めて経験して見ると、そこには云うに云われない味がある事を悟った。既に半年以上も買馴染んだ女ではあるが、改めて自分一人ぎりのものにして折々は丸髷《まるまげ》にも結わして見るとその結立ての丸髷が翌日《あくるひ》の朝無惨に崩れている有様なぞ、今までは左程にも思わなかったそれ等の事が、妙に不思議な新しい刺戟を覚えさせ、一刻も放したくないような心持がしてならぬのである。最初慶三はたとえ毎晩遊びに行っても決して家は明けないつもりで居たのであるが、その第一夜に彼は何の訳《わけ》もなく宿《とま》り込んでしまった。そしてその翌日も午少《ひる》し前に帰って夕方は燈《あかり》のつくかつかない中《うち》に戻って来た。

慶三は我ながらどうしてこう急にお千代が可愛くなったのかと、今更不思議に思うばかりである。以前芸者で呼んでいる時分にはそれ程執心という訳では決してなかった。同じ土地の芸者で手を出して見たいと思う女は幾人もあった。千代香が余所《よそ》の座敷へ出ていて来られない折なぞを幸いに、慶三は既に度々箒《ほうき》をやって見た事もあった。しかしそういう時に限って、面白そうだと思って呼んで見た芸者に気に入ったものは少く、殊には四畳半へ廻って燈を消してからなおなお後悔するような事がある処から、矢張呼び馴れた奴が一番無事だと結局千代香が一番長続きしたというに過ぎない。

お千代は円顔の鼻低く目尻が下っているのみならず猪首《いくび》でお尻が大きく、女同志の目からは遥《はるか》に十人並以下どころの事ではない、寧《むし》ろ醜婦の中に数えられる位の容貌であった。しかし男の好心《すきごころ》から見る目はまた別である。その締《しまり》のない口元と目尻の下った目付とは、この女の心の片意地でない証拠と見え、また幅狭い帯の下から隆起した大きなお尻の円味と、下締《したじめ》がよく締まらないのかと思われるような下腹のふくらみ塩梅《あんばい》は、浴衣なぞ着た折は殊に誘惑的に見られるのであった。されば二十四、五の年増になっても十七、八の若い妓《こ》同様にお客の受けがよく、一度呼ばれれば屹度《きっと》裏が返るという噂さえあった。土地の待合ではしつッこい年寄のお客へなら千代香さんでなくてはならぬようにいつも目星を指《さ》されていただけ、朋輩の評判は甚《はなは》だ宜敷《よろし》からず、第一がケチでしみったれで、あんな無性な汚らしい女はないと後指をさされていた。全くの処、お千代には本場で腕を磨いた江戸育ちの芸者のような潔癖というものは微塵もない。家で着ている寝衣《ねまき》なんぞは襟垢《えりあか》が光るほどになっても一向平気だし、髪も至って無性で、抱主《かかえぬし》から煩《うるさ》く云われて初めて三日目か四日目位に結う位、銭湯へもお座敷のいそがしい時なぞは幾日も入らず、彼方《あっち》の待合や此方《こっち》のお茶屋で汗になった身体をそのまま、次の座敷がかかれば剝げかかった白粉《おしろい》の上塗をしただけで平気で済ましている。癇性《かんしょう》の朋輩が見るに見兼ねて時々、「千代ちゃん、お前さんもちッたア自分で身体を大事におしなさいよ。お馴染さんならいいけれど、初めての方なんざ何《ど》んな病気がないとも知れないからね。」としみじみ意見する事もあったが、一向その忠告の用いられないのを見て、遂《しまい》には、千代香見たような汚い妓《こ》はない。私が男なら到底買う気にゃなれないねえ。と遂《つい》には影口をきくようになった。

しかし朝風呂の熱いのに飛込んで、ゆで蛸のようになって喜ぶような江戸子《えどっこ》風の潔癖は、時勢と共にお客の方にも最《も》うなくなっている。慶三はお千代の云わばじじむさいような、小股のきりりとしない着物の着様やら、出《で》ッ尻《ちり》の身体付の何処となく暖かく重いような具合やら、これに対すると何となく芸者らしくない濃厚と自由の気味合を感じるのが、折々は活動写真などで見る西洋のモデル女の裸体のような妙な気をさせるのであった。洒脱清楚を主とした昔風の芸者から見ればお話にならぬ大欠点が、つまり慶三の眼には尽《ことごと》くこの女の捨てがたい特色として見られたのである。

芸者をしている時すら既にそうである。いよいよ妾にして自分一人のものと極《き》めてしまうと、お千代の身体《からだ》から感じられる濃厚な重い心持は、一日一日と宛《さなが》ら飴でも煮詰《につ》めて行くようにますます濃厚になって行くように思われ、慶三は独りで往来を歩いている時または店で働いている時も、絶えずお千代の肌の臭《におい》がもやもや身に付纏《つきまと》っているような心持がしてならなかった。

女房や店の小僧どもの手前もあれば慶三は来る度々《たんび》もう今夜ぎり、明日からは決して宿《とま》らずに帰ろうと堅く心に誓いながら、宵に一杯やって二階の六畳にしけこむと、どうにもこうにも夜の明けるまでは床の中から起兼《おきかね》るのである。このまま中途半端でこの乱れた床の中に、帯紐解き乱したお千代の裸体を打捨てて行くには忍びない。打捨てて行くのはいかにも惜しいような勿体《もったい》ないような心持になる。そこで帰りがけに慶三は既に帯まで締めてしまっても、いぎたなく取乱したお千代が、私ほんとに淋しいわと甘えるような調子を出したり、或《あるい》はまたどうせ私はお妾ですからねと、本妻に対して嫉妬らしいような事でも云うと、慶三はもう無我夢中で、そのままお千代を抱きすくめたなり、ぐっすり宿込《とまりこ》んでしまわねば、その場の納《おさ》まりがつかないような気になるのであった。

三

二月《ふたつき》ばかりは全く夢のように過ぎた。入梅が明けて世間は俄《にわか》に夏らしくなり、慶三が店の窓硝子《まどガラス》にもパナマや麦藁帽子が並び始めた。毎年の例として町内聯合で催す中元の売出しが始る頃から、町中の炎暑はめっきり加わって来た。本所の方で真症コレラが流行《はや》り出したという噂が毎日新聞を賑わした。暑い暑いと言出してから早くも半月ばかり雨は一滴も降らず、日毎きびしく照りつける日の光に、町中はどこも彼処《かしこ》も焼跡のような塵《ごみ》だらけで、歩道のほとりの並木は大分枯れかかっている。区役所から水道を無益につかわないようにという達しが出た。近郷近在は無論干魃《ひでり》だという噂である。店の手代は昨日は九十度、今日は午前からもう八十三度だと云っていたが、しかし慶三の身にはこの堪えがたい酷暑が今年ばかりは春や秋よりも却《かえっ》て面白い楽しい有難い時候であるように思われた。何故《なぜ》というに慶三は最早《もは》や着物を着たり帯をしめたりしているお千代の姿を見る暇《いとま》がなくなったからである。お千代は袖のない晒木綿《さらしもめん》の肌着をさえ脱捨てていつも膝位しかない短い腰巻一つでごろごろしている。ちゃぶ台で差向いにビイルを飲む時も、立って便所《はばかり》へ行く時も或は二階の蚊帳《かや》へ這入《はい》ってからは猶更、慶三の目の前からは一瞬間たりとも残る隈なく電燈の光に照し出されたお千代の真白なぽっちりした裸形の消去《きえさ》る暇《いとま》がない。二階の六畳に下の座敷二間《ふたま》を入れた狭い妾宅中は、どこへ行ってもお千代の真白な身体に煌々たる電燈の光の反射せぬ処はないように思われた。

まだまだそれのみでは無い、二十年この方ない暑さだという恐ろしい夏がこの上もなく慶三を喜ばした理由は、お千代の裸体と合せてお千代の住む妾宅のその周囲の情景であった。

神楽坂上の土地の事とて横町全体の地盤が坂になっている処から妾宅の二階から外を見ると、大抵は待合か芸者家になっている貸家がだんだんに低く箱でも重ねたように建込んでいて、いずれもその裏側を此方《こなた》へ向けている。夏にならない中《うち》は一向気が付かずにいたが、この頃の暑さにいずこの家も窓と云わず、勝手の戸口と云わず、いささかでも風の這入りそうな処は皆明けられるだけ明け放ってしまったので、夜になって燈火《あかり》がつくと障子に映る島田の影位の事ではない。芸者が両肌《もろはだ》抜いで化粧している処や、お客が騒いでいる有様までが、垣根や板塀を越し或《あるい》は植込の枝の間を透して円見得《まるみえ》に見通される。慶三は或晩《あるばん》そよとの風さえない暑さに二階の電気を消して表の縁側は勿論《もちろん》裏の下地窓をも明放ちお千代と蚊帳の中に寝ていた時、隣の家――それは幾代《いくよ》という待合になっている二階座敷の話声《はなしごえ》が手に取るように聞えて来るのに、ふと耳を傾けた。両方の家の狭間《ひあわい》へ通う風が何とも云えないほど涼しいので隣の二階でも裏窓の障子を明け放っているに違いない。喃々《なんなん》として続く話声の中に突然、

「あなた、それじゃ屹度《きっと》よくって。屹度買って頂戴よ。約束したのよ。」という女の声が一際《ひときわ》強くはっきり聞えて、それを快諾したらしい男の声とつづいて如何《いか》にも嬉しそうな二人の笑声がした。お千代も先刻から聞くともなしに耳をすましていたと見え、突然《いきなり》慶三の横腹を軽く突いて、

「どうもおやすくないのね。」

「馬鹿にしてやがるなア。」

慶三はどんな芸者とお客だか見えるものなら見てやろうと、何心なく立上って窓の外へ顔を出すと、鼻の先に隣の裏窓の目隠しが突出ていたが、此方《こちら》は真暗、向うには燈《あかり》がついているので、目隠《めかくし》の板に拇指《おやゆび》ほどの大《おお》きさの節穴が丁度二ツ開いてるのがよく分った。慶三はこれ屈強と、覗機関《のぞきからくり》でも見るように片目を押当てたが、すると忽《たちま》ち声を立てる程にびっくりして慌《あわ》てて口を蔽い、

「お千代お千代大変だぜ。鳥渡《ちょっと》来て見ろ。」と四辺《あたり》を憚《はばか》る小声に、お千代も何事かと教えられた目隠《めがくし》の節穴から同じように片目をつぶって隣の二階を覗いた。

隣の話し声は先刻《さっき》からぱったりと途絶えたまま今は人なき如く寂《しん》としているのである。お千代は暫《しばら》く覗いていたが次第に息使い急《せわ》しく胸をはずませて来て、

「あなた。罪だからもう止《よ》しましょうよ。」

とこの儘《まま》黙って隙見《すきみ》をするのはもう気の毒で堪らないというように、そっと慶三の手を引いたが、慶三はもうそんな事には耳をも借さず節穴へぴったり顔を押当てたまま息を凝《こら》して身動き一ツしないので、お千代も仕方なしに最一《もひと》ツの節穴へ再び顔を押付けたが、兎角《とかく》する中に慶三もお千代も何方《どっち》からが手を出すとも知れず、二人は真暗な中に互に手と手をさぐり合うかと思うと、相方《そうほう》ともに狂気のように猛烈な力で抱合った。

かくの如く慶三はわが妾宅の内のみならず、周囲一帯の夏の夜のありさまから、絶えず今まで覚えた事のない慾情の刺戟を受けるのであった。あまりに飽き疲れてしまって慶三は或日《あるひ》の午後今日ばかりは珍しく薄曇の涼しい空を幸い、久しく打捨てて置いた店の用事をたしに出たついで散髪屋へ立寄ると馴染の亭主が、

「旦那、大層お痩せになりましたな。今年の暑さには皆やられますよ。」

そう云われて、鏡にうつる自分の顔を見ると気のせいか少し頬がこけたような気がしたので、聊《いささ》か身体《からだ》が心配になり、その日は不思議にも家へ帰って夜も早く寝てしまった。しかし翌日になるともう朝の中から何とも知れず身体中が薄淋しいような妙な心持がし

て、とても夕方までは待ちきれず午飯《ひるめし》をすますと直《すぐ》に赫々《かくかく》たる日中の炎天をも恐れず外に飛出してしまった。

今まで毎日通うもののそれはいつも夕方からの事で、こんなに早く昼間の中から出掛けた事はなかった処から、神楽坂を上って例の横町へ曲ると、炎天の日の下に夜を生命《いのち》の世界は今しも寂と物音なく静まり返っている最中で、遠くの方に羅宇屋《らうや》の笛の音が聞えるばかり。人一人通らぬ有様に慶三は却《かえ》って物珍らしく初めて通る横町のような気がすると共に、両側の芸者家の明け放った窓や勝手口から、簾《すだれ》やレースの間を透して、薄暗い家の中には暑さに弱り果てた女達がまるで病人のように髪も乱し浴衣の裾や胸をも乱して細帯をも解けたら解けたまんまで、居汚《いぎた》なくごろごろと寝そべっている様子が、通りすがりに覗きながら歩いて行く慶三の眼には、夜になって綺麗に化粧をして帯をきちんと〆《し》めてしまった姿よりも遥《はるか》に心を迷わすように見えた。突然慶三はいつも言語同断な程寝ぞうの悪いお千代は一体この暑い日中、今頃はどんな態《ざま》をして昼寝しているだろうかと思付くと、もう駈出さずには居られない程気がせいて来る。道端の小石を蹴飛ばし勢よくがらりと妾宅の格子戸を明けたが、すると外からも見通される茶の間に洋服を着た見知らない若い男が胡座《あぐら》をかいていて、寝ているると思ったお千代は起きて話をしている。いつものように腰巻一ツの裸体《はだか》のままで片肱《かたひじ》を高く上げた脇の下をば頻《しきり》と片手の団扇《うちわ》であおぎながら話をしているのであった。

慶三は意外の有様に片足土間へ踏み込んだまま立往生をしたが、お千代はさして驚いた様子もせず、「あら旦那。お暑かったでしょう。」と元気よく出迎えて、突《つ》と寄添った耳元に口を寄せ、「下谷の姐《ねえ》さん処《とこ》の若旦那なのよ。構やしないのよ。」

手を引張られて、慶三は黙ってその儘二階へ上ると、お千代もその後について上ったなり、一向下へは行かず、老婢《ばあや》を呼上げて氷を取り寄せ、

「姐さんと喧嘩をして家《うち》を飛出してしまったんですって。それで少しばかりお金がいるからッて相談に来たのよ。断ったんだから構やしないのよ。」と云って、その儘午睡《ひるね》でもする気か、自分から戸棚の枕を取出して横になった。その様子があんまり事なげに見えただけ、慶三には却って不審が晴れぬ。暫《しばら》くして便所へ下りて行くと、若い男はとうに帰った後と見えて、綺麗に片付いた茶の間には老婢が一人で居眠をして居た。

慶三はその翌日からは殆《ほとん》ど時間を定めず八月の炎天を二時三時頃に来る事もあれば、朝の十時頃、または夜ずっと晩《おそ》く十時過ぎに格子戸を明けて見ることもあった。しかしその後は更に怪しい男の出入りしたらしい様子もないので、慶三は二、三日ぱったり足を抜いて見た後、突然午後の四時頃半間《はんま》な時間を計って、わざと音せぬように格子戸を明けながら家の様子を窺うと下座敷には老婢も誰もいないので、慶三は見知らぬ他人の

家へでも忍入《しのびい》るように、足音を忍んでいきなり二階へ上った。襖《ふすま》を明けると六畳の間には蒲団が引放《ひきはな》しになっていて、掛蒲団は床の間の方へと跳ねのけられ、白い上敷《シイツ》の或処《あるところ》にはいやに小皺《こじわ》が沢山よっていた。尤《もっと》も枕は女のもの一ツしか見えなかったけれど、その傍に置いた煙草盆には灰吹から火入まで一ッぱいに敷島《しきしま》の呑さしが突さしてあった。

慶三は矢庭《やにわ》に掛蒲団を剝ぎのけた後、眼を皿のようにして白い敷布《シイツ》の上から何物かを捜し出そうとするらしく稍暫《ややしばら》く瞳子《ひとみ》を据えた後、頻《しきり》に鼻を摺付《すりつ》けて物の臭《におい》でもかぐような挙動をした。そして更に手をば蒲団の下に突込んで隈なく何かをさがし出そうとしたらしかったが、しかしどれもこれも皆思うような充分の証拠を握ることが出来なかった。慶三はその場にどっしり胡坐《あぐら》をかき大きな息をついたが、また何か急に思付いたように立上って、先《まず》押入の襖を明けてその中を窺った後、次には窓際から頸《くび》を差伸《さしのば》して頻に下の様子を窺おうとした。

格子戸の明く音がして外から帰って来たらしいお千代の声、それをば「奥さん。」と急に制するような老婢の声がしたなり後は火の消えたようにしんとして仕舞った。慶三はどうにかして二人の様子、二人の密談を窺おうと逆立《さかだち》するまでに頸と半身を窓の外に差出したが、八月の西日が赫々とさし込む台所には水道の栓から滴る水の音が聞えるばかりである。仕方なしに今度は梯子段の下口《おりくち》の方へ廻って見たが、矢張《やっぱり》同じこと家中はまるで人のいないも同様である。慶三は無暗《むやみ》に咽喉《のど》が渇いて堪らなくなった。しかしこうなって見ると自分もうっかり階下《した》へは下りられぬ。お千代の顔を見るが否《いな》やどうして呉《く》れよう、何と云ってやろう。先の出ようで此方《こっち》もそれ相応に一通《ひととおり》は量見を極《き》めてかからねばならぬ……。慶三は夜具を踏まえて二《に》王立《おうだち》になったまま暫くは身動きも出来なかったが、突然下からお千代の泣声が漏れ聞えたのに、聊《いささ》か不意を打れて梯子段の下口へ歩み出で息《い》を凝し耳を聳《そばだ》てた。

「老婢《ばあや》、お前が悪いんだ。すぐに二階を片付けて置かないからさ。どうでもお前の勝手にするがいい。」と泣きながら叱りつけるお千代の声に応じて、老婢は頻りに何やら申訳をしているらしいが、その言葉は明瞭《はっきり》とは聞取れなかった。しかし事実はもう殆ど明白である。慶三は夜具を蹴飛《けとば》し足音荒く二階から駈け下りるが否や、有合《ありあ》う下駄をつッかけて物をも云わず戸外《おもて》へ飛出そうとした。いつまで二階に立ちすくんでも居られず、そうかと云って此方からのめのめと下へ降りて行くわけにも行かない。兎《と》に角《かく》この場合面と向って愚図愚図云合おうよりは勢を示して一先《ひとまず》外へ出た上、何とか適宜の処置を取ろうと思い定めたのである。

二階から雷の落ちて来るような足音に吃驚《びっくり》したお千代はそれと見るより、死力を出して慶三に取り縋《すが》った。慶三は早くも半身格子戸の外へ飛出しながら、

「放せ放せ。用はない。」

「まアあなた。待って頂戴。」とお千代は上框《あがりかまち》から滑り落ちながら、しっかり男の袂を押える。

「放さないか。畜生ッ。」

慶三は平手でぴっしゃりお千代の横面《よこづら》を喰わしたが、お千代は大声で泣き出すばかり、なかなか押えた袂を放さない。老婢はうろうろして代り代りにまア旦那、まア奥さんとこれも半分は泣声である。

格子外には早くも通りがかりの人が三、四人も足を止めた。丁度湯帰りの近所の芸者も二、三人立ち加わる有様に、慶三も今はそう手荒く袂を振切って駈出すわけにも行かず、「静にしろい。見ッともねえや。」とぶつぶつ云いながら再び家《うち》へ上らねばならなかった。こうなれば最《も》うお千代の勝利である。お千代は打《ぶ》たれようが殺されようが皆な自分が悪いんだから、どうなりと気の済むようにと云わぬばかりの態度で、いかにも物哀《ものあわれ》にしくしく泣きながら事情を訴えて、結局同情を請おうと云うのである。無論最初は何と云っても慶三は返事をしなかった。しかしそんな事はお千代の問う処ではない。お千代は商売している時分、いつぞや洋服を着て来た男には盆暮その他折々世話になった事があるので、この間不意と銭湯の帰道で出会《であわ》し、いやとも云われず家へ上げたのが間違《まちがい》のもとで、その後は主《ぬし》ある身だからと断ってもずうずうしくやって来るので、実は私もどうしていいのか途法に暮れているのですと、結句その後始末の相談を慶三の方へ持掛けるような風にしてしまった。

慶三はただ馬鹿野郎馬鹿野郎と怒鳴《どな》るばかり今更撲《ぶ》ったり蹴たりも出来ず、勝手にしろと云い捨てて外へ出てしまった。外へ出てから慶三は道々どう始末をつけようかと稍《やや》冷静に思案を廻し始めた。事は甚《はなは》だ簡単である。旦那の留守に以前のお客を引摺込《ひきずりこ》んだのだから、この儘《まま》暇をやって仕舞えばよい。それで向《むこう》も、何一ツ苦情を云うべき筈《はず》はない。しかし慶三はすぐそれに続いて、暇をやってしまった後お千代はどうするだろうかと考えた。二度芸者に出るか、そうでなければ以前からも大分金を使ったらしい洋服の若い奴が、俺の代りに這入込《はいりこ》んで、俺のしたようにお千代を自由勝手にするに違いない、と思うと慶三はいくら腹が立っても、腹立ちまぎれに滅多に暇をやることは出来ない。暇がやられなければ今度の処は我慢して、この後は二度と再びあの男を近寄せぬように、厳重厳格に取締るより仕様がないと決心したが、さてしからばどう云う風に取締るかというその方法である。慶三はお千代が芸者をしている時分には能《よ》く今度の様な不始末を見せた女である事を思合《おもいあわ》せた。よくよく考えて見るとお千代ほどだらしのない女はない。これほど男の玩弄物《おもちゃ》になるのに適当した女は恐らくあるまい。お千代は玩弄物にされる事をば別に恥辱とも苦痛とも何とも思わぬ様子で、時には却て玩弄物にされるのを面白そうに嬉しがっているような風さえ見える。お千代は根からの売女《ばいじょ》である。その身は心と共に誰にでも解放されているので、これほど訳《わけ》もなく近寄り易い女はないが、その代りまたこれ程独占するに困難な女も恐らくあるまい。

　そもそも慶三が始めてお千代に馴染んだその発端からが、聊《いささ》か常規を脱していた。それがその時慶三には一方ならずもてたように思われた為《た》め、知らず知らずその後も呼びつづけるようになった訳である。唐物屋仲間の寄合のくずれに十四、五人の有志が大一座で上野辺の料理屋で二次会を開いた時、慶三は不図《ふと》目についたお千代が好《い》い塩梅《あんばい》に便所へついて来たので、真暗な明座敷《あきざしき》の前を通るがまま無理にそこへ引入れて直接に談判を持掛ける中《うち》にも、酔った勢《いきおい》で手を出すのをお千代は更に何とも云わず、それなり為すがままに黙っていた。これはお千代に取っては別に手練でも手管でも何でもない。お千代は地体誰《じたいたれ》に対してもそういう女なので、時と場合と相手によって意外な好結果を来《きた》す事もあるが、またがらりと変って、あんな地獄見たような女はないと擯斥《ひんせき》の上にも擯斥される種を蒔く事もある。しかし当人は何《いず》れにしてもつまりは空々若々《くうくうじゃくじゃく》である。自分はどういう訳で好かれるのか、またどういう訳で下賤《さげす》まれるのか、そんな事は更に考えはせぬ。お千代はお座敷で意地の悪い芸者から折々面と向って随分ひどい事を云われても、深くは感じない様子で、そんな事は人並より早く忘れてしまうらしい、至極呑気な鈍い性質であった。さればお客に対しても悪く物を強請《ねだ》ったり、故意にたくらんで欺《だま》すような悪辣な処は少しもなかった。その代り無責任の事はまた想像意外といってもよい。何時《いつ》の幾日《いくか》にはお仕舞をつけて待っていますから屹度《きっと》ですよとお客に約束して置きながら、外《ほか》から口がかかれば、もう前約はがらりと忘れてしまったようにその方へ行ってしまう。そして万一後日になって前約のお客からその不始末を厳しく責められでもすると、お千代はただもう吃驚《びっくり》したように、身も蓋もなくその場合の事をば天真爛熳に打明けてしまうので、怒りかけたお客も呆れて手がつけられぬという始末である。

いつぞや慶三は池の端の待合でお千代の来方のあまりに遅いのを責めた事があった。そして髪の乱れているのと、帯の〆方《しめかた》の崩れている事を詰問した。するとお千代は極めて無邪気に、「あら、分って。」と問返した。この意外の反問に慶三は却て毒気を抜かれて眼ばかり円くして黙ってしまうと、お千代は矢張無邪気に、「あんまり急いだもんだから、髪なんぞ撫付《なでつ》けていられなかったのよ。酔払《よっぱらい》で仕様がないお客なのよ。」と懐中鏡をだして外の座敷で乱して来た髪をばれいれいしく慶三の前で撫付けながら、

「どうせまた破《こわ》れちまうんだわねえ。あなた。」と色目を使って男の膝の上に身を投掛けた。待合の女中が這入って来てもお千代は一向居住居《いずまい》を直そうともせず、男の身体に

しなだれかかったままで、「姐《ねえ》さん済みません。失礼。」とお客よりも先に帯を解いて憚《はばか》らぬ始末。全く人前も何にも構わない傍若無人の態度である。慶三は心中嫉妬の不快を包みながらも、並大抵の芸者にはとても銭金《ぜにかね》では出来ない明放《あけっぱな》しなお千代の様子、それは同じ売女の身をまかすにしても、このお千代ほどその身を根こそぎ勝手自由にさせる女はないと思うと、つい多少の不快を忍び忍び呼びつづける事になるのであった。

四

慶三はお千代をば二円の御祝儀一時間二十五銭の玉代で買っていた時すら既にかくの如くであった。妾《めかけ》に囲った今更になっては実のところ唯一人《たったひとり》以前のお客が入込《いりこ》んだからとて、腹立まぎれに綺麗さっぱりと暇をやる勇気はない。まして女の様子や話工合《はなしぐあい》から想像するに、女の方から内々で呼出したという風は更にない。全く男の方からずうずうしく上り込んで無理やりに口説き寄ったに相違なさそうである。しかし慶三は知れた上にもなお事の真相を捜ろうものと、その次お千代と枕を並べてからも種々《さまざま》に問い試みた。

「何故《なぜ》綺麗きっぱり刎付《はねつ》けてしまわなかったんだ。」

「だから随分小ッ酷《こぴど》く刎付けてやったのよ。」

「刎付けられなかったんじゃないか。すぐに云《いい》なり次第になったんだろう。」

「あらいい事よ。なんぼ私だって商売している時とはちがってよ。」

「それじゃ商売している時ア誰の云う事でもきいたのか。」

「誰でもッて。あんまりだわ。あなたも……。」

「だって商売してる時とは違うと云ったじゃないか。」

「それアそう云ったわ。商売してる時は仕方がないじゃないの。弱い家業ですもの。」

「そんなら商売をよしても云う事をきくのはどうしたんだ。惚れてやがるんだな。」

「あなた、もしかそうなら私はどこまでも隠してよ。惚て呼んだんなら私は、憚《はばか》りさまですが、こんなに何《なに》も彼《か》も打明けてしまやしない事よ。あなたに済まないと思うから私ゃ何も彼も隠し立てせずにお話したんだわ。ねえ、あなた。ほんとに私が悪かったんだから勘忍して頂戴よ。」

「これぎり屹度《きっと》家へ上げちゃならないぞ。今度やって来やがったら水でも打《ぶっ》かけてやれ。」

有耶無耶《うやむや》に一団落ついて慶三は従前通り妾宅へ通っていたが、また十日ほども経った或日《あるひ》のこと、午後に夕立が降りそこなったなり、風の沈んだ蒸暑い晩をば、慶三は宵から二階へしけこみ、十一時の時計を聞いてそろそろ帰仕度をしようという時、丁度便所《はばかり》へと下りて行ったお千代が突然大きな声で、

「どの面《つら》下げてのめのめと来られるんだろう、帰って下さいよ。」と怒鳴りつける。そして格子戸の音と共に表の方へ遠ざかって行く靴の音を聞いた。

慶三は褌《ふんどし》一ツ、蹶《けっ》起《き》して下へ降りた。

「誰だ。彼奴《あいつ》か。」

「追ッ帰してやったわ。」とお千代は細帯もしめない寝衣《ねまき》の前を引合せながら、「ほんとに何てずうずうしいんだろう。あの通りだから実際困っちまうのよ。」

万事罪は向うにあるのだと云わぬばかりの調子でお千代は慶三の顔を見た。慶三は再び不安になって帰るに帰られず、と云ってその夜は翌日の商用の都合で是非にも帰らねばならぬ処から一時過《すぎ》までぶつぶつ云っていた後漸《ようや》く意を決して立上った。

電車もなくなって仕舞ったので、慶三は人力車《くるま》の上から夜更《よふけ》の風に吹かれながら、更に再びお千代と怪しい男との間に潜んだ情交の真相を知らんと苦しんだ。慶三は今までの様子から事実お千代が左程にあの男に惚ているものとは思わなかった。さすればここには芸者時代から引つづいて何か金銭上の関係がありはせまいかと見当をつけて見た。

慶三は最初お千代を妾にする時、将来の手当をば実は切詰められるだけ切詰めて置こうと思案して、月五十円の手当の中《うち》で親元へ十円ずつの仕送りも、またこれから先入用《いりよう》の衣服も皆その中で仕払うようにしろ。要するに大病とか何とかいう不測の災難以外には凡《すべ》て右の定額でやり繰るようにと、この事だけは如何《いか》にでれついた最中でも慶三はきっぱり云渡し、なお後日間違いのないようにと念に念を押して承知させて置いたのである。お千代は何《な》にしろ芸者をやめて素人になれるという嬉しさが先に立っている時でもあり、また今まで世帯の苦労をした事がないので、その時には月々五十円ありさえすれば結構やって行けるような気がして二ツ返事で承知した。最初の一箇月は何が何やら分らず仕舞《じまい》に過ぎてしまって、次の月の晦日に及んだ時、お千代は家賃と米屋炭屋酒屋肴屋等の諸払いを済すとそれで最《も》う手元には一円札の一、二枚がやっと残った丈《だ》けで、とても親元へ十円の仕送りの出処《でどころ》がない。晦日というその日に限って旦那も店がいそがしいと云うのでやって来ず、お千代は仕方がないので指環を質入して親元への仕送をすました。ここでお千代は始めて五十円じゃなかなか楽にやって行けるものじゃない。毎日の小使湯銭にも気をつけ、殊には多年の習慣になっている買喰をも節しなければならぬ。いやそれ処か、親元身受にして前借金を片付ける時、芸者時分の着物は大方抱主《かかえぬし》に引渡してしまった処から、この冬には早速外出の衣裳にも困るわけである。お千代はすっかり鬱込《ふさぎこ》んでしまった。幾度も念を押された末、五十円ならばきっとやれますと立派に約束したその傍《そば》から、殊には引く時前借の始末や引越《ひきこし》その他の物入をかけた後の事とて、そう手軽く月々の手当の増額を強請《ねだ》るわけにも行かないと思うと、根が悪気のない女だけに、お千代は始めての世帯の苦労に、何となく身の行末までが心細くてならなくなった。家にいても気がふさぐというので銭湯へ行ったその帰り道、横町の曲角《まがりかど》で不意と出会ったのは、芸者の時分お千代に取っては慶三と同等に極《ご》く大事なお客の中の一人であった葉山《はやま》という若い男である。世間にも一寸《ちょっと》聞えた実業家の若旦那で、だらしなく金を使う箒《ほうき》さんで通ったお客である。

「千代香じゃないか、丸髷に結ってやがるな。うまくやったなア。」と締《しまり》のない、大きな声でわざといいけ粗雑《ぞんざい》な調子で物を云うのがこの男の癖である。お千代は黙って引いてしまった弱身《よわみ》もあるので、「あら葉山さん」と云ったなり二の句がつげずにただ立止っていると、葉山はじろじろ女の様子を見ながら、

「千代ちゃん、お前どこにいるんだい。」

「ついこの先の横町です。」

「連れてってお呉《く》れ、満更《まんざら》他人でもないだろう。皆な聞いて知ってるぞ。親指が留守なら構わないじゃないか。……いけないのか、いけなきゃア鳥渡《ちょいと》その辺の待合へ行こうよ。話があるんだ。」

お千代は単刀直入にこう云われては以前の関係からそう情《すげ》なくも振切れないので、その日は慶三の来ぬのを幸い妾宅へ案内した。葉山は少し話をして帰りがけに五円札をお

祝いにと置いて行った。これがそもそもの始まりで葉山は二、三日たつと、ふいとまたやって来て、格子戸の外から、夏の事とて明け放した下座敷を窺《のぞ》きながら、お千代が窓のそばへ蹲踞《しゃが》んで足の爪を切っている姿を見るや、否《いな》や、また例の〆《しま》りのない粗雑《ぞんざい》な調子で、

「千代《ちゃア》ちゃん千代ちゃん。」と呼びかけ、そっと親指を見せるのである。葉山はかくの如くしていつかお千代に関係をつけてしまった。その時葉山はお千代が何とも云わぬ先に毎月三十円やると云って現金を女の懐中に捻じ込み、

「僕ア毎日遊んでるんだから、旦那のいない時、夜中でも朝腹《あさっぱら》でもいつでもいいよ。旦那が来たら裏口から内所で逃げてってやらア。こんな訳のわかった色男はあるまい。」

と葉山は一人で喜んで一人で承知して帰ったのである。

五

慶三はお千代と葉山の関係をば図星をさしてこうとはっきり推量する事は無論出来なかったけれど、従前からの行掛《ゆきがか》りでお千代の方に相応の弱みがある為め、どうしても手強く排斥して仕舞う事が出来ないのだという位の事は、追々《おいおい》に想像する事が出来るようになった。そしてお千代が口先ではもう断じて家へ上げないと云っているけれど、それ

が決して信用するに足りない証拠をば、慶三はその後においても幾度《いくたび》か発見した。妾宅からの帰途横町の曲角で見覚えのある葉山に摺違《すれちが》った事もあった。見馴れない男持の巻煙草入《たばこいれ》がお千代の用簞笥の上に載せてあるのを見た事もあった。しかし慶三は最早《もは》や最初ほどには驚きもせずまたどういう訳かそれ程に女の不貞を憤《いきどお》る気も起らなかった。最初はあの男の為めに全然お千代を奪い取られるような気がしたのであったが、その後早くも一箇月ばかり過ぎている間度々《たびたび》怪しい男の出入りした様子があるにも係わらず、お千代の自分に対する勤め振りには少しも変りがない。却《かえっ》て以前よりも一層慶三の気に入るような勤め振り、それは絵本で見る昔の御殿女中がお宿下りの折の役者狂《くるい》とて、まさかこれほどではあるまいと思われるような有様を見せるので、慶三はどうかすると自分の方が却て金を貰って勤めをしているような心地さえする事があった。それ故《ゆえ》その瞬間には必ず充分の満足と安心を覚えるのであるが、しかし一度《ひとたび》お千代を離れて妾宅を出るが否や、入替りにあの洋服をきた葉山が自分と同様な或《あるい》はそれ以上の快楽を横取りしにやって来るのだと思うと、どうにもこうにも我慢が出来なくなる。いかに我慢が出来ないからとて、これぱかりは実に為すべき手段がない。慶三は云わば途法に暮れ果てた月日を送る中、いつか世間はすっかり秋になってしまった。朝夕、日毎にまさる肌寒さ、慶三はお千代の身体《からだ》に触れて見る感覚に、いよいよ云い知れぬ捨てがたさを覚える。それにつけていよいよ葉山が邪魔になるものの、今更どうする事も出来ないとすれば、この腹癒《はらい》せには何か巧《うま》い口実を見付けて、手当の五十円を半分に引下げてさえしまえば、つまり二人で一人の女を抱えたという名義が立つ、それより外に気の済む方法はないと商売人だけに復讐の方法を全く金銭上の事に移してしまった。丁度その月も晦日近く、慶三は増々《ますます》この事のみに心を費しながら、夜も十時頃今夜は宿り込《とま》むつもりで妾宅の格子戸を明けようとすると、家の中で何やら頻《しきり》に高声に云い罵《ののし》る男の声が聞える。慶三は耳を済ます間もなく、障子の音荒く立出《たちいで》る気色に周章《あわ》てて物蔭にひそむと、がらりと格子戸を明けて外へ出たのはかの葉山である。慶三は前後を忘れ怒《いかり》の発するがままに、「おい、君。」と後《うしろ》から声をかけた。葉山は既に慶三の顔を見知っていたものと見え、軒燈の光に振返って少時《しばし》睨み合ったが、忽《たちま》ち嘲るような調子で、

「君、用心したまえ。僕ばっかりじゃないぜ、あの女にゃまだいろんな男がついている。非常な淫婦だ。」

云い捨ててその儘《まま》逃げるがように見向きもせず表通の方へ行ってしまった。慶三は追掛けても行かれず、と云ってこの儘妾宅へも這入《はい》れず、横町の角に立往生して代る代るに葉山の姿の消去った彼方《かなた》の町と我が妾宅の軒燈とを見比べるばかりであった。

慶三はその夜すごすごと家へ帰るが否や、お千代の許へ簡単に暇をやる旨を書き送っ

た。実は先方《むこう》から何とか一言位は挨拶でもあるかと心待ちに待っていたが、それなり音沙汰がないので、結句手切金をやるの遣らぬのと云うような面倒な事にならなかったのを幸いと、慶三もそれなりぱったり見切をつけてしまった。

三月《みつき》ばかりたって丁度一の酉の来る時分、慶三は商用でこの近所まで来た処から、その時の好奇心でそっと以前の妾宅の前を通って見た。戸が締って貸家札が張ってある。慶三はお千代の行方が知れなくなったかと思うと急に名残惜しいような気がし出した。折から横町を通りかかる芸者の姿を見れば猶更《なおさら》以前の淫楽が思返されてならぬ。慶三は気まりの悪い事も何も彼も打忘《うちわす》れて、曲角の酒屋でそれとなく引越先を聞くと、四十ばかりの内儀《かみ》さんが訳もなく、

「先月《さきげつ》からこの先の横町で待合をしておいでですよ。電気燈に千代香ッて書いて御座います。」

慶三は礼を云うが否や駈出すように、教えられた横町を這入ると片側は芸者家つづき片側は小待合ばかり並んだ中に直様《すぐさま》その名を見付け得た。案内も待たず飛込みたい位気がせき立っていながら、門口へ来ると妙に気遅れがして慶三は二、三度行きつ戻りつした後、何か思案したらしく、軒つづきの隣の待合の格子戸を開けた。

二十五、六の田舎者らしい妙に無遠慮な女中を幸い、慶三は先ず芸者二人ばかり掛け

させて置いて、それとなしに早速様子をきき始めた。

「隣の家は代が変ったようだね。」

「まアよく御存じだわね。」

「この辺じゃ始終遊んでるからさ。どうだい、流行《はや》るようかね、隣の家は。」

「わるかないようですよ。」

「内儀《おかみ》さんはどんな人だい。別嬪《べっぴん》か。」

「何でも何処《どこ》かの芸者衆だったって云う話ですよ。」

「それじゃお妾で商売しているんだね。」

二人かけた芸者の中《うち》の一人が先へ来た。慶三はこれにもいろいろと遠廻しに質問を試みたが、別にこれと云って要領を得た話は聞かれなかった。その中に後れて這入って来た芸者が一座の話の横合から、

「あ、お隣の待合さん?」とさも何か知っていそうな調子で、急に少し声をひそめ、

「姐《ねえ》さん。お隣じゃ、あの女将《おかみ》さんがコレなんだとさ。」

「あら、まさか。」

「いいえ、そうなんだとさ。だって家の玉ちゃんが現在見たんだって云うんだもの。」

「まアそうかい。」

後から来た芸者は盃《さかずき》を舐めながら、つい三、四日前の晩の事、朋輩の玉ちゃんというのが千代香へ呼ばれて行った。お客は二人連《つれ》だったそうで、それから彼方此方《あっちこっち》へと最《も》う一人芸者を掛けて見たらしかったが、何しろもう時間が一時過ぎているので、とうとう出来ず仕舞いになって、玉ちゃんだけ一人のお客へ出て、夜中に何心なく便所《はばかり》へ下りて見ると、いつの間にか他の一人のお客が女将とよろしく収っていたという話をば弁舌滔々《とうとう》と宛ら《さなが》自分が目撃して来たもののように饒舌《しゃべり》立てた。

慶三はこの話をば決して嘘でないと思うと共に、早くも胸がどきどきし出すのを辛《から》くも押えて、燈火《あかり》のつく時分勘定を済まし、鳥渡《ちょっと》表通の方を一周してからそっとまた横町へ這入った。慶三にはお千代の不始末が今となっては更に不潔にも不快にも思われなかった。却ってそれらの為めに一層恋しく思われた。お千代という女はよくよく売女《ばいじょ》に出来上った女である。極《ご》く人の好い生付《うまれつき》の性質と境遇のしからしめた淫奔の習慣とこの二つが混同してお千代は全く女の自衛という事を忘れてしまったのである。されば男の方から云えば金を出して独占する必要もなく、また独占しようと思ってもそれは無理な話である。つまり表向《おもてむき》人のものにさして置いて内所で入込めばいつでも自由にする事の出来る女である。今度こそ自分は彼《か》の葉山のような地位になって奇利《きり》を占めねばならぬと、慶三は充分に安心し且《か》つ充分に期待して、既に密夫のような様子振りで音せぬようにそっと千代香と書いた待合の格子戸を明けかけた。

夏すがた　終

にくまれぐち

現代文士の生活も年月を経るに従って今では殆《ほとん》ど一定の形式をつくりなすようになった。ここに文士の生活と言ったのは何であるか。則《すなわち》現代の青年が専門の学校を卒業した後、世の雑誌新聞に文章を掲げその報酬を以て生計を営むことを謂《い》うのである。これ等現代の文士はまだ学業を卒《おわ》らぬ中《うち》から早くも学校内で広告がわりに発行している雑誌または新聞紙に草稿を投じ、その編輯を担任している先進者の推挙を待ち、やがてその後任者となる。これ等が文士生活の第一歩であろう。学校の経営者も今日の世に在っては教育事業も商業の一種となった事を意識している。そして自分等も校長とか教授とか或《あるい》は監事とか評議員とかいう職務を踏台にして、折もあらば他に栄達の道を求めようとしているので、第一には学校の広告となり、第二には学生の気受《きうけ》をよくしたいがために、校内で新聞や雑誌を刊行することを許可しているのである。さて学生にして校内発行の印刷物に関係することを得た者は、また絶えず機会を窺って世間知名の専門文士、或は世の新聞雑誌の記者、或は書肆出版商に接近し漸次に文士生活に入るべき道を習い覚えるのである。文士生活を営むに最《もっとも》必要なるは政治家の政治運動をなすと同じく、常に集団をつくって勢力を張ることである。是がそも〳〵過去の文士生活とは全く趣を殊にする所である。むかしの青年文士は互《たがい》に心置きのないもの四、五輩相寄れば、往々行先も定めず、近郊の散策に好晴の半日を消し、帰途牛肉屋か蕎麦屋の二階に登って、陶然一杯の酒に途次獲たところの俳句でも示し合って、款語するくらいの事を無上の娯《たのし》みとなしたに過ぎない。現代の文士に至っては俳句の一首さえも知名の俳人と一堂に会して膝を接するに非《あ》らざればこれを吟ぜず。一たび吟じたならばまた知名の士とその名を連ねて世の新聞雑誌の紙上にこれを掲げることを忘れない。彼等はその友人の中にたまたまその著述を出版するものがあれば狼の如くその周囲に集り来って、祝賀の宴を張る。その状況を見るに彼等同臭の文士は自ら立って発起人となりまずその姓名を連署した往復端書を印刷しこれを知名の文士新聞記者等の許に郵送する。著者とは一面識なきものでも、或は著者の思想とは全く傾向を異にしている者でも、それ等の事には更に頓着せず、ただ一人たりとも多く人を集め一銭たりとも多く会費を獲ようとする。かくの如き宴会には当夜の幹事が飲食店に対して往々満足に支払いをしないこともあるとやら。

さてかくの如き出版祝賀の宴会が催されると、彼等同臭の青年文士は更にまた往復葉書を印刷して、先に出版物を贈呈して置いた文士連の許にこれを発送し期限を定めて、かの出版物に対する批評または感想録の如き返書を請求し、やがてこれを雑誌に掲載して、著者に向っては頻《しきり》に友誼を重んずるがために犬馬の労を惜しまなかったことを説く。しかしその実は著者の羽翼を借りて自分達の名を弘めようとするのである。

当代の文士にして少しく名を成したものは機会ある毎に、好んで学校教会等に聴衆を集めて講演会を催す。文士の講演を喜び聴くものは重に地方から上京している男女の学生であって、平生出版物を購読しているものである。文士連より見れば、最大切な顧客である。文学を愛好する男女の学生は、文士連に対しては特に尊敬の念を抱いているわけではない。ただその面貌言語に接して見たいという軽い好奇心を持っている。これを満足させるがため講演会に集り来ること、恰《あたかも》芝居好《ずき》の町娘が役者の素顔を見ようと楽屋口を徘徊するようなものである。演壇に立つ文士にして経験のあるものは聴衆の心理を洞察しているが、しかしわずか二、三十分間講演をしていれば謝礼の外にその日の晩飯くらいは馳走になれると内心胸算用をしているので、講演会の幹事に対しては表面はいかにも迷惑そうに、不精無精に承諾して置きながら、いざ演壇に立つとなると、聴衆は自分等が著書の購読者だと思うので、成るべく前受のよさそうな演題を択《えら》び、有りもせぬ智慧をしぼって時々は滑稽なことも言って聴衆を倦ませぬようにと力《つと》めるのである。

こうなっては文士も落語家と更に択ぶところがない。尤《もっと》も字典には舌耕という古語も見えているから、文士が筆のあい間《ま》に舌で稼ぐこともあながち今に始ったわけでもないらしい。

大正十一年頃からラジオの放送が行われてから文士の舌耕はますます盛《さかん》になり、今日では文学の講演は文士の定業の如き状況となった。聞く所によればラジオ放送所の文士に贈る講演料は一回五、六拾円を以て最高の価としているそうである。わたくしは生来訥弁《とつべん》であるので、公会の席で講演をする事を好まない。また人の講演を聴く気にもなったことがない。講演をきかなくともその人に著述があったなら静《しずか》にそれを把《と》って読めばよいであろう。わたくしは講演と称するものの大抵は無趣味なるを知ると共に、また会場の光景の殺風景なるを嫌うのである。またわたくしは日本人の面貌と言語と音声とはいずれも講義や演舌には最も適せざるものと思っている。日本人の面貌は表情に乏しく、陰険にして且《かつ》下賤に見えるので、聴者に不快の感を起さしめる。その音声は低く濁っているのみか平坦にして更に抑揚がない。その言語は散漫にして且無意義なる剰語が多い。一言半句を発する毎に必《かならず》デアリマス。デゴザリマス。ト云ウワケデスの如き剰語が反復せられる。暫《しばら》く聴いているとこれ等の剰語ばかりが耳について他の必要な言語は聞取れないようになる。翻って文章のことを思うに言文一致体の文においても心ある詞芸家は筆を秉《と》るに当って文勢の緩漫に流るることを慮《おもんぱか》り、成るべくデアルの剰語の反復を避けようと苦心している。講演においては目に見る文章よりも一層これ等の注意が無くてはならぬ筈であろう。日本人の相貌は今遽《にわか》にこれを奈何《いかん》ともすることができない。しかしその音声と言語とはなお練磨することができる。今日試《こころみ》にラジオの講演について耳を傾くるに、世の講演者にしてこれ等の事について苦心の痕を示したものはまだ一人もないようである。西洋人の言語音声は演説に適している。西洋には夙《はや》くより即興詩の朗読が行われた。また演劇について見るも彼国には長き独白があって、しかも聴客を倦ましめない。これに反して我国に在っては台詞の長きものは「曽我」の対面と「暫《しばらく》」とのつらねの如きに過ぎない。これまた彼我音声言語の相違を示す一例となすに足りるであろう。

当世文士の副業を挙ぐれば講演の外には色紙短冊の揮毫が行われている。曽《かつ》てわたくしも大正七年の頃亡友井上啞々《いのうえああ》子と個人雑誌を刊行していた時、出版費の損失を補うがために誌上に広告を掲げ、塗鴉《とあ》を試みて銭に替えたことがあった。この事が累をなして雑誌廃刊の後に至ってもわたくしは今だに折々揮毫を強いられている。当初は興に乗じ悪筆を慚《はじ》る暇もなかったが一たび自分は書家でも俳諧師でもないのにと心づいてからは、これを再びする気にはなれなくなった。まして近頃は依嘱者の中にその兇悪なること無頼漢にも均《ひと》しきものが陸続としてわが門に迫るようになっては、俳句も今は文墨の遊戯だと言ってもいられない。ここに二、三の実例を挙げるのはその人を筆誅する意ではない。事実について時勢の変遷と人心の下ったことを証明するためである。

埼玉県下の某邑に居住する某生なる者が一日果実一籃を携えてわたくしの家に来り、短冊二、三十葉を出して俳句の揮毫を求めた。旬日を経てその男は以前の短冊を受取りに来た際、帰りがけに更にまた二、三十枚の短冊に拾円紙幣一枚を添え、重ねて揮毫を請うて去った。その後幾度となく催促に来たがわたくしは再びその男の短冊には筆を秉らなかった。しかし二、三個月の後あまり度々催促に来るので、わたくしは拾円札と短冊とをその儘《まま》郵便で返送してやった。するとその男は一回催促に出京する毎に往復一、二円の車賃をつかった。計算すると二、三十円になるがこの損失は一体どうしてくれるのか。このままには済まされないという返書を寄越した。

次には関西の某市で書画の販売を業としている者がわたくしの許に訪い来って短冊に俳句を書いてもらいたいと云う。わたくしは暇があったら書いてもよいと答えると、商買はその翌日短冊二、三百枚ほど運んで来て、紅黄緑白およそ五彩に分った短冊に、その赤いものには春季の句、青いものには夏の句を書いてもらいたいといろいろな注文をする。わたくしは黙々として聞いていたが、心中窃《ひそか》にかの商買の言う所はさながらむかしの大名が平生《へいぜい》出入扶持を給して置く抱《かかえ》の儒者に命じて詩をつくらせると同じようであると思ったので、そのまま打ち棄てて筆を染めなかった。商賈は頻《しきり》に前約の履行を迫り既に国内の諸新聞に広告を掲げ短冊購求者の募集をした上は期限までに是非とも書いていただかなければ店の信用にかかわると言う。わたくしはこれに答えて、しからば御遠慮なく公にわたくしが違約の罪を鳴らして損害賠償の法を講じたらよいではないか。わたくしは商賈の奴僕となろうよりは寧《むしろ》懐中の銭を空しくした方が遥に心持がよいと言った。この事件は半歳に渉って頗《すこぶる》紛擾を極めたが、一友人の仲裁を俟《ま》って辛うじて無事に済んだ。古人芭蕉の句を誦して閒寂を味おうとする心持と、当世の商人の貪慾なることとを思比べると、今の世に在っては十七字の戯れさえ人には知られぬように用心していなければならぬのである。

森先生の短篇小説に「あそび」と題せられたものがある。「あそび」は官吏にして公事の余暇文筆を執って久しくその名を世に知られている男の一日の行動を叙述したものである。その男が或《ある》新聞社から懸賞応募脚本の選定を依嘱せられている。これはその男が平生身に寸暇もないところから甚《はなはだ》迷惑に思っている事であるが、無理やりに押しつけられて已むことを得ず承諾したのである。たまたまその男は或日朝餉の際にその日の新聞紙を見た。新聞紙は懸賞脚本を募集した社の発行するものである。紙上にはその男の芸術を評して殆《ほとんど》価値なきものの如くに断言した論文が掲載せられていた。その男はこれを読んで学問上の公憤を禁じ得なかった。そしてかくの如き誤れる批評を草している筆者と、喜んでこれを掲げている新聞社とを同一のものと見做《みな》した。その紙上にかくの如き批評を掲載して憚らざる以上には、新聞社は挙《こぞ》ってその論旨を是認していると見ねばならぬとなした。そうなると、かの新聞社は誤れる芸術家に大切な脚本の選択を依嘱したわけで、これは彼我両者に対して甚怪《け》しからぬ事である。主人公は新聞社から電話で選評の催促を受けたがはっきりした返事をせず懸賞脚本は用箪笥の上に投《ほう》り上げて遂に見ようともしなかった。是によって主人公は纔《わずか》に公憤の報復に代えたと云う。主人公は木村と名付けられている。篇中終りの一節を見るに、「微笑の影が木村の顔を掠めて過ぎた。そしてあの用箪笥の上から当分脚本は降りないのだと、心の中で思った。昔の木村なら「あれはもう見ない事にしました。」なんぞと云って、電話で喧嘩を買ったのである。今は大分おとなしくなっているが、彼れの微笑の中には多少の Bosheit がある。しかしこんな、けちな悪意では、ニイチェ主義の現代人にもなられまい。」云々。

わたくしは森先生が「あそび」の篇中から更にまた左の数行を抄出して置きたい。平生わたくしは現時文壇のわたくしに対する毀誉両面の月旦に対して常に平なること能《あた》わざるものがある。この憤懣は左の数行の文を得て大に慰撫せらるるが故である。

「木村はただ人が構わずに置いてくれれば好いと思う。構わずにと云うが、著作だけはさせて貰いたい。それを見当違に罵倒したりなんかせずに置いてくれれば好いと思うのである。そして少数の人がどこかで読んで、自分と同じような感じをしてくれるものがあったら、為合《しあわ》せだと、心のずっと奥の方で思っているのである。」云々。

わたくしが三田文学を編輯していた頃、わたくしに対してのみならず、森先生や上田先生に対しても野卑なる文字を連ねて殆人身攻撃に均しき事を敢《あえ》てしたのは雑誌「新潮」である。新潮はわたくしが「三田文学」を去って二、三同臭の士と雑誌「文明」なるものを発行していた時までも、毎号依然としてわたくしに対して中傷の記事を掲げて止まなかった。わたくしの事は今姑《しばら》く言わない。大正十一年七月森先生が即世の際「新潮」はその翌月の誌上に次の如き記事を掲げた。

森鷗外博士が死んだ。新聞の報道だけを見ると、死んだ人は皆それ相当に褒められて居る。生前随分批難の的となって居た人間でも、死んだとなると手の平を返すように褒められる。人情としてさもあるべきことだ。鷗外博士もやっぱりその通りである。生前イヤな奴だと思って居ても死後その人の逸話や私生活を知ると何となく好きになって来る人がある。ちょっとした逸話にその人の人間らしい面目が見えて、生前の反感が打消されて了《しま》うような人がある。原敬だの山県有朋だの出羽の海だのは、生前イヤであったが、死んでから割合に好感を持てた。ところが生前もイヤな奴で死後もなおイヤな奴がある。大隈だの森鷗外だのがそれだ。彼等の死後業々しく報道される彼等の人となりを知れば知るほど、一層親しみが持てない。鷗外博士は飜訳こそしたが彼の仕事が文壇に取ってどれだけ意義あるものかは疑わしい。鷗外が飜訳をしなくたって、馬場孤蝶だって、米川正夫だって、誰かが多分飜訳してくれるだろう。それを読めば十分だ。ただ鷗外は飜訳の先鞭をつけたというだけのものだ。結局鷗外はお上の月給取りというだけのもので、彼が死んだことの為に文壇は少しも騒ぐに当らないと思う。」云々

右の文には署名がない。しかし前後の体裁より推知するに、当時新潮社の内部に在って同誌の編輯をなしつつあった者の手に為された事は明《あきらか》である。わたくしはここにおいて雑誌新潮誌上の該記事は文学書肆新潮社全体の是認しているものと見做した。新潮社は森先生が六十年の生涯に為された事業は我日本の文壇には何等の意義をもなさぬものと断定したのである。しかるにかくの如き暴言を吐いたその舌の根のまだ乾きもやらぬ中、新潮社は同年十二月与謝野寛氏が鷗外全集刊行のことを企るや、氏に請うて遂に全

集出版書肆の中に加った。森先生は新潮社に取っては死んでもなおイヤな奴ではないか。そしてその著述は何等の意義なきものだと言うのではないか。意義なきものの出版に強いて自ら参加したのはどういうわけであろう。さほどに意義なきものが出版したくば独《ひとり》森先生の著述のみを選ぶには及ぶまい。新潮社は言行の相一致せざる破廉耻の書肆である。翌年大正十三年十一月二十一日に至って新潮社は店員何某をわたくしの家に派遣して現代小説選集とか称する予約出版物に拙著をも編入したい趣を伝えた。店員はその際わたくしの問いもせぬのに不可解なる事を申訳らしく言添えた。その言葉は「中村さんも近頃は大変後悔して居られますから。」と云うのである。わたくしは今だに何の意であるかを解しない。しかしわたくしは森先生が物故の際聞くに堪えざる毒言を放った書肆に、わたくしの著述を出版せしめることは徳義上許さるべき事ではないので、断然これを拒絶し、且《かつ》店員に向っては重ねて敝廬《へいろ》の門を叩くなと戒めて帰した。わたくしは新潮社に関係する文士とその社から著述を公にしている文士輩とは、誰彼の別なく彼の新潮の記事を公平だと是認している者と思っているので、それ等の輩とはたとえ席を同じくする折があっても言語は交えないつもりでいる。宋儒の学説を奉ずるものは明学を入れる雅量はないであろう。わたくしは狷介固陋を以て残余の生涯を送ることを自ら快しとなしている。

あぢさゐ

駒込辺《あたり》を散策の道すがら、ふと立寄った或寺《あるてら》の門内で思いがけない人に出逢った。まだ鶴喜太夫《つるきだゆう》が達者で寄席へも出ていた時分だから、二十年ぢかくにもなろう。その頃折々家へも出入をした鶴沢宗吉《つるざわそうきち》という三味線ひきである。

「めずらしい処で逢うものだ。変りがなくって結構だ。」

「その節はいろいろ御厄介になりました。是非一度御機嫌伺いに上らなくっちゃならないんで御在《ござい》ますが、申訳が御在ません。」

「噂にきくと、その後商売替をしなすったというが、ほんとうかね。」

「へえ。見切をつけて足を洗いました。」

「それア結構だ。して今は何をしておいでだ。」

「へえ。四谷も大木戸のはずれでケチな芸者家をして居ります。」

「芸人よりかその方がいいだろう。何事によらず腕ばかりじゃ出世のできない世の中だからな。好加減《いいかげん》に見切をつけた方が利口だ。」

「そうおっしゃられると、何と御返事をしていいかわかりません。いろいろ込入《こみい》ったわけも御在ましたので。一時はどうしたものかと途法にくれましたが、今になって見れば結局この方が気楽で御在ます。」

「お墓まいりかね。」

「へえ。先生の御菩提所もこちらなんで御在ますか。」

「なに。何でもないんだがね。近頃はだんだん年はとるし、物は高くなるし、どこへ行っても面白くないことずくめだからね。退屈しのぎに時々むかしの人のお墓をさがしあるいているんだよ。」

「見ぬ世の友をしのぶというわけで。」

「宗さん。お前さん、俳諧をやんなさるんだっけね。」

「イヤモウ。手前なんざ、ただもう、酔って徘徊する方で御在ます。」

話をしながら本堂の裏手へ廻って墓場へ出ると、花屋の婆《ばばあ》は既にとある石塔のまわりに手桶の水を打ち竹筒の枯れた樒《しきみ》を、新しい花にさしかえ、線香を手に持って、宗吉の来るのを待っていた。見れば墓石もさして古からず、戒名は香園妙光信女《こうえんみょうこうしんにょ》としてあるので、わたしは何心もなく、

「おふくろさんのお墓かねо」

「いえ。そうじゃ御在ません。」と宗吉は袂《たもと》から珠数を取出しながら、「先生だからおはなし申しますが、実は以前馴染《なじみ》の芸者で御在ます。」

「そうかい。人の事はいえないが、お前さんも年を取ったな。馴染の女の墓参りをしてやるような気になったかな。」

「へへえ。すっかり焼きがまわりました。先生お笑いなすッちゃいけません。」と宗吉はしゃがんで、口の中に念仏を称えていたが、やがて立上り、「先生、この石塔も実は今の嚊《かかあ》には内々で建ててやったんで御在ます。」

「そうか。じゃ大分わけがありそうだな。」

「へえ。まんざら無いことも御在ません。親爺やお袋の墓は何年も棒杭《ぼうぐい》のままで、うっちゃり放しにして置きながら、頼まれもしない女の石塔を建ててやるなんて、いい年をしていつまで罰当りだか、愛想がつきます。石がたしか十円に、お寺へ五円、何のかのと二拾円から掛っています。」

「どこの芸者衆だ。」

「葭町《よしちょう》の房花家《ふさはなや》という家にいた小園《こその》という女で御在ます。」

「聞いたことのあるような名前だが。」

「いえ。とても旦那方の御座敷なんぞへ出た事のあるような女じゃ御在ません。第一看板がよくない家でしたし、芸もないし、手前見たようなものでも、昼日中一緒につるんで歩くのは気が引けたくらいで御在ましたからね。芸者の位というものは見る人が見るとすぐわかるので御在ますからね。」

寺の門前に折好く植木屋のような昔風の家づくりの蕎麦屋が在ったので、往来際の木戸口から小庭の飛石づたい、濡縁《ぬれえん》をめぐらした小座敷に上って、わたしは宗吉のはなしを聞いた。

×　×

「もうかれこれ十四、五年になります。手前が丁度三十の時で御在ました。始めて逢ったのは芳町じゃ御在ません。下谷《したや》のお化新道《ばけしんみち》で君香《きみか》といって居りました。旦那の御屋敷へ御けいこに上って御酒をいただいた帰りなんぞに逢引をした事が御在ました。その時分には、アノ、旦那もたしか御存じの通り、新橋に丸次《まるじ》という色がありましたが、しかし何をいうにも血気ざかり、いくら向《むこう》からやんや言われても、いやに姉さんぶった年上の女一人、後生大事に守っちゃいられません。御贔屓《ごひいき》の御座敷や何かで、不時の収入《みいり》がありますと、内所《ないしょ》で処かまわず安い芸者を買い散らしたもんで御在ます。一人きまったのがあって、それで方々遊び歩くのは、まず屋台店の立喰《たちぐい》という格で、また別なもんで御在ます。ネエ、先生。はじめて湯島天神下の×××で君香を買ったのもそんなわけで何しろ十時頃に上って十二時過には家へ帰っていようというんですから、女のよしあしなんぞ択好《よりごの》みしちゃ居られません。ら、時によると、×の来ない中《うち》から仕度をさせ、腹ばいになって巻烟草《まきたばこ》をふかし、今晩はといって手をつくやつを、すぐに取つかまえるというような乱暴なまねをした事もあります。その晩はまずそういった調子です。暫《しばら》くして座敷へ来たのを見ると思ったよりは上玉《じょうだま》でした。何も彼も忘れずにおぼえて居ります。衣裳は染返しの小紋に比翼の襟が飛出しているし半襟の縫《ぬい》もよごれている。鳥渡《ちょっと》見ても、丸抱えで時間かまわずかせぎ廻される可哀そうな連中です。つぶしに結《ゆ》った前髪に張金《はりがね》を入れておっ立てているので、髪のよくない事が却《かえ》って目につきました。しかし睫毛《まつげ》の長い一重《ひとえ》目縁《まぶた》の眼は愛くるしく、色の白い細面のどこか淋しい顔立《かおだち》。それにまた撫肩《なでがた》で頸が長いのを人一倍衣紋をつくった着物のきこなしで、いかにもしなやかに、繊細《かぼそ》く見える身体《からだ》つき。それに始終俯向《うつむき》加減に伏目になって、あまり口数もきかず、どこかまだ座敷馴れないような風だから、いかにも内輪《うちわ》なおとなしい女としか思われません。長くこんな商売をしていられる身体じゃない。さぞ辛い事だろうと、気の毒な心持になったのが、そもそも間違《まちがい》のはじまりです。人は見かけによらないという事がありますが、この女ほど見かけによらないのもまず少《すくな》う御在ます。」

「柄にもない。一杯食《く》わされたんだね。」

「まアそうで御在ます。後になって見れば、女の方じゃ別にだまそうと思ってかかった訳でも無いんでしょうが、実に妙な意地張りずくになって、先生、わッしゃ全く人殺《ひとごろし》をしようと思ったんで御在ます。思出すと今でもぞっといたします。ところが、わたしよりも一足先に殺した奴があったんで、わたしは無事で助かりました。わたしの名前は好塩梅《いいあんばい》に出ませんでしたが、その事は葭町の芸者殺しというんで新聞にも出ました。下谷から葭町へ住替をさせたのは、わたしが女から頼まれてやった事で、その訳はこの女には〆蔵《しめぞう》という新内《しんない》の流《なが》しがついていました。地体《じたい》浮気で男にほれっぽい女とは知らないから、わたしも始めての晩、御用さえ済めば別にはなしのある訳もなし、急いで帰ろうとすると、「兄さん、お願いだから、もう一度お目にかからせてね。」と×××に憂《うれい》のきく淋しい眼元。袖にすがっていきなり泣落しと来たんだから、こたえられません。全体座敷で口数をきかない女にかぎって×へ廻ってから殺文句《ころしもんく》を言うもんです。それから通い出して丁度一月《ひとつき》ばかり。逢った度数《かず》で申そうなら七、八遍というところ。お互に気心が知れ合って、すっかり打解《うちとけ》ながら、まだどこやらに遠慮があって、お互にわるく思われまい。愛想をつかされまいという心配が残っている。惚れた同志の一番楽しい絶頂です。君香はきかれもしないのに、子供の時からいろいろと身の上ばなしをした末に、新内語《がたり》の〆蔵との馴れそめを打明け、あの人はお酒がよくないし、手慰《てなぐさ》みもすきだし、万一の事でもあると困るから、体好《ていよ》く切れたい。そのために一時この土地をはなれて、田舎へでも行こうかと言います。此方《こっち》はのぼせている最中だから、この場合、「うむ。そうか。じゃア行ってきなさい。」とは云えません。「お前の胸さえきまっているなら、お前のからだはおれが引受けよう。そんな無分別な事をせずと、東京にいてくれ。」と乗出さずには居られません。芸者の住替をする道は素人じゃないから能《よ》く知っています。周旋屋《しゅうせんや》の手にかかって手数料を取られ、碌《ろく》でもない処へはめ込められるより、わたし自身で道をつけてやる方が結局女の為めだと考え、お参りからすぐに親里へドロンをきめさせ、借金もなろう事なら今までの稼高《かせぎだか》だけでも負けさせて住替の相談をつけてやろうと考えました。君香の実家は木更津だそうで、親爺は学校か町役場の小使でもしていたらしい。兎《と》に角《かく》悪い人じゃないようでした。わたしは一先《ひとまず》当人を親里へ逃して置いて、芸者家へは当人から病気になったから、二、三日帰れないという手紙を出させ、陰に廻って、そっと東京へ呼戻《よびもど》して、抱主《かかえぬし》との話がつくまで毎日逢っていようと言うんです。もともと逢いたい見たいが第一で、別に女を喰物《くいもの》にしようという悪い腹は微塵もないんですから、逃す時にも当座の小遣銭《こづかい》、それから往復の旅費、此方《こっち》へ呼もどしてから、本所石原町《いしはらちょう》に知っている者があったので、その二階を借りるやら、荷物は残らず芸者家へ押えられているから、さしずめ着がえの寝衣《ねまき》に夜具も買う。わたしの身にしては七苦八苦の騒ぎです。何しろその時分は丸次の家の厄介になっていた身ですから、公然《おおびら》に余所《よそ》へ泊るわけには行きません。昼間か宵の中《うち》忍んで行くより仕様がないので、自然出稽古はそっちのけ、御贔屓のお客はしくじる。師匠からは大小言《おおこごと》。忽《たちまち》の中に世間は狭くなる。金の工面には困ってくる。さてそうなると、いよいよつのるが恋のくせ。二度と芸者には出したくないような気がして来ます。いずれは住替と、話はきまっているものの、一日でも長くこのまま素人にさして置きたいという気になって、諸所方々無理算段をしながら、もしや、君香がそれと知ったら、済まないと思って早く住替をしようというにちがいない。そう云う気にならせまいと、わたしは何不自由もしない顔をして、丁度夏の事でしたから、或日《あるひ》は明石縮《あかしちぢみ》一反、或日は香水を買ってやった事もあります。貸二階にばかり引込んでいても気が晴れまいからと、人目を忍んでわざわざ場末の活動へ連れて行き帰りには鳥屋か何かで飯をくう。君香は何も知らないから嬉しがって、「兄さん、わたしこの儘《まま》でこうして素人でいられたら。」と言って泣きます。昼間だけ逢っているんじゃ、もう、どうしても我慢ができない。一晩はお袋が病気だと、丸次の手前を胡麻《ごま》化《か》し、その次は時節柄さる御贔屓の別荘へお伴をすると云いこしらえて、三日ばかりとまって、何喰わぬ顔で新橋へ帰って来ますと、イヤハヤ、隠すより顕《あらわ》るるはなし。世間は広いようでも狭いもの。丸次の家で使っている御飯焚《ごはんたき》の婆の家が、君香のいる家のすぐ二、三軒先《げんさき》で、一伍一什《いちぶしじゅう》すっかり種が上っているとは夢にも知らないから、此方《こっち》はいつもの調子で、「今更切れるの、別れるのと、そんな仲じゃあるまい。冗談もいい加減にしな。」と甘く持ちかけたから猶更《なおさら》いけない。「宗さん。人を馬鹿にするにも程があるよ。」ときっぱり、丸次は長烟管《ながぎせる》で畳をたたき、「お前さん、それほどあの女が恋しいなら、わたしも同じ芸者だよ。未練らしい事を云って邪魔立てはしないから、立派に世間晴れて添いとげて御覧。憚《はばか》りながらまだ男ひでりはしないからね。痩せても枯れても、新橋の丸次といえば、わき土地へも知られている顔だよ。そうそう踏みつけにはされたくないからね。立派に熨斗《のし》をつけて進上するから、ねえ、宗さん、後になっていざこざのないように一筆書いておくんなさいよ。その代りこれはわたしの志《こころざし》さ。」と目の前につき付けたのは後で数えて見れば百円札が五枚。いくら仕《し》がない芸人でも、女から手切《てぎれ》を貰って引込むような男だと、高をくくられたのが口惜《くや》しいから、金は突返《つっかえ》して、高慢ちきな横面《よこつら》を足蹴《あしげ》にして飛出そうと立ちかかる途端、これさえあれば君香の前借も話がつくんだと、卑劣な考《かんがえ》がふっと出たばかりに、何にも云わず、おとなしく証文をかいた時は、我ながら無念の涙に目がかすみ、筆持つ手も顫《ふる》えました。わたくしがその後三味線引をやめたのも芸人でなかったら、あの耻はかかされまいと、その時の無念がわすれられなかったからで御在ますよ。

しかし五百円をふところにして丸次の家を出ると、その場の口惜しさ無念さは忽《たちま》ちどこへやら。今し方別れたばかりの君香に逢い借金を返すはなしをしたら、どんなに喜ぶことだろうと思うと、もう矢も楯もたまりません。電車の来るのも待ちどしく、自動車を飛して埋堀《うめぼり》の家へかけつけて見ると、夏の夜ながら川風の涼しさ。まだ十二時前なのに河岸通《かしどおり》から横町一帯しんとして、君香の借りている二階の窓《まど》も、下の格子戸も雨戸がしまっています。戸を敲《たた》くと下の人が、「お帰んなさい。」と上り口の電燈をひねって、わたしの顔を見、「あらお一人。」というから、「お君は。」と問い返すと、「御一緒だと思ったら、ほほほほほ。」と何だか雲をつかむようなはなし。いつものように君香は先刻《さっき》わたしの帰るのを電車の停留場まで送って行き、それなり家へはまだ戻らないのだな。明日《あした》の昼頃までおれの来ないのを承知しているからは、事によると今夜は帰るまい。どこへ行きゃアがった。前々から馴染のお客もないことはあるまい。一番怪しいのは新内の〆蔵だ。と思うと二階へ上ってもじっとしては居られません。何かの手がかりをとその辺をさがしても衣類道具は、まだ下谷の芸者家へ置いたままの始末だから、ここには鏡台一ツなく、押入には汚れたメレンスの風呂敷づつみが一つあるばかり。それらしいものは目にはつかないので猶更いらいらしてまた外へ出た。

埋立をした河岸通は真暗で人通りもなく、ぴたぴた石垣を嘗《な》める水の音が物さびしく耳立つばかり。御厩橋《おんまやばし》を渡る電車もうなくなったらしく、両国橋の方を眺めても自動車の灯《あかり》が飛びちがうばかり。ひやひやする川風はもうすっかり秋だ。向河岸《むこうがし》の空高く突立っている蔵前の烟突《えんとつ》を掠めて、星が三ツも四ツもつづけざまに流れては消えるのをぼんやり見上げながら、さしずめ今夜はこれからどこへ行こう。新橋はもう縁が切れている。ここに持っている五百円。あんなに耻をかかされて、手出しもならず。押しいただいて貰って来たのは、そもそも誰のためだ。玉子の殻がまだ尻ッぺたにくっついている水転《みずてん》のくせにしやがって、よくも一杯喰わせやがったな。胸糞のわるいこんな札びらは一層《いっそ》の事《こと》水に流して、さっぱりしてしまった方がと、お蔵《くら》の渡しの近くまで歩いて来て、じっと流れる水を見ていますと、息せき切って小走りに行過《ゆきすぎ》る人影。誰あろう、君香です。

「おい。おれだ。どこへ行く。」と呼留《よびと》めた声はたしかに顫えていました。

「あら。兄さん。」と寄り添うのを突放《つっぱな》して、「何が兄さんだ。ここにおれが居ようとは思わなかったろう。ざまア見ろ。男をだますなら、もうすこし器用にやれ。」

女は砂利の上に膝をついたまま立上ろうともせず、両方の袂《たもと》で顔をかくし、肩で息をしているばかり。何とも言わないから、「おい、好加減にしな。」と進寄《すすみよ》って引起そうとすると、君香は何か手荒な事でもされると思ったのか、その儘わたしの手にしがみつき、「兄さん。気のすむように、どうにでもして下さい。わたし本望《ほんもう》なのよ。兄さんに殺されりゃアほんとうに嬉しいのよ。どうせ、生きていたって仕様のない身なんだから。」とまた土の上に膝をつき、わたしの袂に顔を押し当てあたり構わず泣きしずむ。

此方《こっち》はすこし面喰って、「もういい。もういい。」と抱き起し背をさすれば、君香はいよいよ身を顫わし涙にむせび、「兄さん、みんなわたしが悪いんです。打たれても蹴られても、わたし決して兄さんの事を恨みはしないから、思い入れひどい目に会わして頂戴。ヨウヨウ。」と身を摺りつける様子の、どうやら気味わるく、次第に高まる泣声は河水に響渡《ひびきわた》るような気もしてくるので、始の威勢はどこへやら、此方からあべこべに、「おれがわるかった。堪忍しなよ。」と気嫌を取り取りやっと貸間の二階へつれもどりました。

一時狂気のように上ずッた心持がすこし落ちついて来ると、乱れた鬢《びん》をかき直し、泣《な》き脹《はら》した眼をしばたたいて、気まりわるげに、燈火《あかり》を避けてうつ向く様子のいたいたしさも、みんな此方の短気からと後悔すれば、いよいよいとしさが弥増《いやまさ》り、いたわる上にもいたわる気になりますから、女の方では猶更嬉しさのあまり、思出したようにまたしゃくり上げる。イヤモウ、手放しの痴言放題《のろけほうだい》、何とも申訳が御在ませんが、喧嘩するほど深くなるとは、まったく嘘いつわりのない所で御在ます。

君香は芸者家のはなしが大分むずかしくなって、親元の方へ弁護士を差向けるとかいうはなしを聞き、以前世話になった周旋屋の店が、すぐ河向《かわむこう》の須賀町《すがちょう》なので、内々《ないない》様子をききに行ったのだと言うので、「そんなら早くそう言やアいいのに。」とわたしは百円札を並べて見せ、証文は丸抱《まるがかえ》の八百円というのだから、これでどうにか一時話がつくだろうと、その夜は行末の事までこまごまと、抱き合いしめ合い、語りあかして、翌日《あくるひ》の朝早く、わたしは新橋の方さえ遠慮がなくなれば世の中に怖いものはないのだから、えばって、下谷の芸者家へ出かけ、きれいに話をつけて来ました。

さて一月二月《ひとつきふたつき》は夢中でくらしてしまいましたが、これまでに諸所方々不義理だらけの身ですから、やがて二人とも着るものは一枚残らずぶち殺してしまって、日にまし秋風が身にしむ頃には、ぶるぶる蒲団の中で顫えているようになりました。二人相談ずくというたところで、お君はもともと箱無しの枕芸者ですから、わたし一人覚悟をきめ義太夫の流しとまで身をおとしました。

「お君、お前はよっぽど流しに縁があるんだ。新内と縁が切れたら今度は太棹《ふとざお》ときたぜ。しかし心配するな。その中先《うちせん》の師匠に泣きを入れて、どうにかするから、もう暫《しばら》くの中辛棒してくれ。」と毎夜山の手の色町を流している中風邪を引込んでどっと寝ついてしまいました。ここでいよいよ切破《せっぱ》つまって、泣きの涙でお君を手放す。お君は須賀町の周旋屋から芳町の房花家へ小園と名乗って二度とる褄《つま》。前借はほんの当座の衣裳代だけで、四分六の稼ぎという話だったが、病気が直ってから、会いに行って見ると大きな違いで、前借は分《わけ》で七百円。しかもその金の行衛《ゆくえ》は、一体どうなったんだときいて見ても、女の返事はあいまいで判然としない。わたしは内心ここ等《ら》があきらめ時だ。長くこんな女と腐れ合っていちゃア到底うだつが上がらないと思いながら、どうもまだ未練が残っています。新橋の女からはその頃詫びの手紙が届いていながら、此方は落目になっているだけ、フム、人を安く見やアがるな。男地獄じゃねえ。さんざッぱら恥をかかして置きやがって、今更腹にもない悪体《あくたい》をついたもよく言えたもんだ。それ程おれが可愛けりゃ小色《こいろ》の一人や二人大目に見て置くがいい。姉さんぶった面は真平御免だと、ますますひがみ根性の痩我慢。どうかしてもう一度お君を素人にして見せつけてやりたいと意地張った気になります。とは云うものの、わたしはまた時々、どうして、あんな働きもなければ、かいしょもない、下らない女に迷込んでしまったんだろうと、自分ながら不審に思うこともありました。

年は丁度二十《はたち》、十四、五の時から淫奔《いたずら》で、親の家を飛出し房州あたりの達磨茶屋《だるまぢゃや》を流れ歩いて、十八の暮から下谷へ出た。生れつき水商売には向いている女だから、座敷はいつもいそがしく相応に好いお客もつくのだが、行末どうしようという考《かんがえ》もなく、慾もなければ世間への見得もなく、ただ愚図愚図でれでれと月日を送っている。どこか足りない処のあるような女です。それが却《かえっ》て無邪気にも思われ、可哀そうにも見えて諦めがつきません。一口に言えばまず悪縁で御在ます。仕様のない女だと百も承知していながら、さてこの女と一緒に暮していますと、此方《こっち》までが、人の譏《そし》りも世間の義理も、見得も糸瓜《へちま》もかまわぬ気になって、ただ茫然《ぼんやり》と夢でも見ているような、半分痲痺した呑気な心持《こころもち》になって、一日顔も洗わず、飯も食わずに寝ていたような始末。成ろう事なら、このまま二人乞食にでもなったら、さぞ気楽だろうと云うような心持になるので御在ます。

わたしはお君が葭町へ去《い》った後も、二人一緒に居ぎたなく暮した昨日《きのう》の夢のなつかしさに、石原町の貸二階を去りかね、そのまま居残って、約束通り、月に一度なり二度なりと、お君がおまいりの帰りか何かに立寄ってくれるのを、この世のかぎりの楽しみにして、待ち焦れていました。尤《もっと》も表向《おもてむき》は手が切れた事になったんで、中に人もはいり、師匠の方も詫《わび》が叶い、元通り稽古を始めましたから、食う道はつくようになりました。

お君はその後二、三度尋ねて来て、わたしが気をもむのもかまわず、或晩《あるばん》とまって、翌朝《あくるあさ》もお午頃まで居てくれた事がありましたが、それなりけり。一月たち二月たち、三の酉も過ぎて、いつか浅草に年の市が立つ頃になってもたよりが有りません。忘れもしない。その年十二月二十日の夕方、思いがけない大雪で、兜町《かぶとちょう》の贔屓先へ出稽古に行った帰り道、寒さしのぎに一杯やり、新大橋から川蒸汽で家へ帰ろうと思いながら、雪の景色に気が変り、ふらふらと行く気もなく竃河岸《へっついがし》の房花家をたずねますと、小園を入れて三人いる筈の抱《かかえ》はもう座敷へ行ったと見えて、一人もいない。亭主もいなければ女房同様の姉さんの姿も見えず、長火鉢の向《むこう》に二重廻を着たまま煙草をのんでいるのは、お君の小園をここの家へ入れた周旋屋の山崎という四十年輩の男。その節《せつ》顔は見知っているので、

「その後は。」と此方から挨拶すると、周旋屋は猫を追いのけ、主人らしく座蒲団をすすめて、

「おいそがしう御在ましょう。わるいものが降り出しました。師匠。実はちいッと御相談しなくちゃ、成らない事があるんで、この間からお尋《たずね》申そうと思いながら、今夜もこの雪でかじかんでしまいました。」と薄ッぺらな脣《くちびる》からお獅子のような金歯を見せて世辞笑いをする。

「じゃ丁度好い都合だ。御相談というのは何かあの子のことで。」

「はい。小園さんのことで。丁度誰も家にはいないそうですから、今の中《うち》御話をしてしまいましょう。」と切り出した周旋屋山崎のはなしを聞くと、お君は房花家へ抱えられると早々、どっちから手を出したのか知らないが、今では主人の持ものになり、ごたつき返した末女房同様の姉さんは追出されてしまった。ついてはどうにとも師匠の気がすむようにしようから、綺麗に小園さんを下さるようにと、主人から依頼されているのだと云う。事の意外にわたしは何とも言えず山崎の顔を見詰めていると、

「師匠、お察し申します、恥を言わねば理が聞えない。実はあの子にかかっちゃ、手前も一杯くっているんで御在ますよ。」

「何だ。お前さんも御親類なのか。」

「手前は、あの子がまだ房州にいる時分の事で、その後は何のわけも御在ませんが、何しろ十六の時から知っていますから、あの子の気質はまんざら分らない事も御在ません。どうせ、長続きのしっこは無いから、御亭《ごてい》の言いなり次第、取るものは取って、一時話をつけておやんなすったがどうでしょう。まず来年も、桜のさく時分まで続けば見ものだと、わたしは高をくくっていますのさ。」

「お前さん、御存じだろう。〆蔵の方は一体どうなっているんだ。」

「ここの大将は師匠の事ばかり心配して、〆蔵さんの事は何も言わないから、手前も

別にまだ捜《さぐ》っても見ません。あれはまず、あれッきりで御在ましょう。」

「小園はお座敷かしら。」

「二、三日前《ぜん》から遠出をしているそうで。外《ほか》の抱は二人ともあの子が姉さんになるのなら、わきへ住替えるというんで、一人は昨日この土地ですぐに話がつきました。もう一人は手前の手で、年内には大森あたりへまとまるだろうと思っています。」

「ああそうかね。実は一度逢った上でと思ったが、そうまで事が進んでいちゃア愚図愚図云う程《ほど》此方の器量が下るばかりだから、何も云わずに引下りましょう。後《あと》の事はよかれ悪《あ》しかれ、お前さんへおまかせしよう。その中《うち》一度石原の方へも来て御くんなさい。」

わたしは穏《おだやか》に話をして、まだ降り歇《や》まぬ雪の中を外へ出た。周旋屋と話をしている中、いつともなく覚悟がついてしまったので御在ます。もともと承知の上で二度芸者をさせた女の事。好いお客がついて身受になるというのなら、いかほど口惜しくっても指を啣《くわ》えてだまって見ていようが、抱主《かかえぬし》の云うがままになって、前借も踏まず、長火鉢の前に坐って姉さんぶろうと云うからには、もうこのままにはして置けない。人形町の通へ出ると直ぐに目についた金物屋の店先で、メス一本を買い、雪を幸《さいわい》今夜の中にどうかして居処をつきつけたいと、手も足も凍ってしまうまでその辺をうろついていましたが、敵《かたき》の行衛がわからないので、一先《ひとまず》石原の二階へ立戻り、翌日からは毎日毎夜、つけつ覗《ねら》いつしていましたが姿は一向見当りません。感付かれたと思ったから、油断をさせようと、二、三日家に引込んでいますと、その年もいつか暮の二十八日。今夜こそはと、夜店をひやかす振りで様子をさぐりに、灯のつくのを待って葭町の路地という路地、横町という横町は残りなく徘徊したが、やッぱり隙がない。よくよく生命冥加《いのちみょうが》な尼《あまっ》ちょだと、自暴酒《やけざけ》をあおって、ひょろひょろしながら帰って来たのは、いつぞや新橋から手切を貰って突出《つきだ》された晩、お君に出会った石原の河岸通。震災後ただ今では蔵前の新しい橋がかかっているあたりで御在ます。人立ちがしていますから、何気なく立寄って見ると、身投の女だというもあり、斬られて突落されたのだと云うもあり、そうじゃない、心中で、男ばかり飛込み女は巡査につかまったのだと云うもあり、噂はとりどり。訳はさっぱり分りませんが、何やら急に胸さわぎがして来ましたので、急いで家へ帰って見ますと、稽古につかう五行本《ごぎょうぼん》の上に鉛筆でかいた置手紙。

「急におはなしをしたい事があって来ましたけれど、あいにくお留守で今夜はいそぎますから、お待ち申さずに帰ります。三十日の晩に髪結《かみゆい》さんの帰りにまたお寄り申します。おからだ御大事に。君より。」

そのまま息をきって警察署へ馳けつけ様子をきくと、殺されたのは、やっぱり蟲の知らせにたがわず、お君でした。うしろから背中を一突《ひとつき》刺されて川の中へのめり落ち、救《すくい》上《あ》げられたものの息はもう切れていました。わたしの懐中にメスが在ったので、申訳ができず、御用になろうという時、派出所の巡査が自首した男だと云って連れて来たのは新内流《しんないなが》しの〆蔵だ。その申立《もうしたて》によると、〆蔵はお君がわたしと一緒に暮らしていた時分にも、二、三度逢引をした事もあったとやら。殺意を起したわけはわたしの胸と変りは御在ません。抱主の持物になって姉さん気取りで納《おさま》ろうとしたのが、無念で我慢がしきれなかったと云うのです。

お君は実際のところ、そういう量見で房花家《ふさはなや》の亭主と好い仲になったのか、どうだか、死人に口なしで、しかとはわかりません。わたしへの手紙から見れば、そういう考《かんがえ》でした事だとも思われない。口説《くど》かれると、見境いなく、誰の言う事でもすぐきくのが、あの女の病いでもありまた徳でもあり、そのためにとうとう生命をなくした。それにつけても、お君はあの晩わたしの家へ寄りさえしなければ、〆蔵に突かれはしなかったろう。わたしが家にいて、一緒に帰りを送って行ったら無事であったにちがいはない。それとも〆蔵のかわりに、わたしがとんだお祭佐七《まつりさしち》になったかも知れませぬ。人の身の運不運はわからないもので御在ます。

その後あの辺もすっかり様子が変って、埋堀も御蔵橋もあったものじゃ御在ません。

今の女房を持って大木戸へ引込んだはなしも一通り聞いていただきたいと思いますが、あんまり長くなって御退屈でしょうから、いずれその中、お目にかかった時にいたしましょう。」

（昭和六年辛未正月稾）

女中のはなし

全国の舞踏場が閉鎖せられるとかいう噂をきいて、ふと思出《おもいだ》したことがある。月日のたつのは早い。たしか霞ケ関三年坂のお屋敷で、白昼に人が殺された事のあった年であったと思うので、もう七、八年前のことになる。その時分から際立って世の中の変り出したことは、折々路傍の電信柱《でんしんばしら》や、橋の欄干などに貼り出される宣伝の文字を見ても、満更《まんざら》わからない訳ではなかったものの、しかしまだまだその時分には、市中到るところに、恋のサイレンだの。君恋し。なんどと云う流行唄《はやりうた》が、夜のふけわたる頃まで絶間なくひびき渡っていたくらいなので、いかに世の中が変ろうとも、女の髪の形や着るものにまで、厳しいお触《ふれ》が出ようとは、誰一人《たれひとり》予想するものはなかった。

その年も朝夕の風が、そろそろ身にしむようになって来たころである。わたくしの家《うち》に不思議な女が女中になりたいと言って尋《たず》ねて来た。舞踏場閉鎖のことから憶いだしたのは、この女のはなしである。

順序よく話をすれば、突然尋ねて来たわけではない。前の日に、懇意な人の家から、細君の電話で、もしお宅に女中が御入用《ごにゅうよう》なら一人お送りしてもよいがと云う話があった。丁度夏中、わたくしは女中が見つからぬまま、気楽に自炊をしていた時であったので、程なく洗物《あらいもの》をする水もつめたくなるころだと思って、友達の細君にはその親切を謝し、早速その女を寄越《よこ》して下さるようにと返事をした。細君は電話を切る前に、年が少し若過るし、家には半月ほど置いたばかりだから、間に合うかどうか分らないが、以前西洋人の家に一人で奉公をしていて、西洋料理も出来ると云うから、それで電話をお掛けしたと云うような事を言添《いいそ》えた。

次の日の朝、その女がたずねて来たのは、もう十時過るころであったが、わたくしはやっと起きて顔を洗い、丁度台所へ下りてコーヒーを沸《わか》している時であった。年は見たところ二十二、三。額のひろい平顔に、白粉《おしろい》を濃くして頬紅《ほほべに》をさし、髪は鏝《こて》をかけて、七三に割ったその耳元に造花をさし、荒い縞の金紗《きんしゃ》に青磁色の夏羽織をかさね、小形のスートケースをさげている。どこか弱々しいその姿は、水仕事をする下女よりも、商店の売子か女給などに向くように見えた。

「お上んなさい。」とわたくしは流しの傍《そば》の台の上で食麵麭《しょくパン》を切りながら、「番地だけじゃ、なかなか分らなかったでしょう。電車からかなり有るからね。」

「今井町に居たことがありますから、すぐわかりました。」と女はスートケースを板の間に置き、少し首を斜《なな》めにして笑顔をつくる。

「上ってすこしお涼みなさいよ。まだ朝飯《あさめし》前だからね。後でゆっくり話をしよう。」

「よろしければ、お手つだいいたします。」

女は上にあがると共に、抜いだ草履を土間の隅に片寄せ、板の間から障子で境をした三畳の間に羽織をぬいだ。そして洗立《あらいたて》の割烹着《かっぽうぎ》をスートケースから取出し、絶えず笑顔をつくりながら、後手《うしろで》にその紐を結び結びわたくしの身近に進寄《すすみよ》って、

「お米の御飯は召上りませんの。」

「食べない事もないよ。しかし朝がおそいし、それに晩は大抵外だからね。食事は日に一度こしらえてくれればいいんだ。だから大して用はない。その代り夜は帰るのがおそいからね。淋しがるものには居られないかも知れない。それを承知して貰わないと話が出来ない。」

「それはもう……淋しい処には馴れていますから、かまいません。」

「西洋人の家にいたそうだね。長くいたのか。」

「一年半ばかり居りました。」

「結婚の経験はあるのか。」

女は笑ったばかりで答えなかった。わたくしは焼パンとコーヒーと、西洋独活《うど》の鑵詰とを盆に載せた後、先に立って、その盆を書斎に持ち運ばせた。女はその背を入口の戸に寄せかけたまま立っていたが、わたくしがパンを一口してその方へ向き直るのを待っていたらしく、一歩《ひとあし》進み出て、

「先生、わたし、お宅に置いて頂きたいんですけど、置いて下さらない。」と言う。

わたくしは最初から、この女の言葉使《ことばづかい》とその態度とで、新しい時代の、さして教養の深くない家に生れ育ったものらしく思っていたが、いよいよその推測の誤っていない事を知ると共に、中流の家には珍らしい程礼儀の正しい友達の家の細君が、この女をわたくしの方へ回送した理由も能《よ》くわかったような心持になった。

「わたしの方じゃ居てくれれば置くつもりだよ。何しろ、わたし一人《ひとり》だからね、用よりも留守番が第一だ。お給金はあっちのお宅ではどの位だった。」

「十五円というお話でしたけど、まる一月居ませんでしたから。」

「じゃ、わたしの家でも、その位でいいかね。尤《もっと》も長くいて間に合うようになれば、なったようにするがね。」

朝飯をすましてから、わたくしは掃除の仕方を教えるため、広くもない家の中の部屋部屋を見せると、またしても媚《こび》るように顔を斜《ななめ》にして、

「先生、わたし洋服を着ていちゃいけません。」

「それァお前の勝手だ。畳のところはお前の寝る部屋ばかりだから。」

女は壁にもたれ、いかにも嬉しそうに笑顔をつくり、指を組んだ両手の掌《てのひら》を外に向けて、それを頤《あご》のあたりへ持って行きながら、

「わたし、実は日本の着物を持っていませんの。これは始めて上るのに、洋服じゃわるいと思って、お友達のを借りて来ましたの。」

言うことが大分変っているのに、わたくしは次第に興味を覚え、その性行や経歴がわかるまでは、間に合わなくとも優遇して置こうと云う気になり出した。今日《こんにち》まで多年の経験によって、わたくしの家に女中の居つかないのは、用がなさ過ぎて退屈するのみか、隣《となり》家とは板塀と植込とに隔てられて交際がなく、酒屋の御用聞も三日目くらいにしか来ないので、口をききたいにも話の相手がない。始《はじめ》は気楽だといって喜んでいる中《うち》、いつか一種の憂鬱症に陥ってしまう事を、わたくしは能く知っている。日本の女の中でも、殊に東京の下町に生れたものは、一人で一室に起居する習慣がない。愚痴や影口《かげくち》を聞いたり、言ったりするのが、その日その日の楽しみになっていて、自分一人で用のない時間を黙って送るべき方法を知らない。これまで多く雇った女の中で、平気で十年近く働いていたのは、身寄も何もない聾の婆さんただ一人であった。

わたくしは今度来た若い女中を、わたくしの家に落ちつかせる為には、折を見て、勉めて世間ばなしでもして遣らなければなるまいと思った。しかしこれまで、わたくしは家にいる時、殆《ほとん》ど書斎の外に出たことがない。衣類の始末をはじめ茶や菓子のようなものまでも、一々《いちいち》女中の手を煩《わずらわ》すことを却《かえっ》て面倒だと思っている。それにまた、年をとってから、夜眠らずにいて机に向い、窓があかるくなってから、ベッドに入る。そして目を覚すのは、早くて正午、おそい時には夕方近くなるような癖がついているので、昼間起きていて、女中と話をするような事は、月末に出入商人が勘定を取りに来るその日くらいのものであろう。

やがてその日も、終日鳴きしきる秋蟬の声の中に、かなかなと鈴を振るような蜩《ひぐらし》の声が交って聞えるころになった。昼寝から覚めたのを幸《さいわい》、わたくしは様子を見に、台所へ行って見ると、女はその背を柱に、横坐りして婦人雑誌か何かをよんでいたが、

「晩のお仕度、わかりませんから教えて下さいませ。」と座住《いずま》いを直す。

「晩はいらない。出かけるから。」

「そうで御座いますか。」

「まだ名前をきかなかったね。何ていうんだ。」

「恵美子。」

「苗字や番地は何か紙にでもかいて置いてくれ。」

「はい。」

「お前、晩飯《ばんめし》をすましたら、一人で留守番をしていても淋しいだろうから、銀座へ買物に行って来てくれ。銀座なら、どこに何があるか、大抵わかるだろう。」

「夜、お出かけになってから、誰も居ないでもよろしいんですか。」

「鍵をかけて出るからかまわない。夜はわたしの方には用がないから、台所の方は勝手に戸締りをして、いつでも勝手に寝るがいい。わたしの方は時間は無茶苦茶だし、十二時過は大抵起きているから、泥棒の心配はないよ。」

「じゃ、わたし、お使《つかい》の帰りにこの着物を返して、洋服を持って参ります。」

この夜、わたくしはいつものように晩《おそ》く帰った。すぐさま書斎へ入ったので、新来の女中が無事に一夜を明した事を確めたのは、次の日も正午近く、顔を洗いながら窓越しに、わたくしは庭を掃いているその姿を見た時であった。

恵美子は巾《はば》広く襟の折返る水玉模様の白地のシャツから思うさま首筋と胸とを見せ、小形のエプロンを結んだ短い紺地のスカートの下にその肉附をしのばせ、両脚をあらわに、台所用の下駄をはいていた。

三日ばかりの間は、居つくかどうかと思っていたが、やがて一週間は過ぎ、十日あまりになったが、恵美子は別に淋しがる様子もなく、いつもわたくしの起きるころには、草箒《くさぼうき》で庭をはき、時には倒れた秋草に竹の枝をさし添えたりしているので、居つくか否《いな》やの懸念は日と共に、わたくしの心から消去《きえさ》ってしまった。

一月《ひとつき》程たって、或晩《あるばん》、わたくしは電車に乗ってから忘物をしたのに心づいて、急いで帰って来たことがある。その時勝手口の灯《あかり》が消えたままになっているので、内から窃《そっ》と様子を窺うと、女部屋の灯もついていない。買物か風呂にでも行ったのであろうと、深く気にも留めず、わたくしは忘物を持って再び門を出た。

また二、三日たって、わたくしはいつもより夜早く帰って来た時にも、恵美子はやはり家にいなかった。やがてその夜もふけそめて、生残った蟲の音のかすかに聞える外《ほか》、あたりは寂《しん》として寐静《ねしず》まった時分、静《しずか》に門をあける人の跫音《あしおと》に、わたくしは恵美子が主人の出た後は、大抵毎夜おそくまで外出しているらしい事を確めた。時としては、わたくしの朝寝坊をいい事にして、外に泊って朝早く帰って来ることがあるのかも知れない。

わたくしが夜出ずにいたら、どうするだろうと思って次の日はわざと夕飯を家でたべて、その儘《まま》書斎の机に向っていた。すると、やがて八時近く、隣のラディオが上唄《かみうた》の「里の暁」か何かの三曲合唱をやりだした時、廊下に跫音《あしおと》がして、「先生」と呼びながら恵美子が戸を叩いた。

「何だ。郵便か。」と云いながら戸を明けると、恵美子は白粉と共に頬紅や口紅をも思うさま濃くして、その年流行の新形の散歩着――詰襟の上着の胸が軍服のように二重になっていて、飾《かざり》のボタンも二行につけ、折返した袖口にもボタンを沢山つけたのを着て、それに釣り合う形の帽子を横手にかぶっている。

「一寸《ちょっと》行って参りますが、何も御用はございません。」と云う調子はいつもに変らず、まるで家の人も同様、雇われている女中とは思われない。わたくしはわざと冗談らしく、

「お前、毎晩ランデーブーか。羨しいね。」と云うと、

「あら、いや、先生。」と女もさる者、わざとらしく甘えたような声を出す。

「どうせ用はないんだから。いいよ。ゆっくり行っておいで。」

恵美子は緑色のハンドバッグを弄びながら立っていたが、

「あの……先生。」と言いながら机の側まで進寄って、「おはなししようと思っていたんですの。」

「やっぱり、当《あた》ったな。」

「あら、そうじゃありません。先生、わたしダンスの練習所に行きます。毎晩。」

初め来た時から妙な女だと思っていたが、わたしは呆れて、その顔を見上げたまま、

何とも言い得なかった。女はハンドバッグを腋の下に、片手で胸の飾ボタンを摘《つま》み、両肩を上げて顔を斜《ななめ》に、半身を捩《ねじ》るように動《うごか》しながら、満身の媚を示すとでも言いたげな態度と表情とをつくって、

「わたし、映画よりも、何よりも、ダンスが好きで好きで仕様がないんですの。御飯をたべなくってもいいから、踊りたいんですの。先生。わたしの我儘《わがまま》。わたし自分でもわるいと思ってます。許してくださる。」

「お前、ダンサアになるつもりだね。」

「まだ、きめてしまった訳でもありません。趣味と職業とが一致すれば、幸福ですけど……。」

わたくしはこの方面の事情をよく知らないので、舞踏練習所の様子や月謝の事などを質問した。また恵美子がその職業として、何故《なにゆえ》に舞踏を択《えら》んだかを問うて見たが、しかしはっきりと腑に落るような答は聞き得られなかった。この事ばかりには限らない。一体この女の経歴や性格も、わたくしにはどうも判然《はっきり》としないところがある。きけば何でも隠さずに話はするが、その話はいつも要点をそれて、枝葉に走っている。それもわざと話をそらして要領を得させまいとするつもりでもないらしいので、わたくしは何処《どこ》かしまりのない、だらしのない、言わば少し低能に近い女としか思うことが出来なかった。

その為か、時々はいやらしい程艶《なまめか》しい態度を見せるようなこともあったが、それさえ、わたくしにはさしたる魅力を感じさせなかった。わたくしはただ朝夕、恵美子の行動を観察することについて、言わば読み始めた小説の結末がどうなるのだろうと思いながら、章を追って行くような興味を覚えたに過ぎなかった。

三月《みつき》あまり日数《ひかず》がたつと、その年も早《は》や押詰って来た。

恵美子はわたくしの許可を得てからは、毎夜大威張《おおいばり》で外出していたが、しかし一度も泊って来たことはないらしかった。尋ねて来る男の友達も、女の友達もないらしい様子であった。わたくしは外出の折、または庭を歩く時など、自分で門際《もんぎわ》の郵便受箱をあけて見ることもあったが、しかし恵美子の許へ来た手紙などは、一通も見たことがなかった。

その後折々の会話から、わたくしは纔《わずか》に次のような事を知り得たばかりである。

恵美子は煙草も酒も飲まない。

恵美子は仙台に生れた。父は早く死し、母と兄と彼女と三人で暮していたが、兄は高等学校在学中に死し、母も程なく世を去って、恵美子は東京の某処《ぼうしょ》で、歯科医をしている叔父の家に引取られた。一度結婚したが程なく離婚して、姑《しばら》くの間《あいだ》店員になっていた事もあったらしい。ダンスのことから、わたくしが女の職業について、タイプライターだの、洋裁だの、いろいろの話をしても、さほど身にしみて聴く様子はない。一生独りで暮らせるかときけば、気まりの悪いような風を粧《よそお》って笑っている。再婚する気があるのかと云えば、同じ台所の用をするくらいなら、先生のお宅みたような楽な家に、奉公している方がましだと答えるので、余所目《よそめ》から見ると、女の身の行末などについては深く考えても見ないらしく、まずその日その日をさして苦しい思いをせずに送って行けばいいと云うようにしか思われない。

する中《うち》に、いよいよ大晦日になった。わたくしは人の家に晩餐に招かれ、ラディオの放送で、日本全国の古寺から撞きだされる除夜百八《ひゃくはち》の鐘を聞き終ってから、家へ帰って来た。出がけに風呂をわかして置くように云いつけて置いたので、直様《すぐさま》勝手に行って見ると、恵美子の姿は見えず、灯《あかり》をつけ放しにした台所のテーブルの上に、鉛筆で先生様とかいた紙が二つ折にして置いてあった。ひろげて見ると、

叔父のところから電報で、叔母が急病だという事で、お暇乞《いとまごい》をするひまがありません。急いで帰ります。どうか、わたくしの我儘をお許し下さいませ。わたくしはこの秋から先生のところにいた日を非常に幸福だと思ってます。ではおからだを御大事に。

わたくしの先生

ゑ み 子

としてあった。置手紙をして留守中に行ってしまった女中は、恵美子ばかりではない。度々のことなので、わたくしは終りまではよみもせず、紙片《しへん》を紙屑籠に押込み、それから女部屋の押入をあけて見た。読捨てた婦人雑誌と小説本が一冊置いてあるばかりで、紙片《かみきれ》や糸屑もなく、中は案外綺麗に片づいていた。風呂場に行って見ると、風呂桶にも感心に水だけが張ってあった。

翌日《あくるひ》は元日である。灯ともし頃に裏隣の女中が洗濯したエプロンが風に飛んだらしく、庭に落ちていたから、多分こちらのお女中さんのであろうと言って届けてくれた。六月頃になって大掃除の時、居合《いあわ》した下女が台所の棚の上に、化粧鏡の割れたのと、白粉下の空罎と、ゴムの手袋のあった事をわたくしに告げた。これ等も恵美子の忘れて行ったものらしい。

わたくしの家にはその後半年目くらいに、女中の出代《でがわり》があって、また一しきり杜絶《とだ》えたまま、誰も居なかった時であった。たしか大本教《おおもときょう》を初めそういう邪宗門に御手入《おていれ》があった頃だと思うから、夏の頃には雷鳴と共に雹《ひょう》ばかりか雪が降り、冬になると、浅間山の灰が東京の町の屋根をも白くしたような、天変地妖の引続いた年の暮だと記憶している。わたくしは外から帰って来て門をくぐるが否《いな》や、勝手口の硝子戸《ガラスど》に、消して出た筈の灯が映っているのを見て耳を澄ませた。

勝手の出入口は外出中に郵便脚夫《きゃくふ》が大形の小包郵便などを配達する時の事を慮《おもんぱか》って、わたくしは家中《うちじゅう》でこの一箇処だけは、いつも鍵をかけずに置くのである。わたくしはこれまで一度も盗難に遇ったことがないので、その心配よりも、留守中に誰か急用の人が来て、台所の灯を消し忘れて行ったのではないかと思い、すぐその方へと歩みを運んだ。

すると、勝手口の硝子戸はわたくしが手をかけるよりも早く、内からがらりとあいて、強い香水の匂《におい》と共に、ぱっと外へ流れる明るい火影《ほかげ》が、浮上ったように恵美子の姿を照し出した。恵美子は以前とはちがって、髪を切って縮らせ、眉を描き、爪紅《つまべに》をさした指には指環をはめている様子、一見して既に舞踏場のダンサアである。台所に火の気のない為か、赤い羽かざりのついた黒い帽子もその儘《まま》、外套の襟も立てたなりで、

「先生、すみません。お留守にだまって上って……。」

「夜いないことは知っている筈じゃないか。大分待ったかね。」

「いいえ。十二時頃にはお帰りだろうと思って、そのつもりで参りましたから。」

「そうか。ここは寒くてたまらない。此方《こっち》へおいで。」

恵美子は帽子と外套を取り、「女中さんがいないようですから、お待ちしている間に、お茶を入れるお湯だけわかして置きました。」

そして、わたくしが書斎の瓦斯炉《ガスろ》に火をつけたり靴をはきかえたりしている中に、恵美子は盆に載せた紅茶と、手土産の菓子らしい紙箱とを持運んで来て、

「あがれますか、どうですか……。」と云いながらテーブルの上に置いた。

「すまないね。そんな心配をしちゃア。」

わたくしは紅茶を一飲みしながら女の様子を眺めた。既にどこかのダンサアになっているとしたなら、それにも飽きて、今度は女優にでもなりたいという相談に来たのではないかと、その言出すのを待っていたが、恵美子はわたくしが手土産の西洋菓子を摘《つま》んで半分ほど口にしてしまっても、まだ何とも言出さないので、

「忘れものがあったよ。手袋とエプロンがあったよ。」

「わたし、先生におはなししたい事があるんですの。外《ほか》に相談する人がないんですの。」

伏目になって瞼《まぶた》をぱちぱちさせるその様子から、滞《とどこお》りがちな物の言方まで、以前家にいた時、折々わたくしを驚かせたような無遠慮な調子とは大分変っている。

「お腹でも大きくなったのか。」

「まア、先生。わたし、もうお話しませんわ。」

「おこったのか。冗談だよ。」

「おこりゃしません。けど……先生、ほんとに真面目になって聞いて下さる。秘密の話なんです。わたしほんとに困ってる事があるんです。」

「まア、そこへお掛けよ。寒いから。」

「はい。」

「どう云うはなしだね。」

「わたし……止《よ》しますわ。お話するつもりで来たんですけれど、あんまり、何だか……。」

「それ御覧、コレでなくっても、それに近い話だろう。誰にも言やしない。まアそれよりか、その後ダンスはどうした。どこかホールへ出るようになったか。」

「ええ。ちょっと出ましたの。それから……。」

「困るねえ。どうも。それから恋愛問題で煩悶していると云う話だろう。」

「先生、実に不思議な話なんですの。わたしお友達にも勧められるし、一人じゃなかなかやって行かれないから、或人《あるひと》をパトロンにしたんですの。わたし初《はじめ》の中は生れた家の事なんか隠していたんですけれど、何かの拍子に仙台の家の事や死んだ兄の事なんぞ話をしたんですの、すると、ねえ、先生、兄さんの死んだ時の事や何かがすっかり分ったんですの。わたしのパトロンはむかし兄さんと同じクラスに居たんだって云うんですの。山登りをして暴風に遭って、兄さんが凍えて死んだのは、パトロンが兄さんの持っているウイスキイを引ったくって皆飲んでしまった為だって云うはなしなんですの。その時分わたしはまだ十二、三で、母さんと二人きりでしたから、電報が来ても、近処の人が行ってくれたばかりで、何もよく知らなかったんですの。一緒にハイキングに行ったお友達の名前も知らないし、それから、その時の委《くわ》しい様子も、何も知らなかったんですの。兄さんは凍死したけれど、パトロンの方は心臓が強かったし、それにお酒を飲んでいたので、夜が明けてから、捜索に行った人に助けられて、生返ったんだそうです。パトロンはわたしに、その話をして、おれはお前の兄さんの仇《かたき》だ。お前はその話をきいて、どう云う心持がしているか、それを包まず言ってくれろと言うんですの。逢うたんびにその返事をしろッて言うんですけれど、わたし何て言っていいのか。ほんとに困ってしまったんですの。」

夜廻《よまわり》の拍子木が門外の寝静まった町に響きわたるばかりで、冬の夜は珍らしく風もないと見えて、庭の竹のそよぐ音もしない。台所の水道の栓から水の滴《したた》る響《ひびき》が聞える。

「お前は一体どう思っているんだ。最初そのはなしを聞いた瞬間……。」

「びっくりしましたわ。」

「それァ、びっくりするだろう。そうにちがいない。それから、お前、その人に対する考《かんがえ》が、以前何も知らなかった時とは、何かちがったようになりはしないかね。つまりその人はそれを聞こうと云うんだろう。」

「そうかも知れません。だけど、わたし別にどういう考もないんですの。何しろもう十何年も前のことだし、母さんもとうに死んでしまったのだし、兄さんが生きていたって、わたしそう何時《いつ》までも兄さんと一緒にいられるもんじゃなし、兄さんだってお嫁でも貰えば、わたしはやっぱり一人で生活して行かなくっちゃならないんだから。」

「じゃ、その通りにそう言ったらいいじゃないか。その人が兄さんの仇だと思うか、どうかときいたら、お前はそう思わないのなら、思わないと、有《あり》のままに言うより外に仕様がないだろう。」

「ですから、そう言いましたわ。はっきりそうとは言わなかったかも知れませんけど、そんな昔の事どうでもいいじゃないのぐらい……。そうすると、その人の態度が急に変ってしまったんですの。そしてお宅に病人が出来たり何かして、一寸《ちょっと》の間行かれないかって、お金を五百円送ってくれたんですの。」

わたくしは紅茶の茶碗を取上げたまま、何やら沈痛な思《おもい》に打たれて我知らず俯向いてしまったが、恵美子は言いたい事を言ってしまって、気が晴々《せいせい》したと云わぬばかり、忽《たちま》ち軽い調子になって、

「先生、初《はじめ》ッからわたしその人にラブしていたわけじゃないのよ。だんまり、むッつりで、ちっとも面白くないんですの。わたしお友達に借金さえしていなければ、勧められても承諾しやしないのよ。ですから、来なくなればなるで、わたし何とも思やしないのよ。だけど、ねえ、先生、男っていうものは、どうしてそんな事を気にするんでしょう。」

「しかしその人の身になって見れば、生涯の最大事件じゃないか。むかしなら仇敵《かたきうち》だぜ。」

「むかしなら、そう……。」と恵美子はいかにも不審そうにわたくしの顔を見ていたが、「じゃア先生もやっぱり、あの人と同じような考方《かんがえかた》をしているのね。わたしの考え方は間違っていたのか知ら。」

「お前はどういう心持なんだ。」

「どう云うって、兄さんの死んだ事……。」

「そうさ。」

「それは悲しい事だと思うけれど、それは不意の災難じゃありませんか。災難で死んだ事を仇だの何だのと云ったら、汽車や自動車の事故で死んだ人はどうするの。その人の親類や友達は運転手を仇だと思わなければならないようになるわねえ。」

わたくしは近年頻々《ひんぴん》として行われる政界の暗殺を不図《ふと》思合《おもいあわ》せて、恵美子の言う事に対しては何とも答えられなくなった。

「むかしはむかし、今は今ですもの、ねえ、先生。」

「全くそうだ。」

「わたしお金を貰っといてもいいでしょうね。実はどうしようかと思って、それをお聞きしたかったの。」

「わざわざ相談に来たのはお金の事なのか。そうか。」

「だって、お金の事は外の事とはちがいますから。」

「くれたものなら貰って置くさ。それとも、もっと沢山貰いたいと云うならば、一度返した方がいい。」

「じゃ、だまってこの儘にして置きます。外套をこしらえるから。」恵美子はますます元気のいい調子で、「わたしもお茶いただきますわ。熱いのと入れかえて来ましょう。」

どこかに火事が起ったと見えて、唸るようなポンプの汽笛が一時に異った方向から聞え、それに続いて犬の吠える声がしだした。わたくしは解き得ない謎に苦しめられて、恵美子の立戻って来るまで瓦斯《ガス》の燃える火を見ながら煙草をのむことも忘れていた。

「じゃ、先生、またその中お邪魔に上ります。」

「今時分、帰れるかね。三時過ぎだから、もうじき明《あか》るくなるよ。お前さえかまわなければ、泊るなり話をするなり、もう少し遊んでおいで。」

「でも、先生、お仕事なさるんでしょう。」

「仕事なんぞかまわないよ。美しいダンサアと、こうしてストーブの側でお茶を飲みながら、夜通し話をするなんて。何年振りだろう。はははは。」

「あら、お世辞ばっかり。でも、先生は思ったより道徳家だわね。」

「そうさね。家《うち》にいる時だけはね。」

「全くですわ。わたし初め上った当座、馴れるまでは何だかほんとに妙でしたわ。夜寐てから、がたりと音がしたりすると、そうじゃないかと思ったりして。」

「そうかね。よく神経衰弱にならなかったね。」

「女は一人で寐ていると、いろんな事を考えるもんですわ。誰か来たら、どうしようかと思ったり、また何となく来て貰いたいような気がして見たり、誰も来ないときまってしまうと急に淋しくって堪らないような気がしたりなんかして、その中知らず知らず睡《ねむ》ってしまうんですけれど、そんなつまらない事を考え考え、一人で寐るのも、わかい時ばかりだと思うと、悲しいような、嬉しいような気がするもんですわ。ねえ、先生。」

「じゃ、これから彼方《あっち》へ行って、また一人で寐て見るさ。」

「誰も来ないにきまっていますもの。」

「そうとも限らないぞ。ははははは。」

話がしばらく杜絶えた時、新聞配達夫の鈴の音が聞え出した。外はまだ明るくなってはいなかったが、恵美子はそろそろ帰仕度《かえりじたく》をして椅子から立上った。二年前に忘れて行ったエプロンとゴムの手袋は、この時もまた忘れられたままになっていた。

その後年賀状が一度来たなり、恵美子の消息は今日に至るまで杜絶えたままになっている。市中の舞踏場を歩き廻ったら、逢うことがあるかも知れないが、わたくしは以前から已むを得ない場合の外、舞踏場へは出入《ではいり》をしない。その理由は、三十余年前西洋で習いおぼえた舞踏の旋律は時代と共に変って、今は用をなさない。それと共に市中の踊《おどり》場《ば》はその入口の壁から便所の中まで、隈なく貼出《はりだ》された御触書《おふれがき》が甚《はなは》しく人の感興をそぐからである。

世の中は年と共にますます変って行く。日常の雑談にも、今まで世が平和であったころには耳にした事のない新しい言葉が数知れず聞かれるようになったが、その中で最も多く繰返されるのは、強く生きよとか、強くなれとか云う言葉である。しかしこの言葉は時と場合によっては、どうやら反対の意に用いられるのではないかと思われるような

ことある。裏町の酒場で聞いた流行唄《はやりうた》の中にも、

……なるやうにしかならないわ。
悲しく沈む夕日《ゆうひ》でも
あしたになれば昇るわよ。
強くなつてねえ。あなた。
強くなつてね。

と云うようなものがあった。

強者を称美し、強者を崇拝するのが今の世に活《いき》る人の義務のようになった。そして、強者になりたくもなれない者が、自らその弱きを知って諦めの道に入ろうとすれば、世はこれを目して卑屈となすよりも、寧《むし》ろ狡猾奸譎《かんけつ》として憎み罰するようにも思いなされて来た。

わたくしがこの頃になって、不図恵美子の事を憶出《おもいだ》したのも、恐らくはこのような感慨からでもあろう。あの女の性格や人物が今になって見ると、家にいた時よりも、却《かえっ》てはっきり解釈せられるような気がする。恵美子は見方によっては、今の世に謂《い》う一種の

強者であるのかも知れない。悲しく沈む夕日も、一晩たてばまた明くなって昇るのだと思って、泣寐入りに寐てしまう強者であるらしい。されば、舞踏場が閉された暁《あかつき》には、その時とその場合とに応じて、さほど自分の思慮を費さず、仲間の者共の為すところを見て、これに倣《なら》い、容易にその日その日を送る他の道を見付けるであろう。

恵美子は今どこに何をしているのか知らぬが、しかし実在の人物であるから、わたくしはこの稿を草するに莅《のぞ》んで、その名を偽り、且《かつ》また筆者に都合の好いような作り事をも、少からず交えて置いたのである。

（昭和十三年二月草）

来訪者

一

わたくしはその頃身辺に起った一小事件のために、小説の述作に絶望して暫《しばら》くは机に向う気にもなり得なかったことがある。

小説は主として描写するに人物を以てするものである。人物を描写するにはまずその人物の性格と、それに基いた人物の生活とを観察しなければならない。観察とは人を見る眼力である。しかるにわたくしは身辺に起った一瑣事によって、全然人を見る眼力のないことを知り、これでは、到底人物を活躍させるような小説戯曲の作者にはなれまいと、喟《き》然《ぜん》として歎息せざるを得なかった次第である。その頃頻《ひん》々《ぴん》としてわたくしを訪問する二人の青年文士があった。

平生わたくしは文学を以て交る友人を持っていない。たまたま相見て西窓《せいそう》に燭《しょく》を剪《き》る娯しみを得ることもあったが、しかしその人々は皆白頭にして、わたくしとは職業を異にしていた。しかるに新に交を訂したかの二客は殆《ほとん》ど三日を出でず、時には相携えて、時には各自単独に来訪し、昭和文壇の消息やら、出版界の景況やらを聞かせてくれる。わたくしが平生知りたいと思いながら、知ることを得ない話ばかりである。即ち某新聞社の小説潤筆料は一回分何十円、某々先生の一ケ月の収入は何千円というような話である。

二客はその年齢いずれも三十四、五歳、そしてまたいずれも東京繁華な下町に人となった江戸ッ子である。一人はその名を木場《きば》貞《てい》、一人は白井巍と云う。木場は多年下谷三味線堀辺で傭書と印刻とを業としていた人の家に生れたので、明治初年に流行した漢文の雑著に精通している。白井は箱崎町の商家に成長し早稲田大学に学び、多く現代の英文小説を読んでいる。

わたくしはその時年はもう六十に達し老眼鏡をかけ替えても、古書肆の店頭に高く並べられてある古本の表題を見るのに苦しんでいたので、折々二子《にし》を伴って散歩に出で、わたくしに代って架上の書を見てもらう便を得た。

団々珍聞《まるまるちんぶん》や有喜世《うきよ》新聞の綴込を持って来てくれたのは下谷生れの木場で、ハーデーのテス、モーヂエーのトリルビーなどを捜して来てくれたのは箱崎で成長した白井である。

二人はわたくしと対談の際、わたくしを呼ぶに必《かならず》先生の敬語を以てするので、懇意になるに従って、どうやら先輩と門生というような間柄になって来たが、しかし二人が日常の生活については、その住所を知るの外、わたくしの方からは一度も尋ねに行ったことがないので、余程後になるまで、妻子の有る無しも知らずにいた。

木場は或日《あるひ》蜀山人《しょくさんじん》の狂歌で、画賛や書幅等に見られるものの中《うち》、その集には却《かえっ》て収載せられていないものが鮮《すくな》くないので、これを編輯したいと言い、白井は三代目種彦《たねひこ》になった高畠転々堂《たかばたけてんてんどう》主人の伝をつくりたいと言って、わたくしを驚喜させた。わたくしは老の迫るにつれて、考証の文学に従う気魄に乏しく、後進の俊才に待つこと日に日に切なるを覚えて止まなかったので、曽《かつ》て蒐集した資料の中役に立つものがあったら喜んで提供しようと言った。しかし二人ともただその計画を語ったのみで、細目に渉った話はその後したことがなかった。

一年あまりの月日が過ぎた。木場は北千住に住んでいたのであるが、真間《まま》の手児奈《てこな》堂の境内に転居し、表口に添う出窓を改作して店となし、玩具人形の外に文壇諸名家の墨蹟を陳列し、これを売って生計のたしにしたい。屋号を鴻麓堂としたから額を揮毫して下さいと言った。四、五日たって、白井が一人で尋ねて来たので、わたくしは

「木場が人形屋を始めたと云うはなしだが、景気はいいかね、素人商《しろとあきな》いで損をしなけ

ればいいが。」

「細君の小遣くらいになればいいのでしょう。」

と言う白井の返答で、わたくしは、初《はじめ》て木場の妻帯していることを知ったのである。

「細君はきれいかね。」

「なかなかきれいです。」

「そうか。震災前のはなしだから君達は知らないだろうが、画家竹久夢二の細君が頗《すこぶる》つきの美人で、呉服橋外に絵葉書屋の店を出していたことがあった。繁昌したよ。鴻麓堂も店つきのいい美人が坐っていれば大丈夫だろう。」

「愛嬌には少し乏しいようですが、色が白くて痩形で兎《と》に角《かく》わるくありません。」

「素人かね。」

「高嶋屋デパートの売子でした。」

「そうか、それでは僕も市川まで人形を買いに行くかな。いずれ訳があったのだろうな。」

「坂本町のアパートにいた時分部屋が向合せだったそうです。」

「そうか、寒い晩に帰って来て鍵をなくしたのが縁のはじめだったら、まるでプッチニのボエームだね。」

「木場は初め妹の方に思召《おぼしめし》があったんだそうです。姉さんが売子、妹は上野のＰＰという喫茶店の女給で、姉さんよりはずっとモダーンでした。わたしも時々木場と一緒で、随分通ったもんです。木場は或晩時期はもう熟した頃だと思って、夜なかにその室《へや》へ忍び込んで、間違えて姉の方の寝床へ這入込《はいりこ》んだんだそうです。木場はそのつもりで、そっと自分の部屋に帰って来た、ところが明《あ》る日になって姉の様子が急に変っているんで、木場は初てその門違《かどちが》いを知ったんだそうですが、もうどうする事もできず、結婚と云う事になったのです。」

白井はなおわたくしの問に応じて、木場の経歴を語った。木場は父が死んでから母と共に静岡の実家《さと》に行き幾年かを送った後、一人東京に帰って来て、一しきり××先生の家に書生となっていた。白井はそこで初て木場を知ったのだと云う事を話してくれたが、白井は自分の経歴については何も言わない。

わたくしは白井ほど自分の事を語らない人には、今まで一度も逢ったことがない。その親類が新川で酒問屋をしている事、その細君は白井より一ツ年上で、その家は隣りあっていた。女は女学校、白井はまだ中学を出ないのに、いつか子供をこしらえ、その儘《まま》結婚したのだと云う事などは白井が木場の事を語ったように、わたくしは木場の口から悉《ことごと》くこれを聞知ったのである。

わたくしは白井の生活については、これ等の事よりも、まだその他に是非とも知りたいと思っている事があった。それは白井が現時文壇の消息に精通していながら、今日まで一度もその著作を新聞にも雑誌にも発表したことがないらしい。強いて発表しようともせぬらしく頗悠々然としている。この悠々然として居られる理由が知りたいのであった。

わたくしは白井が英文学のみならず、江戸文学も相応に理解して居るが上に、殊に筆札を能《よ》くする事においては、現代の文士には絶えて見ることを得ないところでありながら、それにも係らずその名の世に顕れない事について、更に悲しむ様子も憤る様子もないのを見て、わたくしは心窃《こころひそか》に驚歎していたのであった。わたくしは白井の恬淡な態度を以て、震災前に病死したわたくしの畏友深川夜烏子《やうし》に酷似していると思わねばならなかった。

夜烏子は明治三十年代に、今日昭和年代の文壇とは全然その風潮を異にしていた頃の文壇に、その名を限られた一部の人に知られていた文筆の士である。しかるに白井は売名営利の風が一世を蔽《おお》うた現代に在って、なお且《かつ》明治時代の文士の如き清廉の風を失わずに超然としている。夜烏子に対するよりも、わたくしは更に一層の敬意を払わなくてはなるまい。

わたくしはここに至って、少しくこの前後の時代における文壇の風潮について思うところ、観るところを述べねばならない。明治三十年代も日露戦争の頃まで、文壇の風潮、文士の気風は明治十年、或《あるい》は溯って江戸時代のそれと多く異るところがなかった。江戸文壇の風潮を承継したとも言える。また前代の風潮が次第に変遷しながらも、まだ全く滅びてしまわなかったとも言える。その頃には小説戯曲は一種の遊戯であって、これに従事するものは、俳優落語家の輩と同一に視られていた。学海《がっかい》、桜痴《おうち》、逍遙、鷗外の諸家が文学を弄びながら、世間から蔑視されなかったのは文壇以外に厳然たる社会上の地位があった故である。譬《たと》えば柳亭種彦が小説をつくり、細井栄之が浮世絵を描きながら両者ともに旗本の殿様であったと同様である。当時われわれは小説家が遊惰の民として世人より歯せられず、父兄より擯斥《ひんせき》せられていたが故に、反抗的に却てこれを景仰し自分達もまたその後塵を追うことを欲した。されば成功して文名を博し得ても、その名誉は同好の人の間にのみ限られて、世間一般とは何の関係もない事は初めから承知していた。われわれは豪然として富貴栄達を白眼に視る気概を喜んでいたのである。

わたくしは喋々の弁を費すよりも、当時我国において、学士会員及び博士の称号が学者にのみ許されて、小説戯曲の作家には許されていなかった事を見ても思半《おもいなかば》に過るものがあるであろう。森槐南《かいなん》先生が病歿するに際し、文部省が博士の称号を贈ったのは、詩人としてではなく、生前帝国大学において杜甫の詩を講じた事があったからである。

明治三十三、四年の頃だと記憶している。石橋思案が文芸倶楽部の主筆であった時、富豪大倉喜八郎が同誌に好小説を掲げた作家に、賞金五百円を贈ることを謀った。しかるに当時の操觚《そうこ》者《しゃ》は文士を侮辱するものとして筆を揃えてこの事を罵った。かくの如き文壇の気風は日露戦争後に至り漸次に変化し、大正の初には文士は憚るところなく原稿料の多少を口にするようになり、震災の頃になっては、文学は現代社会の一職業と見られ、これによって産を成すものさえあるようになった。

わたくしは日露戦争の後、実業家の重立ったものが爵位を授けられた事、政党政治の確実に成立せられた事、帝国劇場と三越百貨店との建設せられた事等を以て、一新時代の出現と見る。文士小説家が社会の一員として認識せられた事もこの新現象の中に加えべきものであろう。政党政治は震災前後の時代より腐敗の醜状を世人の前に暴露するようになり、文壇もこの時代より漸次に沈滞し腐敗して来た。文士もまた政治家の顰《ひそみ》に倣い集団をつくり、これに依って名を成さんことを務め、その主義理想の如何《いかん》を問わなくなった。後進の文士は集団運動に参加せざるかぎりその文を公にする道がないようになった。大正時代の文士中社会主義を奉ずるものの多かったのは、これを今日より回顧すれば全く売名の方便となしたに過ぎなかったのである。かくの如く文学が商業と化した如く教育もまた商業と化し、学校の経営者は一人でも多く生徒を吸集せんがために野球の勝負を催すの傍《かたわら》、文学部の教授に流行小説の作者を招聘して広告の代用品たらしめた。世を挙げて営利に奔馳する時代に在って、わたくしは偶然この時代の風潮に同化せざる木場白井の二青年に邂逅したのである。わたくしは喜びのあまり、二生がいかなる理由、いかなる閲歴によって、現代営利の風潮に化せられなかったかを深く考究する遑《いとま》がなかった。草木には偶然変り種が出るように、いかなる世にも畸人《きじん》の出ない事はない。曲学阿世の風が盛であった宝暦の時代にも馬《ば》文耕《ぶんこう》といい志道軒というが如き畸人が現れた。木場白井の二生が昭和の世に存在するのもまた怪しむには及ぶまい。わたくしは先《まず》そんな風に考えていた。

木場も白井も身長は普通であるが痩立の体質は二人ともあまり強健ではないらしい。木場はいつも洋服、白井はいつも和服で、行儀よく物静なことは白井は遥に木場に優《まさ》っていた。来訪の際には必台所口へ廻って中音に、「御免下さい。白井で御在《ございま》す。」と言う。その声柄や語調は繁華な下町育《そだち》の人に特有なもので、同じ東京生れでも山の手の者とは、全く調子を異にしている。呉服屋小間物屋などに能く聞かれる声柄である。白井の特徴はその声の低いことと、蒼白な細面《ほそおもて》に隆起した鼻の形の極めて細く且つ段のついていることで、この二ツは電車などに乗って乗客を見廻しても余り見かけない類のものである。わたくしの家は静な小径《こみち》のはずれにあって、わたくしの外、人が居ないので、日中でも木の葉の戦《そよ》ぐ音の聞えるくらいであるのに、白井の声は対談の際にも往々にして聞き取れないことがある。且また語るに言葉数が少く冗談を言わず、いつも己は黙して他人の語を傾聴すると云ったような態度をしている。しかしこの態度には現代の青年に折々見られるような、先輩に対する反感を伏蔵している陰険な沈黙寡言の風は少しも認められない。文学に関して質問らしい事を言う時には、寒暄《かんけん》の挨拶よりも一層低い声で、且極めて何気ないような軽い調子で「その後何かお書きになりましたか。」或は「何かお読みになりましたか。」というのである。

丸善あたりには盛に新刊の洋書が並べられてあった頃なので、わたくしはその年のゴンクール賞を得た仏蘭西《フランス》新作家の著作などについて所感を語り、興に乗じてわたくし自身のものまで憚らずその抱負を口にした事もたびたびであった。

「中途でよしてしまった原稿も随分ありますよ。脚本なんか脱稿しても上演されそうもないと思ったものはその儘発表しないでしまってあります。」

「拝見させて戴けませんか知ら。」

「読んだら遠慮なく批評してくれたまえ。」

わたくしは草稿を入れた大きな紙袋の三ツ四ツ、塵《ほこり》だらけになったのを棚の上から取おろして渡したことがあった。丁度曝書の時節になっていたので、三日ばかりその手つだいと共に蔵書目録の製作をも依頼した。

白井はその頃千葉県稲毛に家を借り東京へ出て来て帰りの汽車に乗りおくれる時には、木場の鴻麓堂に泊ると云う。わたくしは謝礼として車賃若干を贈ることにした。

白井は虫干の手つだいをしながら、初め鉛筆で蔵書の名を手帳に記入して持帰った後、一ケ月ばかりして半紙に毛筆で清書した目録一冊を見せてくれた。細字の楷書で、その能筆なることはむかし筆耕を業としたものの手に成った写本に劣らず、洋字も極めて鮮明であった。

「君、どこか図書館にでも勤めていたことが……。」

「いえ、御在ません。わたしただ本が好きなもんで、索引もこしらえて見ました。」

わたくしは更に一枚五円ズツと計算して蔵書目録作製の労に報いた。どんな生活をしているか知らないが、豊でないらしいことは問わずと知れていたからである。交際してから早くも二年あまりになるので、長女が女学校に通っている事、細君の生家が二、三年前まで箱崎町で何か商いをしていた事など、わたくしはその後談話の際に聞いていたので、細君の方にも幾分の恒産があり、白井の家もその隣りであったと云うから、矢張商家で地面か、貸家の二、三軒くらいは持っていて清貧に甘じていられるだけの収入はあるものと、わたくしは勝手に臆断していたのである。

その頃から白井も木場も来訪する度数が俄《にわか》に少くなって来た。心づくと三月ばかり音沙汰がないので、病気ではないのかと、真間の鴻麓堂へ手紙で問合すと、安房郡××村へ引越したと云う返事がきた。別に是非とも面談せねばならぬ用事があるわけでもなく、またわたくし自身の気儘な性情から推察して、文士の気まぐれを責める心がないところから、それなりにして置いた。

するとそれからまた半年あまり過ぎた頃である。箱根でむかしから代々旅館を業としている人の息子で、嘗《かつ》て本郷の大学の国文科に学んでいた時分、折々わたくしを訪問しに来たものがある。その時分頻《しきり》に明治初年の小説雑著のたぐいを蒐集していたので、それについて、わたくしの卑見を叩きに来たのである。名を岩田という。岩田は俄に手紙を寄せ数年来の無沙汰を謝し近頃不思議な写本を手に入れた。西銀座の巽堂《たつみどう》という古本屋で買ったのであるが、わたくしの自筆本で怪夢録と題された小説体の著作である。書体も文体も岩田の見るところ、共にわたくしのものに相違はないと言うのであった。

わたくしはいつぞや旧稿を収めた紙袋を白井に貸したことを思出した。紙袋は白井の手から返付せられたまま、もとの棚の上に投《ほう》り上げてあるので、またもや取おろして袋の中を調べて見ると、岩田生の言う怪夢録はちゃんとその中に在った。自筆の写本が二部あるわけはない。とすれば、彼の買ったものは何人かの戯れに、もしくは売ろうが為に作った偽書になるわけである。

怪夢録はその題の示すが如く睡眠中に遭遇した事件を筆にしたもので、わたくしがまだ牛込の旧廬に居た中年の頃の作であるが、雑誌などには出せそうもないと思って、後に浄写して袋の中に入れて蔵《しま》って置いたのだ。去年白井へ貸す時、一ツ一ツ紙袋の中を調べなかった怠慢を、わたくしは後悔した。

何しろ三十年前に書いたもので、委しい事は自作ながら忘れている。旧稿をよみ返して見るのも、時には他人のものを見るようで、意外の興を催し得ることがあるから、わたくしは旧作怪夢録を開いて、巻首の自叙から仔細に全文を読返して見た。

発端に夢のことがながながと書いてある。夢には映画に見るように人や化物に追いかけられ、追い詰められて目をさますのが通例である。小説の主人公「わたくし」なる者は多年神経衰弱のために眠るかと思うとすぐ妙な夢に襲われ、熟睡することができなくなっている。或日《あるひ》夢に玉川上水の流れている郊外を歩いている。（夢裡《むり》に見る風景は作者が明治三十年代頃に見馴れた千駄ケ谷附近田園の描写である。）歩いている中《うち》、風景は忽然一変して蒹葭《けんか》蒼々たる水村の堤になる。（作者が二十歳の頃よく釣舟を漕いで往復した小名木川、中川、隠亡堀《おんぼうぼり》あたりの描写である。）

夜になり川添いの小料理屋に上って飯を食う。料理屋は宿屋を兼ね、酌婦が四、五人いる。その一人に挑まれて泊る。この酌婦の肉体には一種不思議な魅力があって、主人公は数年来熟睡し得なかった苦痛を、この夜初て忘れることができた。別れて家へかえるとまた眠られなくなるので、三日に上げず通いつめる。今まで知らなかった限なき楽しみをこの女によって知る。借金を返してやって妾にする。その中に夢の間にまた夢を見る。鸚鵡《おうむ》よりも綺麗な蝙蝠《こうもり》が窓に来て、あの女に接していると一年を出でずして殺されることを告げる。主人公は驚いて家を逃れ出で諸所をさまよい、松林に蔽われた小山の上の廃祠に隠れ、ここに自炊の生活をする(風景は作者が中学生の頃夜行遠足を試みた時に見た井の頭池の近傍である。)枯枝を拾い拾い崖のほとりに出ると、夕日が麓の野を蔽う枯尾花に映じて、見渡すかぎり火の海をなしたように思われる。一人の女が小径を歩いて来る。火の中をさまようものと思い、助けてやろうと走り寄って見ると、それは彼の女である。女は金の壺を持っていて、これは印度に産する金の蛇を漬けた酒だから飲めと勧める。驚いて道を択《えら》ばず逃げ走る。鉄道線路に出で踏切番の小屋を見つけて逃げ込む。中に木の瘤《こぶ》のような顔をした婆がいて、若き主人公を見るや、気味のわるい笑を浮べ、いやらしい様子で挑みかかる。小屋の外には金蛇の酒を提げた女がうろうろしている。絶体絶命、主人公は悶絶する自分の声に驚いて目を覚ますと、波斯《ペルシア》小説の上に頰杖をついて転寝《うたたね》をしている中、頰杖がはずれて目がさめたと云うはなしである。今日これを読返して見ると、編中の叙景は東京近郊のひらけなかった頃の追憶に基くもので、それが執筆の目的であったらしい。酌婦が病弱の文士にいろいろ生の快楽を教えたり、老婆が若い男に挑みかかる叙事などは批評の限りにあらずだ。

読終ると共にわたくしは内心白井の行為について少からざる恐怖を感じた。偽本をつくったものは白井に非《あら》ざれば木場である。白井は紙袋をわたくしの家から借出して木場の鴻麓堂に止宿し、二人してわたくしの旧稿を閲読してその類本を製作した。その時の興に乗じたものか。或《あるい》は金に替る好餌の為か。いずれにしてもこれが商估の手に渡って、購ったもののある以上、その罪は道徳上、並に法律上とを兼ねたものである。

わたくしはまずその買主に面会しその物を一見する必要があると思い、早速箱根の岩田に返書を送りその来訪を求めた。

「その後は御無沙汰ばかりしていました。申訳がありません。この本で御在ます。」と岩田は縮緬《ちりめん》の袱紗を解いて、その購った怪夢録の一書を示した。

薬袋紙《やくたいし》を表紙に茶半紙《ちゃばんし》二、三帖を綴じた製本の体裁から本文の書体、悉《ことごと》くわたくしの原本と同一で、しかも驚くべきは巻首と巻末とに捺してある印までが原本のものに似せてあることであった。わたくしは木場が下谷三味線堀にいた印刻師の子である事を思合せて更に又慄然とした。

「安くあるまいね、商売人の手にかかったら。」わたくしは偽書本を閉じて岩田に返し、

「百円もしたかね。」

岩田は不満らしい面持《おももち》で「どうして、そんな事じゃ……。」

「もっと高いんですか。それじゃ雑誌なんぞに出して原稿料を貰うよりも余程割がいい、僕も何か一ツ浄写して見ようかな。」

「西銀座の巽堂には一葉女史の手紙と草稿がありました。一まとめに買ってくれと言われたんですが、一寸《ちょっと》手が出ませんでした。」

「みんな一手に出たものだろうね。誰が持っていたんだろう。」

「先生のものは、先生も御存じがないんですか。」

「心当りはあるけれど……。」

「先生お願いしたいのですが、これに先生の裏書、鑑定書のようなものを一筆お願いしたいんですが。」

岩田は再び怪夢録の偽書本をわたくしの方に向けて、テーブルの上に載せる。わたくしは数日前に読返したまま机の上に置いた原本怪夢録を取り、「君の買った物と、これと交換しよう。この方を君の蔵書にして置きたまえ。」

「それでは、わたしの買ったのは。」

「贋だよ。」

二

これから後のはなしは岩田がわたしから木場白井二生の事を聞き、偽筆本をつかまされた口惜しさに、その知人で興信所に雇われているものがあるのを幸、その者に依頼して二生の身辺を探偵させた。その報告書に基いてわたくしのこしらえたものになるのである。

秘密探偵の書綴る報告書は裁判所の速記録と同じくところどころ古めかしい漢文調の熟語、「二人ハ奇貨措《お》クベシトナシ」なんど言う語句と、極めて卑俗な口語とが混用されていて、時には却《かえ》って筆者の面目を躍如たらしむる処に別種の面白味がある。然るにわたくしの書直したこの物語にはエノケンの舞台を見るような突飛な写実もなければ、偶然の可笑味もない。絵画よりも写真を真実となして喜ぶ人は、わたくしが報告書に基いて冗漫なる物語を綴った徒労を笑うであろう。或は無用の文飾と迂回した筋道とが、却て真相を誤らせるものとして、その罪を責めるかも知れない。

からない。

三

白井が稲毛の寓居を引払った理由は、家賃を一年あまり滞らせ、遂に家主から追われた為らしいが、さてその引越先をどうして安房郡××村に択んだものか、その理由はわからない。

××村の借家はその家主と隣り合っている。もとは家主の住宅の離座敷であったのを、主人が病歿した後、若い未亡人が手入をして貸家にしたのである。死んだ主人はもと深川冬木町の材木問屋で、胸の病気があるため、その妻と共に転地療養の目的で××村へ引籠り、三年ならずして世を去った。その時年は三十、妻は二十三、四であったとやら。

白井は引越した当日、隣の家主へ挨拶をかね敷金を持って行って、初めて未亡人を見た時、その年の若いのと、姿形のすらりとして美しいのに、旦那の留守をしている人妻だと思った。襟付のお召《めし》に縫取をした小紋の羽織を引掛けた衣裳の好み、髪をまん中から分けて、ゆるく首筋へ落ちかかるように結んだ様子、どうやら素人でもなく正妻でもないようにも見られた。

間もなく未亡人は白井の細君と心やすくなった。二人とも東京の下町に成長したので、田舎に移住してから互に話相手がほしくてならなかった故である。二、三度晩飯に招かれたり招いたりする間柄になった。

或日白井は未亡人と東京へ行く汽車に乗り合せた。白井はまだ乗らない中、早くも未亡人が乗車場《プラットフォーム》の壁に沿うた腰掛で本を読んでいるのを見たのである。本はその体裁から岩波文庫でなければ春陽堂文庫中のものらしく見えたが、未亡人が自分の居ることを心づかないまま、二、三間離れた柱のかげに立って、列車の来るまでその姿を眺めていた。

××村からこの駅までは、一時間置きに出るバスに乗らねばならぬので、時候のいい四月中旬の午後であったが、乗車場に列車を待つ人は四、五人に過ぎず、その中の二人は洋装した女の行商人、後は法華《ほっけ》参りの婆さんに制服の学生一人。その中にたった一人、下町風の若い未亡人の姿は、それを中心にして駅全体と、あたりの風景にまで画趣を帯びさせるほどで。金紗のコートに蔽われたその服装には現代風のけばけばしい染色は微塵もなく、履物は勿論日傘の柄からハンドバックまで目に立たなくて、価の高いものらしいところ、その性情、その趣味までが、いかにも奥床しく白井の眼に映じた。

白井は引越したその日に、初て見た時の驚歎を、今更のように繰返すと共に、その身元、その経歴を知りたい好奇心のいよいよ激しくなるのを禁じ得なかった。車に乗ってても白井はわざと少し離れていながら、やがて女が心づいた時話しかけることの出来るような席を計って、徐《おもむろ》に腰をかけた。車が動き出しても女は見馴れた窓の風景をよそに、読みかけた小説に目を注いでいる中、次の停車場に着きかける頃、初めて白井の予想どおり、女は本から目を離して何と云うこともなく車内を見廻し、白井のいるのを見て、美しく静な微笑を以て挨拶に代えた。

白井は帽子を取ると共に、女に対する礼儀のように見せて席を立ち「東京へお出《いで》ですか。」

「はい。ちょいと。」

「陽気もよくなりました。」と白井は車中のすいているのを幸、さり気なく歩み寄って、「わたくしは真間まで参ります。東京は丁度お花見時分で御在ますね。」

「ほんとにそうで御在ます。しかしこの頃はお花見時分でもふだんと変りませんのね。」

「どこもただ込み合うばかりで、東京は全くつまらなくなりました。」

「電車なんぞ、いやで御在ます。でも、たまに参りますと何ですか、いやだいやだとは思いながらやっぱり懐しい気がいたします。」

「房州はもう御長う御在ますか。」

「はア、今年でもう四年になります。」

「皆さん。東京にいらっしゃるんですか。」

「いいえ、それなら、とうに越してしまったんですけれど。宅は前々から主人とわたくし二人ぎりだもので。」

「それではわたくしどもと御同様です。」

「でも、お宅さまはお嬢さまもおいでで、お賑《にぎやか》でよろしう御在ます。」

「いや、どうも。女の子ばかり三人ですから賑かすぎます。」

「お楽しみですね。大きいお嬢さん、もうじき御卒業でしょう。」

白井は長女が十八になり、しかも数日前千葉の女学校を卒業をしてしまったのであるが、明《あきら》かに答えることを躊躇した。白井は学生のころ十八で、一ツ年の多い隣家の娘と通じ忽《たちま》ち子供をこしらえてしまったので、誰にきかれても家庭の事は言いたくないのであった。何となく老人臭く、気が滅入って来るからである。白井はそれにつけても、未亡人が自分の妻より一まわりも年が若く、そして子供もなく、身一ツになった現在の生涯について、どう云う考《かんがえ》を持っているだろう。その胸の奥底には悲しみよりも、何か将来に希望を持っていはしまいか、どうもそうらしいような気がしてならないので、それとなく瑣細な挙動から言葉のはしばしまで、怠らず注意せずには居られなかった。

髪はいつものように油気を避けた緩《ゆるや》かな結び髪に、目立たぬような薄化粧ながら、鼻筋の通った眉の濃い細面《ほそおもて》の、顎から咽喉へかけての皮膚《きめ》の滑かさ。着物はじみでも半襟の下からほの見える肌着の襟の緋縮緬、日傘の琥珀の柄を握るしなやかな指先に至るまで、今なお二十前後の若さを失わずに居る。時としてその態度の落つき、言葉使いのしとやかさから思知られる真《まこと》の年齢は、却てその人のわかかった二十ころの美しさを忍ばせるのみならず、その美しさのやがて衰えて行こうとする間際のさびしさに、また別種の魅力が添えられようとしている。秋の女の哀愁の美が窺われようとしているのだ。白井はダヌンチオが女優デューゼをモデルにしたと称せられる小説「炎焔《イルフオコ》」中の女主人公の風貌を空想に浮べながら、また未亡人はきっと三味線の心得もあるであろう。三味線ならば小唄、琴ならば上唄《かみうた》でも歌わせたらどんなであろうとも思った。

姑《しば》く話の途切れている間、二人とも窓の景色に目を移していたが、やがて未亡人が思出したように袂から巻煙草を出すのを見て、白井は素早くマッチを摺りながら、

「東京はどちらです。わたくし、以前は箱崎に居りました。」

「さようですか。それでは向い合せで御在ます。わたくし佐賀町が生れましたところで、それから冬木町に居りました。」

「弁天さまが御在ましたな。」

「はい。弁天さまから和倉の方へ寄ったところで御在ました。宅は何しろ病身で御在

ましょう、わたくしが参りますと間もなく店をたたみまして、こちらへ引越したんで御在ます。子供が御在ませんから淋しう御在ますけれど考えようでは却て苦労が御在ません。」

白井は話題が漸《ようや》く思うところへ運ばれて来たと思った。

「全くお淋しいでしょう。しかし佐賀町の方は皆様御丈夫なんでしょう。」

「いいえ、あなた。里の方はとうのむかし、わたくし、ほんの幽《かすか》に覚《おぼえ》があるくらいですの。わたくし七ツの時から乳母の家で育ちましたの。」

列車が千葉の駅へつく。二人はともども省線電車へ乗りかえようとする急しさに、折角糸口のつきかかった身の上ばなしはそれなり中絶して、込合う電車は稲毛から船橋八幡を過ると、早くも国府台の森が見えるようになった。白井は名残惜しげに、

「それでは、お先へ。」

四

手児奈様《てこなさま》の御宮《おみや》を向うに、真直《まっすぐ》な小道の両側に並んだ貸家の中でも、平家建の一軒。出窓の格子を取りのけ板硝子《いたガラス》を張った中に緋毛氈を敷き、上方人形三ツ四ツ、助六や達磨様など江戸時代の玩具、飛んだり刎ねたりの、いずれも模造の品物を並べた後《うしろ》一面、

金砂子の鳥の子紙を張った仕切壁に、紅葉山人の俳句短冊二枚を入れた総《ふさ》つきの雲板をつり下げ、その下に置いた小さな釣瓶《つるべ》形《がた》の桶に桃の花の一枝と菜の花を投込んだ店の様子。それを白井は流し目に見やりながら、窓に添うた格子戸を明け、

「おいでですか。」といつもの低い声なのを、すぐに聞きつけて上り口の障子を明けたのは、ちぢらし髪をうしろで巻きとめ、臙脂《えんじ》色の目に立つ大柄模様の銘仙に、薄色鶸茶《ひわちゃ》の事務服を羽織代りにした細面の、年は二十五、六。もとは高島屋デパートの売子だったという木場の妻よし子である。

「どうぞ。」と白井のぬいだ履物を片よせながら、「白井さん、いらしってよ。」

「手紙を出そうと思っていたんだ。」と机の前から少し居ざり出で、木場は白井が坐らぬ中、「巽堂から文句を言って来た。」

「何だって。」と白井は気のない返事をしながら八畳の間の床に掛けた××氏の自賛の俳句、鴨居に鴻麓堂の額、押入に添う三尺の壁にかけた湖龍斎の柱懸などを見廻しながら煙草の烟《けむり》。

「怪夢録のことさ。買ったお客から苦情が出たそうだ。」

「直接、鑑定でもして貰ったんだろう。」

「君、あっちは鼬《いたち》の道か。僕もあれッきりだが。」

「どの道、ぼろの出る時分だからね。方面を変えるさ。既刊本へ署名するのが一番世話がない。」

二人は現代名家の著書を古本屋から買取り、それに好加減な寄贈者の名と、著者の署名を書く。これは白井の仕事。木場は偽印を刻って捺し別の古本屋に売るのである。床の間の隅にはやがてそうされべき書物が積んである。

「天気がいいから、ぶらついて見ようじゃないか。」

白井は実のところ今日は短冊色紙の偽筆、そろそろ時節を当込《あてこ》んで扇子団扇の偽筆揮毫をもするつもりで、筆も一、二本用意して出て来たのであったが、途中で別れた未亡人の姿が目にちらついて、仕事なんぞする気になれなくなった。外へ出たからと云って、行く当もなく見るものもないのであるが、花見時分の好天気に世間一体何となく浮立っているので、遊び歩く女の中に未亡人に似た姿でもあってくれたら目の保養になると思ったからである。

「じゃ、そこまで一所に行こう。君が来なかったら実はこのあいだの話をきいて来ようと思っていたんだから。」と木場は座を立って兵児帯《へこおび》を締め直した。しかしこれは細君よし子の前を胡麻化すだけの申訳である。もしただの散歩となったらよし子を連れて行かねばなるまい。そうなると、まず隣へ留守をたのむ。その礼に土産物も買わなくてはなるまい。殊によれば夕飯三人前も自分が負担せねばなるまい。木場は白井とはちがって、よし子と同棲してから四年たっても、今だに生計の真相は知られないようにしている。偽筆の事も無論である。

これに反して白井の方は隠したくても隠しきれない境涯に陥っている。株式仲買人であったその父の死んだ時、白井は自分の一生くらいは楽に遊んでくらせる遺産は十分あると思《おもい》の外《ほか》、精算すると借財の方が多かった始末。また細君の里の運送屋も震災後左前《ひだりまえ》になって、当主の兄が家族をつれて千葉へ引込んだような訳で、夫婦とも今は見得ばっているどころではない。細君は子供の教育費だけは親類へ泣きついて、どうにかするから、生活費——家賃と食料とはあなたがお稼ぎなさいと言う。東京から稲毛、稲毛から房州へとだんだん辺鄙へ移転した訳は、要するに幾分でも家賃を安くしようと云う為であった。家にいると、年上の細君が勉強して下さいと言わぬばかりのように見え、時には居たたまれないような気がする。外へ出ても行く先のない時には白井は上野か早稲田の図書館へ行き本を読んだり昼寝をしたりして日を送ることにしていた。

白井は学生の時から読書はきらいでは無かった。しかし読書は実行の出来ない事を空想したり、また目的なく時間を空費する無二の方便に過ぎないと思ってから、筆を取って物をかく気にはならなくなった。先輩に頼まれて、初の謝礼を渡されれば飜訳物の下ごしらえ、新聞や婦人雑誌向の小説の代作も直にやれるが、自分から立案するとなると、つまらない編纂物さえ手を下すのが面倒になる。座談なら世事人物の酷評もするが、まとまった評論はかき得ないのであった。

現代文士の草稿や短冊の偽筆も、主謀者木場に勧められたのがもとで、販売の方法は凡《すべ》て木場がやっている。仕事は木場の住いでよし子を先に寝かしてしまった後、二人とも酒も菓子も口にしないのでただ雑談しながら遊び半分取りかかるのであった。

二人が最初この事を思いついたのは三、四年前、丁度今日のように浅草公園をぶらついた帰途、三好町の河岸通のとある天麩羅屋の二階へ上った時張交《はりまぜ》の衝立《ついたて》に木場が一時書生に住込んでいた文壇の名家××先生の名をかいた万葉振りの短歌一首。似ても似つかぬ贋物を見てからであった。

「これで通るなら訳はない。」

その晩白井が泊ったので、木場は所蔵する現代諸家の短冊や書簡を取出し、白井が能書の才に任して試に似たものをつくって見た。翌日木場が以前から知っている下谷西町の古本屋へ行って相談すると、案外値をよく引取ってくれたので、それから二人は計画を立て、予《あらかじ》めその偽筆を作ろうと思う文士の家を訪問しその書斎の様子を窺い、蔵書を借りたり、また返事の貰えるような手紙を出したりした。かくして二人は贋物を製作した後、虚心平然たる心持に返って、これを打眺め、自分ながら案外だと思うような出来《でき》栄《ばえ》を見る時、一種冷やかな皮肉な微笑がおのずから口元に浮んでくるような満足を覚えたのである。

この心持は二人とも未だ曽《かつ》て経験したことのない新しい快感であった。無名の身が直に原物の筆者と同様の才学名声のある者になったような心持もする。現実において無名有名の差別が存在しているのは、才学力量の相違からではなく、他の情実に因るものである事が、立派に立証されたような心持もするのであった。また一変して、窃《ひそか》に人の妻と通じた翌日、欺かれた夫の顔を見る時の恐怖と勝利との混雑した感情も推察される。また更に一変して、言寄ることのできない片恋の苦しみにつかれ果てた暁、それと瓜二ツ、生写しと云うような女を、偶然売色の巷に見出して思《おもい》を遂げる時の心持が、最も適切であるような気がした。二人は心理上異様な衝動を覚え、抑制することのできない誘惑を感じるようになった。そしてその誘惑が生計の足しになることが確められては猶更の事である。まじめに文筆を執ることは出来なくても、この仕事の妙味には徹夜も一向苦にはならなかった。

「ぶらぶら歩きも行先を考えるのが厄介だ。」

「光月町に母子《おやこ》で人形を拵《こしら》えている家があるんだ。じかに買うと安いからね。行って見よう。」

「どこだ光月町というのは。」

「そら、お酉様《とりさま》の先さ。太郎稲荷の在るところさ。」

「じゃ吉原の裏だね。」

「君、××先生のところで、女中の騒《さわぎ》があった時分だ。頼まれて隠家をさがしに行ったことがあったじゃないか。あのすぐ側《そば》だ。」

木場がまだ××先生の家に居たころの事。女中に無理を言掛けて逃げられながら、先生は思切れず、木場をたのみ逃去った先をさがしてくれと言われて、木場はその親友白井をさそい、龍泉寺町の裏路地をさまよい歩き、夜になって雨に逢い、しょう事なしに吉原の河岸店に上って一夜を明したことがある。

「あの晩は実に困った。忘れられないな。」

市川の駅近くへ来ると、今しがた電車が通ったばかりと見えて、追われるように後から後からと引きも切らず早足に歩いて来る男女さまざまな人の群に行き合い、ぶらぶら歩きの二人はおのずから片方へ道を譲りかけた時、突然群集の中から染色の目に立つ羽織と金の糸のぴかぴかひかる肩掛とが、風になびく花のように、二人の方へと動いて来て、「アラ兄さん。」という声。

すこし伸び過ぎたパマの髪を耳のうしろからリボンで結び、額の上にも髪を下げて口紅思うさま濃く、眉をかいた厚化粧、鳥渡見《ちょっとみ》には二十前後にも見られる明い円顔。木場の妻よし子の妹てる子である。

「いつもお揃いね。」とてる子は五、六年前、上野の喫茶店で二人を迎えた時のような笑顔と調子で白井へ挨拶をする。白井は黙っている。

木場は鼻先のつき合わぬばかりに進寄《すすみよ》り、「よし子は家にいるよ。何か用……。」

「ええ。姉さんばかりじゃないわ。」

白井は木場がその義妹《いもと》の金廻りのいいのにつけ込み、内々融通してもらう事があるらしいので、わざと離れて一歩《あし》二歩と先へあるき出した。

五

白井はその後未亡人に言寄る機会を窺っていた。隣家のことなので、未亡人がこの間のように東京へでも出かけるような時があったら、逃さず後を追いかけようと思っていたが、それなり外出した様子もなかった。或晩《あるばん》白井は家族と共に食べ終った夕飯の茶ぶ台から立とうとすると、茶碗の中で象牙の箸をちゃらちゃらゆすぎながら、茶を飲みかけていた妻の花子が、

「あなた、明日《あした》一寸《ちょっと》東京まで行って来ます。何か用があったら、ついでにたして来ましょう。」

花子はめったに東京へ行った事がない。両親の命日と盆とに浅草北三筋町の寺へ墓参に行くくらいなので、白井は不審な顔つき、

「何だえ、お盆までまだなかなかだよ。」

「おとなりから頼まれた用があります。」

「藤田さん？」

「ええ。」

藤田と云うのは未亡人の事、名は常子というのである。

「朝から出かける？」

「そうね、お午飯《ひる》、早目にして行って来ましょう。四時頃には帰れましょう。」

「藤田さん、さっぱり姿を見せないが……。」

「お風邪ですって。大して悪くもないんでしょうけれど。株の払込が明日期限なんですって。風邪でお困りの様だから、わたしでよければッて、そう言って上げましたの。」

「そんな事なら僕でもいいのに。」

「でも、お金の事ですもの。」

「ははは、大きにそうかも知れない。何の株だ。余ッ程持っている。」

「きかないから知りません。銀行は日本橋の第百ですって。」

「藤田さんは深川で育ったという話だが、お里はやっぱり材木屋かね。旦那がなくなって遺産があっちゃ、このまま永くああしても居られないだろう。」

白井は細君の花子がどういう返事をするかと思って、それとなくその顔を見た。

「お里は人のいやがる商売だっていいますからね。」と花子は小声になり一寸勝手の方を顧みた。

「どういう商売だ。」

「蛇屋ですって。」と細君は未亡人の親元はもと佐賀町で相応の米問屋であったそうだが、父は相場で失敗して自殺した後間もなく母にも死別れた。容貌が好いので、望まれて和倉の材木屋へ嫁入をしたのだと、女中から聞いた話をつたえた。

「瓜実顔《うりざね》の富士額《ふじびたい》で、むかし風の美人だ。今時めずらしい。」

「いくら美人でも珍らしくっても、蝮屋《まむしや》だと思うと、美人だけになお気味がわるいじゃありませんか。」

「日高川でも思出すのか。はははは。」

次の日、長女は先月女学校を出てから〇〇市の銀行へ、二人の妹は国民学校へ、細君花子は隣から書類を包んだ袱紗を受取り、正午頃《ひる》に家を出て行った。拠処《よんどころ》なく留守の白井は一人縁側に腰をかけ、新聞をよんでいると、隣の門口で郵便屋の声がしながら誰も受取りに出る様子がない。白井は勝手の木戸口から隣りへ廻り、

「お留守のようですよ。」

「書留です。」

白井は勝手をのぞくと使に出たのか、女中もいないらしい。

「奥さん。おやすみですか。」

台所から茶の間に入り座敷の襖《ふすま》の引きちがいになったその隙間から内を覗くと、未亡人常子は仰向きになって、顔の上に開いた小説本を載せ、羽毛蒲団を下の方に、浴衣を重ねた襟付お召の寝間着の胸に片手を置き、青竹色の伊達締《だてじめ》の端の解けたのもそのまま、片手を敷布の上に投出して、すやすや眠っている。白井は襖際からすこし離れて、

「奥さん、郵便です。奥さん。」

衣摺《きぬず》れの音がして、二、三寸あいた襖の間から常子の立った姿が見えた。

「認印《みとめいん》をどうぞ。」と書留の封書を差出す。

「おそれ入りました。薬を取らせにやったもので。」

常子は寝間着の前を引合せもせず、そのまま茶の間へ出て長火鉢の引出から認印をさ

がした後静《しずか》に伊達締を結び直し、

「こんな風をしまして。失礼ですけど、どうぞ……。」

座布団を寝床の傍に敷き、自分は夜具の上に坐る。

「余程おわるいんですか。起きていらっしゃらない方が……。」

「それ程でも御在ません。今日は奥さまをお使立《つかいだ》てして、ほんとに済みません。」

「いえ、なに。東京なら大よろこびです。これから、どうぞ御遠慮なく。」

「ええ、ありがとう。」と礼のしるしにと頷《うなず》付く拍子に黄楊《つげ》の櫛の落ちたのを取って、結髪をかき、「白井さん、葡萄酒は。」

「どうぞお構いなく。お酒はいけない方ですから。」

「これは甘いんですよ。酔いません。」

常子は茶棚からグラスを取ろうと、下についた片手の掌《ひら》に力を入れ、膝の崩れるまで身を斜にねじり、片手を伸すその姿と横顔とを、白井は内心好い姿勢《ポーズ》だと感心しながら、

「あなた。余程あがれそうですな。」

「いいえ、二、三杯やっとですけれど、たまにはいいもんですわ。」

常子は枕元にあったポートワインをグラス二ツにつぎ、白井の飲むのを見て、自分も一口、そして敷蒲団の下から懐紙を出して口の端をふく。

白井はグラスを下に置くと共に、枕元に置かれた書物と雑誌の中から一冊を取り上げ、「マノン、レスコー、×××訳。」と表題をよみ、「現代小説よりも飜訳がお好きなんですか。」

「別にそうとも限りません。ですけれど、その小説、わたし泣かされましたわ。」

「女のマノンが悪くって男の方がかわいそうになるんでしょう。」

「そうですわ。女が男のために苦労するのは当りまえですもの。浮気なマノンを思っている男は、わたし何となく切られ与三《よさ》みたような気がしましたわ。」

「そうですね、男が地位も名誉も何もかも捨てて恋人と一緒に囚人の流されるフロリダに行く――成程お富与三郎のようです。」

「護送されて行く途中から、向へ着いてからもいろいろ難儀をするところなんぞ、実にかわいそうねえ。」

「与三郎のはなしは講釈種らしいんですが、日本の小説であのくらい男の未練をかいたものは有りませんよ。」

「お富はあれほど思われてるのに、どうして与三郎を幸福にしてやれなかったんでしょう。わたしだったら……。」と言いつづけている中、常子は突然くさめを耐《こら》えようとして耐えきれず袂で口を押え、そして襟を引き合せた。

かむ。

「いけません。横におなりなさい。」と白井は促すように膝を進めて羽毛蒲団の端をつかむ。

常子は横になりながら額を押えて、「大丈夫ですわ。」

「軽はずみなすっちゃ……。」

白井はこの機会をのがさず這《は》うように折屈《おりかが》んで、片手を常子の額に載せて見た。体《てい》よく除《の》けられるかと思いの外常子はにっこり微笑み、

「熱なんぞ、もう無いでしょう。」

「ないようですけれど……。」そのまま暫《しばら》くじっと顔を見ている中、いきなり大胆に手を握った。

常子は何とも言わず静に瞼を合せて眠るような振りをしたが、その頬は上気して赤らみ、胸の動悸は音するばかり俄《にわか》に激しく、切迫した熱い呼吸が何事かを促すように白井の折屈んだ顔に触れる。白井は握った手に力を籠《こ》め、常子の顔の上にその額を押付けた。

六

藤田未亡人の家には六畳三畳二間《ふたま》つづきの二階がある。久しい間死んだ主人の寝ていた処であるが、その後は折々天気の好い時風を入れるだけで平素《ふだん》は明間《あきま》になっている。

常子は白井の細君に、白井さんが勉強でもなさる時には御勝手に二階をおつかいなさるようにと言った。女の子が三人もいる狭さに、細君の花子は常子の深切を嬉しく思うばかり、二階の窓際に据えた唐机によりかかって自分の夫が何をするかは、少しも心つかずにいた。

「あの二階は静でいい。仕事ができるよ。この春、〇〇先生から頼まれた飜訳も、もう一息だ。五、六百円にはなるだろう。」

白井は出放題にこんな事を言って、その後はちっとも東京へ行かず、毎日午後から隣へ行き、夕飯に帰って来て、夜もまた十二時過になることがあった。

白井は常子が空閨を守るようになってから一年あまり、夫が病褥に就いてからの月日を加えたら三年近く男を断っていた挙句《あげく》の事であるから、自分のためにその生涯を顚《くつがえ》されたのも無理ではないと考えていた。また自分に妻子のある事は、常子に取っては、却《かえっ》て人前を胡麻化す為のみならず、財産を押領される虞《おそれ》がないという安心を与えるものと考えた。白井は話のついでに、それとなく探索して未亡人の持っている前夫の遺産は現在の土地家屋の外に麻布本村町辺に小さな貸家が二、三軒、株券から年に二、三千円の配当が来ると、見つもりをつけた。

二階の空間《あきま》を密会所にしてから、早くも三ケ月近くなった。梅雨は既に過ぎて四、五

日たてば盆である。白井は机に背をよせかけ、両足を投出した膝の上に常子を抱きながら、

「内《うち》では毎年盆の十五日にお寺参りから親類廻りに出かけます。あなたもお出かけでしょう。」

「どうしようかと思ってるの。あなた。一緒にいらっしゃいよ。たまには外で逢って見たいわ。」

「場所が変ると気分がちがうから、いいでしょう。」

「ほんとうよ。」

「それに、ここは少し警戒の必要があると思うんです。」

「そう。感付いたようなの。」と言ったが常子はさして驚き恐れる様子もなく、それも当りまえだと言わぬばかり平気な顔をしている。白井は女の額に垂れかかる後毛《おくれげ》を弄びながら、

「今朝一寸お庭へ出て見たんです。すると飛石の側に赤いものが落ちているから何だろうと思って、拾って見ると、女洋服のボタンです。二、三日前、辰子が上衣《うわぎ》のボタンがないと言って妹の物を貰って自分でつけていたから、お庭にボタンを落したのはあの子に違いないです。」

辰子というのは白井が十八の時、隣の娘の花子に生せた長女である。

「辰子が何しにお庭へ来たのか、一寸不思議です。内々様子を見て来いとそう言われているのかも知れません。」

「様子を見て来ないだって、あなたが二階で勉強していることは誰しも知ってる筈じゃありませんか。」

「わたしじゃない。あなたがさ。二階にいやしないか。そして何をしているだろう。そろそろそんな事が気になりだしたんだろうと思うんです。」

「奥さん、まだ何とも言いません。」

「あれは強情張《ごうじょっぱり》で、何があっても口へは出しません。わかっていても。」

「こわいわね、祈られでもすると。」

「藁人形に五寸釘ですか。はははは。兎《と》に角《かく》一度外で逢いましょう。やっぱり東京がいいでしょう。目立たなくって。」

「そうねえ。じゃいつ行きましょう。今日は九日ね。」

「同じ日に出かけちゃまずいから。わたしは一日先に出掛けましょう。先《せん》から真間《まま》の友達の家でよく泊るんですから時間を打合せて、その次の日あなたが両国の駅へつく時分、わたしは真間から出かけて落合うことにしましょう。」

「この前、あなたにお会いしたあの時間がいいわ。」

「じゃ、わたしは明日の午後に出かけます。あなたは十一日の午後にしますね。」

「ええ。」

次の朝、都合よく、誂えたように真間の木場から手紙が来たので、白井はわざとらしくそれを花子に見せ、いつものように書物一冊と傘とを持って家を出て行った。

×　　×

白井の留守宅では、隣の常子がハンドバックと頃合の風呂敷包とを持って出かけたその日の晩方、夕飯をすませた後、花子と長女辰子との二人はいつものように裁縫、二人の妹は学課の復習をした後、千代紙の細工物をして先に寝てしまった。最終のバスが生垣つづきの表通を行過る物音も次第に遠く消去ってしまうと、やがて幽に聞える鐘の音が夏ながらいかにも寂しく、夜もふけ渡ったような心持をさせる。

辰子は横坐りの足の裏をしたたか藪蚊に刺され、縁側に置かれた蚊遣《かやり》の煙草盆を引寄せ、「かアさん、済みませんがお線香取って下さい。たまらないわ。」

「そこに無ければもうお仕舞ですよ。」と花子はさして蚊を苦にしないらしく「もう何時だろうね。」

「十時よ。」と辰子は浴衣の袖口をまくり腕時計を見ながら大きな欠伸《あくび》をする。

「じゃ、片づけてそろそろ寝ましょう。」

「かアさん。明日か明後日《あさって》、お墓まいり……。」

「日曜だと、みんな一ッしょに行かれるんだけれど。」

「今日、日曜日よ。だからその次は十八日になっちまうわ。」

「あら、そう。」と花子は思出して、「うっかりして気がつかなかった。お隣の奥さん、門の外でお目にかかったら銀行へ行くって仰有《おっしゃ》ってたけれど、わたしもうっかりしていたよ。」

「日曜日に東京の銀行へ……。」娘の辰子はじっと母の顔を見詰めていたが、いかにも口惜しそうに「かアさん、お人好しねえ。」

「何だね、この人は。」

「言おうと思ったけれど、よすわ。わるいから。」

母の花子はいよいよ不審そうにその顔を見返すので、辰子は漸《ようや》く決心したらしく、

「かアさん、藤田さんは銀行へ行ったんじゃないわ。わるい人よ。パパもパパだわ。かアさん、今の中《うち》に何とか言ってやった方がいいと思うわ。」辰子の眼は次第にうるんで来る。

「辰子、わかったよ。」と花子は少し声を顫《ふるわ》したが、強いて驚かぬ風を粧《よそお》い、「辰子、どうしてお前、そんな事を知ってるのだい。」

「このあいだ、どこの犬だか、お向《むかい》の家のチャボを追《おっ》かけたのよ。お隣のお庭の方へ行ったから、わたし棒を拾って追っかけて行ったのよ。チャボは垣根の下をくぐってお向の家の方へ逃げて行ったから、まアいいと思って、わたしそっと此方《こっち》へ来ようとすると、パパと藤田さんと二階から下りて来てさ。女中さんも居なかったもんだから……わたしハッと思っちゃったわ。それからわたし常住《しょっちゅう》気をつけていたのよ。」

「そう、辰子、そんな事誰にも言っちゃいけませんよ。」と花子は出来るだけ重々しい調子で、猶且《なおか》つ飽くまで平然とした様子を見せようとした。

「ええ、言わないわ。でも、いやらしいわね。」辰子は堪《こら》えきれず、鼻をすすった。

「もう寝ましょう。片づけてから、お仕事した後は一寸《ちょっと》掃く方がいいのよ。針なんぞ落ちていないように……。」

言いながら花子は押入から夜具と蚊帳を引出す。辰子は妹の寝ている次の間の方へ行きかけた時、遠くかすかに聞える船の汽笛がまた更にあたりを淋しくさせた。辰子は眠ろうとしても眠られない。——かアさんも襖一重隣の座敷の蚊帳の中で矢張眠られずにパパの事を考えているにちがいない。パパは今頃東京の何処《どこ》でランデブーをしているのだろう。いろいろさまざまな光景が映画のように闇の中に現われては消えて行く。する中に隣のおばさんとママの姿とが一ツになったり二ツに分れたりして、どれがどれだか差別がつかないようになった。

辰子は物心づいてから、父の白井と母の花子とが自分の親になった時の年齢が世間一般の親達よりも甚《はなは》だしく若過ぎている事(父は丁度現在の自分と同じ年齢の時にパパになっていた。)それから母が父よりも一つ年上である事などについて、訳なき不安と疑問とを持っていた。この春女学校を出て世間の事を見ききするにつけ、この疑問の解答を求めようとする心は日に増し激しくなったその矢先、辰子は隣の未亡人と父との関係を目撃したのである。辰子はいわれなく、母が自分を産んだわけも大方それと同じような事情からだろうと、思わないわけには行かなかった。

この想像は辰子には非常に不愉快極るものであった。自分がこの世に生れ出た理由が甚後暗《うしろぐら》く且つ不名誉なものになるからである。生れながら侮辱されているような気がして、父のみならず母に対しても敬愛の念を持つことが出来なくなるからである。母もその頃にはお隣のおばさんと同じように父と戯《たわむ》れながら梯子段を降りて来るような事をしていたのかも知れない。パパにはその時分も今のように、母の外にもう一人女があったとしても不思議はない。その中《うち》隣のおばさんも是《これ》また母のような目にあわされるのかも知れない。辰子の目には父の白井が譬《たと》えられない程醜悪なものに考えられて来る。

こんな不快な汚い家に居るよりも、一日も早く自分ひとり独立した生活がして見たい。現在働いている銀行で、もすこし給料を出してくれれば自分は明日にでもこの家を出て行くだろう。辰子は将来自活すべき女の職業の何がいいかを考えはじめた。

この時、母の花子も灯《あかり》を消して眠ったふりをしているが、冴えきった目から流れる涙を押えることができない。自分が夫の白井と隣同士であった事が、現在藤田さんの場合と全く同じであることを思うと、嫉妬の念よりも、まず先に怪しい因縁とでもいうような空恐しい気がして来る。白井という夫は一体どういう人間なのだろう。目と鼻の間でそんな事をせずとも、綺麗な若い女がほしかったら、家族が気のつかない遠い処で勝手な真似をすればいいではないか。それだのに自分の娘に見つけられて居るのも知らず無我夢中で乳繰り合い、言合わして東京へ遊びに出かけている。わたし達一家族を養って行く真面目な考《かんがえ》のない事は、両親が死んで、頼りにする遺産が一文もないと云う事が知れた時からわかっているものの、これ程呆《あき》れかえった人だとは思っていなかった。恐らくあの人は妻子の行末どころか、自分の身の末さえ考えていないのかも知れない。あの未亡人は人のいやがる蝮屋の養女も同様なもので財産を目当に結核のある家へ嫁に行き計画通りに一年あまりで後家になり、そして人の夫を横取りするような毒婦ではないか。

夫はその中にまた他の男に見替られて捨てられるのだろう。

花子は自分の身はもうすたり物で、今更いかに後悔しても仕様がない。みんな運命だとあきらめもしようが、罪のない娘三人がかわいそうだ。これまで既に幾度も決心したように実家の兄か母をたより娘をつれて出て行くより外に道はない。長女は既に給料を取る身になっている。後の妹二人も二、三年たてば学校を出て就職する。もう愚図愚図している時ではない。

花子は飛起きて荷づくりさえしたいような気になったが、また思直して見ると、自分が娘三人をつれてこの家《や》を立ちのけば家はもともと隣のもので、夫はこのまま隣の女と一緒になり、自分達は全くあかの他人になってしまうのだ。

口惜涙《くやしなみだ》がいつか未練の涙にかわり、花子の胸には白井と馴染《なれそ》めた娘時分の事が思返されて来る。二人とも有馬小学校の同級生で、帰宅してからも互に往来《ゆきき》して一ッしょに学課の復習もした。双方の親達も多年隣同士で心やすくしていたところから、芝居やおさらいなどに行く時にも、二人はどちらかの親達につれられて一緒に行った。毎年七月両国に川開の花火があがる晩方、花子の家では親類の人達が子供をつれて花火を見に来るので、屋根上の物干台に花むしろを敷き、二階の座敷には茶菓酒肴を用意して置くのが嘉例になっていた。その年白井は十八、花子は十九になっていたが、家の人達からはむかしのまま子供だと思われていたので、二人はいつものように来客に混って、物干台に坐っていた。花火が盛に打上げられるにつれて、人数は次第に増え物干台は芝居の桟敷のように前に坐っている人の足の裏と、後の人の膝頭とが重り合うほどになった。

白井は前にいる花子を広げた膝のあいだにはさみ、初の中は軽く手を握るくらいに止っていたが灯のない屋根の上、人々は空に上る花火に気を取られているのを好い事に後から大胆に花子を抱きしめて頰ずりをした。花子はあたりの人達に見られまい、気づかれまいと思う一心に、白井の為すままにさせて置くより仕様がない。いやだの、およしなさいなど言って制したら何をしているかを、わざと知らせるようなものになる。白井はこの様子に花子はもう何事をも自分に許すような心になっていると思込んでその次の日、隙を見て、中学生のよく書くような長々しい艶書を花子に手渡した。その頃白井の家に十六、七の美しい小間使がいた。花子は白井の要求をすげなく退けたら、その小間使が白井の愛情を奪いはしまいか、それが嫉《ねたま》しく思われたので、花子はわけもなく白井の言うがままに箱崎川の真暗な物揚場で忍び会うようになった。長女の辰子はこの密会の記念《かたみ》である。

双方の親達は花子の妊娠に驚き世間体を胡麻化す為、急いで二人を結婚させたのであった。

夏の夜は明易《あけやす》く、襖の彼方と此方で母子《おやこ》が尽きない物思《ものおもい》にもさすがにつかれ果て、知らず知らずとろりとしたかと思う時、忽《たちま》ち鴉の鳴く声がした。

七

白井と常子の二人連が××駅の改札口を出ると、□□行のバスが間もなく発車するとおぼしく、その辺に立話をしていた運転手の一人が手袋をはめながら車へ乗ろうとしているところであった。白井は絶えずあたりへ気をくばりながら手にした買物の紙包を常子に渡し、

「あなた、一歩《あし》先へ行って下さい。わたしはすこし歩いて、次の車に乗りましょう。」

「そうね、一しょにのっちゃまずいわね。」

「別にまずいと云うわけもないいんですが。……もし何かきかれたら汽車の中でお目にかかったと言えばいいのです。」

「じゃ、一しょに乗りましょう。」

常子は同じ列車から降りた四、五人の旅客を先立たせて、その後から一番おくれてバスの踏台に足をかけたが、白井はやはり立止ったまま、

「次の停留場まで歩きます。」

「じゃ、わたし先へ行ってよ。晩に入らっしゃい。御飯がすんだら。」

「ええ。行きます。」

「待ってますよ。きっと入らっしゃい。ね。」

自動車はもう動きかけている。そして常子が腰をかけながら反《そ》り返って窓の外へ顔を出して言う最後の言葉を風に吹き払わせ、俄《にわか》に速力を増して走去《はしりさ》るのを、白井は傘を杖にしてじっと見送っていた。何とも言えない若々しい情緒が胸一ぱいに漲りわたるのを覚え、おのずから口の端に浮出る微笑に心づいて、またもや身のまわりを見廻したが、改札口には駅夫の影も見えず、バスの駐っていた足元には何か落ちこぼれた物でもあると見えて近所の鶏が二、三羽出て来て頻《しきり》に土の上を啄《ついば》んでいる。夏の夕日は鉄道線路に沿うた後方《うしろ》の丘陵に遮られながら、茂った樹木の間に人家の屋根の散見する行手の眺望が、風に動く白い雲の下に鮮《あざやか》な夕陽を浴びつつ遠く静に限りもなくつづいている。

白井は今まで半年ちかく、その目には何の意味をもなさなかった田舎のこの眺望が、忽然一変して歓喜と幸福とを意味する一幅の名画になったのを知るや否や、バスの走り行く一条の砂道が迂曲する運命の跡のように神秘らしく思われて来る。白井は涼しい夕風に夏羽織の袂を吹かせながら、躬《みずか》ら運命の道となしたその砂道を歩きながら、昨日の午後両国駅の構内で常子と出会い、隅田丸で大川を溯り吾妻橋から浅草公園をあるき、日の暮れるのを待って、尾久町の待合へ行って夜を明した。その一日一夜の事を二度とは見られない夢のように思返すのである。

白井は家へ帰る前に、心のゆくかぎり一人しずかに、常子その人とも姑《しばら》く別れて、ただ一人しずかにこの追憶に耽って見たくてならなかったのである。

常子と狎《な》れそめてからもう三月《みつき》あまりになるが、誰をも憚らず二人一しょに一夜をかたり明したのは昨夜《ゆうべ》が初めてであった。つくづくむかしを思返して見ても、これまで自分のこれはと思い定めた女に出会ってその人と一夜を明したのは、全く昨夜より外にはなかったとも言い得られる。現在一しょになっている花子と恋をした頃はいかに早熟とは言え二十歳にならぬ少年の事で、その後夫婦になってからは殆ど一年置きに子供が出来たようなわけから、恋愛の恍惚も陶酔も殆ど味い知る機会なく、いつか年を過してしまった。たまたま売笑婦に戯れた事はあっても、それは夜の明けぬ間に消えてしまう夢に過ぎなかった。常子は最初一目見た時の想像に違わず、男の遊び相手には最も適当したお妾肌の女で、妻の花子とは全然性情を異にしている。花子は旧式の商家に生れて旧式の商人の妻になるべき女である。店にいる奉公人と一しょに立働せたなら、このくらい間に合う女はあるまいと思われるが、その代り小説は読まず芝居もさして見たがらないので、無駄なはなしの相手にはならない。掃除が好きで暇があれば押入の中や棚の上を片づけている。白井が用もないのに家を出て、友達をたずねたり図書館で時間を潰す事などを考え出したのも、掃除の物音を避けたいためであった。

白井は夏のあつい時でも朝目を覚してから夜具の中でまず巻煙草の一本くらい烟《けむり》にしてしまった後でなければ起上れないのに、妻の花子は――子供の世話をしなければならないので、目をさますと共に時計を見ながら慌《あわ》忙てて起きてしまう。それとは違って常子は白井の誂いどおり、用がなければ一日でも寝床の中にぐずぐずしていようと云う女で、今日の朝なども白井の方から却《かえ》って帰りをいそがせた程であった。

いつかバスの停留場についた。藍色した夏のたそがれも漸く尽きて、夜になろうとする澄渡った空のはずれに三日月と宵の明星とが涼しげに輝き、生垣のつづく道端の家からは焼肴の塩の焦《こげ》る匂がしている。

白井はバスの来るのを待って、それに乗り、やがて素知《そし》らぬ振りで自分の家の格子戸を明けた。上り口の障子に火影がうつっていて、話声もしていながら誰一人出迎《でむかえ》るものがない。黙って障子をあけると、座敷と茶の間との間に下げてあるレースのかげに娘三人と細君花子とが夕餉《ゆうげ》の茶ぶ台を囲んでいて、あけ放した縁側には蚊を追うために、火燵《こたつ》に使う火入の中に杉の葉がくべられ、白い烟が立っている。

白井は座敷の床の間に書物の包みと麦藁帽とを置き、机の前に坐ったが、細君も娘も白井の帰って来たのには心づかないような風をして、勝手に雑談しながら茶漬をかき込んでいる。その様子に白井はいよいよ昨日の事がばれたのだなと思った。それにしても両国から行かえりの電車は勿論、東京へ行ってから浅草公園を歩いている中も油断なく注意していたのに、不思議な事もあればあるものだと、またしても昨日から今日へかけての行動を思返しながら、白井は机に肱をついて庭の方へ目を移すと、低いカナメ垣を隔てて隣の庭には座敷の灯がさしている。見上げると二階の裏窓にも灯影《ほかげ》がさしている。それは梯子段の降口であろう。ふと乾いた木の燃える匂と共に、風につれて勝手の方から烟が漂って来る。白井は下女が風呂を焚いているのだなと思うと、昨夜の汗を流そうとする常子の姿や、その心持が襲うがように白井の空想を刺戟した。

常子は着物をきている時には首筋から肩へかけて痩過ぎたように弱々しく見えながら、裸体になると、下腹や腿の肉付の逞しい事、きめが細《こまか》くて色の白い事。燈火の光にそれを眺めると、どうしても英泉《えいせん》か国芳《くによし》の絵姿を思出さなくてはならない。白井はまたしても昨夜の事を思返そうとした時、突然トテントテンと三味線の調子をしらべる音につづいて、何やら小声に唱い出すのに、覚えず耳をすますと、それは、

「きぬぎぬのわかれに今朝は雨さそふ。蟬と蛍をはかりに掛けて。」という哥沢節《うたざわぶし》であった。

昨夜尾久の茶屋で泉水の向の離座敷から大方連込《つれこみ》の泊客らしい女が爪びきで唄っていたのを聞き、白井は談話《はなし》の中に常子が四、五年芝派の歌をならった事のあるのを知り、そのまま捨ててしまうのは惜しいとか、勿体ないとか言って頻に復習することを勧めた。白井は下座敷の床の間に三味線を見かけたことはあるが、今まで一度もその声をきいた事はなかったのであった。

歌は進んで「泣いて別れうか、焦れてのきよか。」という甲《カン》のところへ来たので、白井は身体を前に首まで伸しかけた時、

「あなた。」と呼ぶ細君の声。「御飯。上らなければ片づけますよ。」

白井は一寸《ちょっと》その方を見返ったが、心は全く隣の歌に奪われているので、即座には返事ができない。すると、見る見る中《うち》茶ぶ台は勝手の方へ持運ばれ長女の辰子と、十六になる次の妹春子とが音高く皿小鉢を洗う音がしだして、

「むかし思へば見ず知らず」という最終の一くさりはそのために殆ど聞えなくなった。

すると、今度は隣の下女が勝手口へ来て、「奥様、家のお風呂がわきましたから、よろしければどうぞ。」と言う声。

「はい。ありがとう御在ます。折角ですが家ではみんな昨夜はいりましたから、どうぞ、よろしく仰有《おっしゃ》って下さい。」これが花子の挨拶である。

白井はつと立上り、「ばアやさん、わたしお後で一浴び浴びさせて戴きますよ。」洗物しながら話をしていた娘も、そこらを片づけていた細君も一度に申合せたように黙ってしまって、狭い家の中は人のいないように寂としてしまった。白井は羽織を縁側にぬぎすてたまま、勝手口から下女と一しょに隣の台所へ上って行った。すると、茶の間と座敷との間の襖が明放してあって、手拭浴衣に半帯をしめた常子が箪笥の前に横坐りに坐っている姿が見える。白井は座敷へ行こうか、それとも茶の間からすぐに二階へ上ってしまおうかと、台所の板の間に立ちすくむ。その物音に常子は此方《こなた》を見返り目まぜと共に二階の方を指すので、白井はそのまま階段を上ると、二階の六畳には電燈がついているばかりか、机の側には久須《きゅうす》と湯呑とが盆に載せられ、菓子皿には帰り道に両国で買った干菓子までが入れてあった。

常子は白井が坐る間もなく、つづいて二階へ上って来るが否や、膝の上にしなだれかかって、

「御首尾《ごしゅび》はいかが。」

「大分険悪です。飯も食わせません。」

「丁度いいわ。わたしもまだなのよ。お湯へ入ってから一ッしょにたべましょう。」

「そうもしていられなそうです。今夜は。」

「まア、そんなに険悪なの。ねえ、あなた、東京へ引越しましょうよ。昨夜相談したように。アパートでも貸間でも、何でもいいわ。一時仮越しをして、それからゆっくり落つくとこを捜しましょう。」

「じゃ早速、あした行きましょう。見つかり次第電報を出します。」

「そうして下さい。」と常子は始終女中の上ってくるのを気にしながら「わたしお湯に入って来ます。一しょに入りたいんだけれど。」

半帯の解けかかるのを後手に押えながら常子は階段の足音さえ忍ばせながら降りて行った。

×　　×

白井が勝手口から自分の家へ入ろうとすると、一、二寸手をかける隙だけを残して雨戸はしめられ、そして家中の灯はまだ夜の九時を過ぎたばかりなのに一ツ残らず消してあった。

手さぐりに縁側から座敷へ入ると蚊帳が吊ってある。真暗ではあるが、六畳の方には細君、四畳半の方には娘達の寝ていることは分っているものの、しかし白井はどこに自分の寝間着があるのか見当がつかないので、電燈をつけようとしても、電燈は蚊帳の上につるし上げられて、手の届きようがない。縁側のはずれの便所に行き窓から外を見ると、垣根の外の往来には夏の夜をまだ涼みながら歩いている人の話声やらハーモニカを吹く音も聞える。白井は十時まではバスが通る筈なので、いっそ今の中市川まで行ってしまおうか。もし間に合わなかったら、夏の夜の事、歩けるだけ歩いて見ようという気もしながら、そっとまた手さぐりに座敷へ戻って、着のみ着のまま蚊帳の中へもぐり込むと、枕の上に畳んだ寝間着と兵児帯《へこおび》の結んだのが載せられてあるのに手がさわった。

「ああ、ここに在ったのか。」

わざと聞えよがしに独言を言って、夜具の上に坐ったまま寝間着をきかえながら様子を窺うと、花子は眠ったふりをしているらしく身動きもしない。白井はそのまま後向きに自分の夜具の上に寝ころんだが、あくる日の朝になるのをおそしと、白井は娘達の出かけた後、花子が台所の用をしている隙を窺い、朝飯もくわず停車場へかけつけ、まず木場の住居をたずねた。タオルを頭《かしら》に細君のよし子が格子戸の外を掃いている。

「お早いこと。昨晩どちらへお泊り。」

「いえ、家から来ました。夏は早い方がいいです。」

よし子はわざとらしくバケツの音高く格子戸の外へ水を流しながら、

「あなた、もうお起きなさい。お客さまよ。」という声に木場は蚊帳から這い出し、

「誰かと思ってびっくりした。早いな。雨がふるよ。」

「くもって涼しいから今日は貸間をさがしに行くんだ。あれば家一軒でもいいんだが。」

「また引越すのか。」

「いや僕だけさ。家に居ると、あの狭さじゃ、何もできない。どこか、君、心当りはないか。」

「よし子、お前の兄さん、まだ引越してしまったんじゃないのだろう。」と木場は古ぼけた浴衣の寝間着の帯をしめ直しながら外へ出て、円タクの運転手をしているよし子の実兄清太郎という者が二、三日前たずねて来て、自分の車をあずけるガレージの近所へ越したいと言っていた話をした。

「鉄砲洲《てっぽうず》だとか言ってたね。まだ引越しはしまいと思うんだが……。」

「さあどうでしょう。」と言いながらよし子は座敷をかたづけに家へ上る。

「何番地だったね。」

「京橋区湊町〇丁目〇〇番地で加藤という荒物屋です。」

「荒物屋の加藤。」と白井は番地を繰返し、「兎《と》に角《かく》一寸行って見ましょう。帰りにまたお邪魔します。」

白井は茶も飲まず、そのまま立去って、午後の一時過に汗をふきふき還って来た。

「兄さんは仕事に出て居なかったがね。荒物屋のおかみさんが貸二階なら、心やすいところから頼まれている。越前堀のお岩様の側で煙草屋だと言って教えてくれた。越前堀なら八丁堀の川一筋むこうで、わけはないから行って見たよ。電車通を大川の方へ、川沿の倉庫について曲って行くと、突当りは大嶋へ行く汽船の乗り場だ。片側にさびれきった宿屋が、それでも四、五軒つづいている。その間を曲る横町で、一寸人の知らない寂しいところだが、しもた屋つづきの二階には簾がさげてあったり植木鉢が置いてあったり、三味線の音が聞えたりして、まんざらでもない処だ。世をしのぶ隠家には持って来いだと思って、早速きめてきたよ。」

八

その晩、白井は木場の家へ泊り、次の日の昼前きのう電報で打合せをして置いた時間を計って、両国の停車場に常子を迎え、円タクで越前堀の貸間に行った。横町はお岩稲荷へお百度を踏みに来る芸者の行来《ゆきき》に、昨日見た時よりも案外賑《にぎやか》になまめかしく、両側に立ちつづく人家の中には木目《もくめ》の面白い一枚板をつかった潜門《くぐりもん》に見越しの松なども見える。商家の住宅、また妾宅などもあるらしい。

貸二階の窓から顔を出すと、筋向《すじむこう》に石塀のつづいた狭からぬ一構がお岩稲荷で、この境内に立つ樹木を圧して、住友倉庫の白い建物が横町の行手のみならず空の眺めをも遮りかくしている。

「静で、そう寂しくもないし、僕はいいと思ってきめたんです……。」

常子は領《うなず》付きながら通り過る芸者の姿をながめ、「お岩さまって、あすこなの。話にはきいていたけれど、わたし初てだわ。」

「二人づれでお参りしちゃいけないんだそうですよ。弁天様と同じで焼餅の神様だそうです。」

間もなく正午《ひる》になったので、二人は買物かたがた三越へ出かけ、食堂で昼食をすませて帰って来た。夜具は常子が鉄道便で出した一揃が到着するまで家主のおかみさんの世話で貸蒲団屋から借りることにした。

その夜二人は三越から買って来たボイルの寝間着浴衣にきかえ、窓を閉めて蚊遣線香までつけ、すっかり寝支度をしたのであるが、風のなくなった夜の蒸暑さは、昼間の涼しさに引替えふけるにつれてますます激しくなるのに堪えかね、涼みに外へ出て見た。横町にはまだ軒下の涼台に団扇を使っているものもある。気のせいか河岸通から風が流れてくるように思われるので、二人は見馴れぬあたりの珍しさに、横町を真直《まっすぐ》に川端へ出て見ると、空も水もただ真暗な中に、近くは石川島から月島へかけ、それから更に遠く越中嶋の方へと燈火の点々として続いている広い大川口の夜景が横《よこた》わっている。永代橋の上にはまだ電車が通っているので夜はさほど更渡《ふけわた》ったのでもないらしいが、河岸通は倉庫の入口に薄暗い灯の見えるばかり、人の行来は全く杜絶えているので、二人は寝間着に細帯の姿を気遣うにも及ばず、おのずと水際に出て見たくなって、住友倉庫の前の物揚場に歩み寄り、荷船を繋ぐ太い杭の上に腰をかけた。

石垣の下に泛《うか》んでいる泊り船から船員の浪花節、ハーモニカ、尺八、女の笑う声も聞えて、水の上は河岸通よりも案外さむしくはない。石垣に寄せる漣《さざなみ》の音がささやくように軟く二人の情緒を刺戟する。それにつれて顔さえ見えぬあたりの暗さは明い室内では言いにくい事まで遠慮なく言わせる勇気を与える。

白井は女の肩の上にその顔をよせかけ、

「常子さん、何だか忘れられない晩じゃないですか。新派の台詞《せりふ》じゃないですが。」

「ほんとうね、わたしこんな嬉しい晩、全く生れて始てよ。」

「わたしも、そうです。」

「これが、あなた。一生涯つづいてくれるといいんだけれど……そんな事思うと悲しくなるわ。」

「それはあなたよりも、わたしの方がどんなに悲しいか知れません。あすこに大嶋へ行く船が泊っています。三原山へ行った彼等は勇気があった。彼等は幸福だ。三十越すと心持はいくら純真でも二十代の決断と情熱がなくなります。」

「あなた。そんなにわたしの事思っていて下さるの。嬉しいわ。」と常子は感情の激動に身を顫《ふる》わせ、白井の胸に額を押しつけ、肩で息をしながら涙を啜りはじめた。

白井は女の背をさすりながら暗夜《あんや》の空を仰ぎ、しみじみ一人前の文学者になり、原稿料でこの女と二人新しい生活をしたらばと思う、その傍から年は既に三十も半を越え文壇には出おくれてしまったその身の不遇を顧み、自分もともども涙さえ出てくれれば声を出して泣いてみたいような心持もする。黒幕を下げたような空模様の俄《にわか》に変り、やがて夕立でも襲って来るらしく、方向の定まらぬ湿っぽい風が、二人の髪の毛を吹乱さずに置いたなら、二人はおそらく夜の明けるまで動かずに居たかも知れない。

二人は貸間に戻り一つしかない枕を共にして幅の狭い貸蒲団の上に寝ころんだ。とても眠られまいと思った夜の蒸暑さも、やがて壁隣りの家の時計が二時を打つ音のはっきりと耳にひびき、遠くさびしげに吠える犬の声の杜絶えた頃には、常子の休みなき団扇づかいの手もおのずと休められるようになった。

「あした、眠いから我慢してもう寝ましょう。」と常子が言う。

白井はぬぎすてた寝間着を引寄せながら立って電燈を消すと、常子の方は間もなく静な寝息を立てるようになったが、白井は先刻物揚場にいた時から我ながら怪しむ程感興の動くのを覚え、このまま起きて筆を取って見たら、短篇小説の一篇ぐらいは出来そうな気がしてならないのであった。中年の男が蛇屋の娘であった若い未亡人に愛され、痴情に溺惑して妻子を捨てた挙句、その未亡人にも別れて路頭に迷うというような筋立で。文壇に名を出しそこなった自分を主人公にするのであるから流行おくれの所謂《いわゆる》わたくし小説になるわけであるが、若い未亡人の淫蕩な一面を取ってこれを描写したら、この点で何とか評判を取ることができるかもしれない。この腹案を木場に話したら何と言うだろう。××先生に頼んだら中央公論か改造の編輯者に紹介してくれないだろうか。こんな事を取りとめもなく考えつづけている中《うち》、いつの間にか夜が明けたと見えて、永代橋を渡るらしい電車の音の轟然として河水に響くのがきこえた。

常子はその夜から二晩泊って三日目の朝、一まず××村の家へかえり、今の女中を、安心して留守番のできるような者に取替え、当分この二階へ引移りたいと言って出かけて行ったが、その夜十時過忽《たちま》ち立戻って来た。そして白井が問うのを待たず、

「あなた、奥さんもお嬢さんも、知らない中に引越しておしまいなすったのよ。敷金もそのままだし、何かお便りがありゃアしません。お手紙か電報か。」

言いながら常子は自分の居なかった間に、白井の家族の誰かがこの二階に来てはしなかったかと、様子を窺うらしくも見えた。白井は常子の眼色と表情とに初て猜疑と嫉妬の情の鋭く動くのを認めた。

「いや何とも言って来ません。ここの番地を知っている筈がないし……一体どこへ引越したんでしょう。」

「きのうの朝トラックで荷物を運んだんですって。」

「千葉に実家《さと》の母が居ますからね、そこへ問合せればわかります。へえ。引払ってしまったんですか。」

白井はさっぱりしていいと云うような気もするし、何やら出し抜かれて呆ッ気に取られた心持もするのである。「まア勝手にさせて置く方がいいです。家に鬼がいなくなれば何だかこの二階の必要もなくなったような気がします。」

「でも折角さがしたんだから。それにわたし田舎よりやっぱり東京にいたいのよ。あした、家をかたづけに一ッしょに帰って下さいな。」

九

白井と木場との二人がわたくしの旧稿怪夢録というものの手沢偽本をつくり、岩田という者が知らずにそれを買った事を憤り、興信所に依嘱して二人の生活状態を探偵させたはなしは前に述べたとおりである。興信所の報告書は白井と藤田未亡人とが京橋区湊町二丁目〇〇番地に二階借りをしている事、それから白井の妻花子が良人《おっと》の不しだらに呆れて娘三人を連れて千葉市××町に隠居している実母の許へ引越しその地の郵便局へ通勤して生活の道を立てている事で終っている。なおまた木場貞は玩具店鴻麓堂の収入だけでは暮しが立たないので、俗に赤本屋と称して地方新聞連載の小説や講談筆記を刊行する鰯屋書店の編輯員になったことも報告書に見えていた。

わたくしはこれを読んだ当座は好奇心と不愉快と不安とを混じた心持になり、番地をたよりにその辺を歩いてないない未亡人の姿なりと見て置きたいような気にもなっていたが、三日四日と日は過ぎ、半年一年と年を経るに従い、二人の行動は洗滌《あらい》のわるい写真の薄くなって行くように、次第にわたくしの記憶から消えて行った。しかるに翌年の七月、日支戦争が始ってからまた一年ほどたった時分である。わたくしはどうしてもこの儘《まま》にして置くことはできない。白井か木場の、二人の中の一人に面談しなければならないと決心するようになった。こんどは偽書本ではなくて偽作の書簡がわたくしの目に触れたからである。

わたくしの家に出入する古書肆の中で、その主人がわたくしの嗜読する種類の書冊を能《よ》く承知していて、そういうものが市《いち》に出ると必ず見せに来る。或日《あるひ》平秩東作《へづつとうさく》の随筆水の行衛《ゆくえ》を持って来たついでに、仲間の糶市《せりいち》に偶然わたくしの若い時分の手紙が出たからと言って、二通の封書を見せてくれた。二通とも新橋の芸妓に送ったものであるが、二、三度読返しながらいくら考えて見ても記憶を呼返すことができない。怪しむべきは封筒の上部が無造作に破り去られていて、発信の年月を知るべき郵便切手の消印の見られない事で。またその書体と文体とにも疑いがある。わたくしは三十代のころ、一時候文《そうろうぶん》の書簡を嫌って口語体のみを用いていたことがある。書体はもともと拙いながら、その折々の趣味と読書の方面のちがうにつれ、或時は黙阿弥《もくあみ》、或時は桜痴、或時は南畝《なんぽ》に似ていると云うように絶えず変っているのだ。しかるに古本屋の見せた手紙の書体は誰の筆にも似ていない老年のものを模したに係らず、封筒裏の住所はわたくしが四十歳以前に居たところになっている。これに依って偽書であることが証明せられる。わたくしは白井と木場とがまた悪戯《いたずら》を初めたなと思うと共に、このまま放棄《うっちゃ》って置いたら、今にどんな大それた事をしでかすかも知れないと、いよいよ恐怖の念を深くするに至ったのである。

折好く数日の後、わたくしは偶然木場が日本橋の白木屋前で電車を待っているのに出会った。木場は狼狽《うろた》えるかと思いの外、いかにも落ちついた様子で、

「いや、御無沙汰ばかりして居りまして。」

一筋縄ではいけない男だと、わたくしは胸中憤りに堪えなかったが、往来のまん中で面罵して見たところで仕様がない。傍観するものから見たら、大きな声を出して罵るものより、おとなしく罵られている者の方が気の毒にも見え、また正しいようにも思われるであろう。わたくしは寧《むしろ》この邂逅をさいわいに彼を懐柔して二人がその後の動作を探って見るに如《し》くはないと思定め、何事も知らぬような風を装い、

「どうだね、鴻麓堂の景気は。暇があったらちょいちょいやって来たまえ。」

「ええ、お邪魔させて頂きます。」

「白井はどうしたね。やっぱり先《せん》のところにいるのかね。」

「越前堀へ越しました。勉強しているようです。」

「それは結構だ。時代はもうすっかり変っているからね。これからは君達の雄飛する時代だよ。」

「いや、いつになっても、相変らず落伍者で、どうも……。」

その日はその儘別れたが、二、三日すると木場はひょっくり尋ねて来た。取留めのない雑談から、木場は問われるままにやがて白井の消息について、仔細らしく

「何もお聞きになりませんか。彼は先の細君と別れて、そう、もう何のかのと二年越

し別の女と一ッしょになっているのです。その事を材料にして鏡花風の小説を書こうと言っていました。このところ半年ばかり会いませんから、もう出来上っているかも知れません。」

「白井は鏡花を私淑しているのかね。」

「私淑というほどでもないでしょうが、二階借りをしている場所がお岩様の横町で、その女はもと八幡前の蝮屋にいたと云う事で、それから二階を貸している煙草屋のおかみさんがむかし洲崎のおいらんだったとか云うような話で、背景と人物がすっかり鏡花式に出来上っているんで、引越して来た当座から書いて見たくなったんだそうです。」

「うむ、成程《なるほど》鏡花の世界だ。「葛飾砂子」の世界だな。」

「新四谷怪談と云うんだそうです。題の方が先に出来たんだそうです。」

「兎《と》に角《かく》場面はあつらえ向《むき》だ。久しく散歩しないが、あの辺はむかしと大して変っちゃいまい。鉄砲洲《てっぽうず》稲荷《いなり》はあるし、新川新堀があるし、ついこの間まで大嶋行の港があったし、東京の生活を能く知っている人でなくっちゃ、鳥渡《ちょっと》出来ない仕事だな。」

「時々引越すのも文学者にはいいようです。実はわたしも近い中に越そうと思っています。家賃が段々高くなるんで、玩具屋《おもちゃや》では引合わなくなりました。」

「行先の見当がついているのかね。」

「葛西町へ引越すつもりです。実は柴又か、そうでなければ篠崎辺がいいと思ったんですが家がないので……。」

「葛西町というのは砂町から放水路を渡って行く……あすこの事かね。」

「そうです。城東電車で境川からバスに乗ると二十分位でしょう。さびれた処ですが、往来に海苔舟が干してあったり、茅葺屋根のカッフェーがあったり、おかしな処です。」

木場はその中またお邪魔に上りますと云って立ち去ると、程なく印刷した転居通知の葉書をよこした。

わたしは白井が鏡花風の小説をつくったと云う事をきき、大に興味を催し、贋手紙の事なんぞは姑《しばら》くそのままにして、俄に白井を尋ね怪談に関する文芸上のはなしがして見たくなった。わたくしは鶴屋南北の四谷怪談を以て啻《ただ》に江戸近世の戯曲中、最大の傑作となすばかりではない。日本の風土気候が伏蔵している郷土固有の神秘と恐怖とを捉え来って、完全にこれを芸術化した民族的大詩篇だと信じていたからである。葛飾北斎とその流を汲んだ河鍋暁斎《かわなべきょうさい》、月岡芳年《つきおかよしとし》等が好んで描いた妖怪幽霊の版画を以て世界的傑作品となすならば、南北の四谷怪談はその芸術的価値において優るとも劣るところはない。しかるに現代の若き文学者はかくの如き民族的芸術が近き過去に出現していたことさえ殆ど忘却して顧《かえりみ》ない傾《かたむき》がある。わたくしは白井がその創作の感興を忘れられたこの伝説から借り来ったことを聞いて、心ひそかに喜びに堪えなかったのである。

時節も丁度怪談に適した梅雨の最中で、三、四日歇《や》む間もなく降続いた後、その日も僅《わずか》に雨こそ落ちていなかったが、昼間から灯《あかり》のほしい程の暗さである。しかし道はぬれて塵が立たず、電車も雑沓せず、風は湿って涼しいので、町の散歩には却《かえっ》て適していた。わたくしは永代橋のたもとから河岸通を歩み、溝川《みぞがわ》にかけられた一の橋から栄橋を渡り、道を人にきいて横町に曲ると、お岩稲荷は人家の間に聳える樹木と鳥居とで直《すぐ》にそれと知れた。湯がえりらしい二人連の女に行き合ったばかりで、横町には雨もよいの為か人通りは途絶え、とある格子戸の前に薔薇と夏菊の鉢物を一ぱい積んだ花屋の車が駐っているばかり。話にきいた煙草屋も軒先の目じるしで捜すに及ばず、すぐにそれと知れるので、わたくしは店先の様子よりもまず二階の方へ目をつけると、雨を気遣う為か窓の簾は高く巻上げられ、雨戸が閉めてあった。

どうやら留守らしいような気もしたので、一度通りすぎてまた歩み戻ったりしている中《うち》、わたくしは突然二人が恋のかくれ家《が》を驚す事のいかにも野暮らしく、今日はこのまま帰ろうとも思い、また折角来たからには、人知れず様子だけでも窺って置きたいような気もして、おそるおそる煙草屋の店先へ歩み寄ると、硝子戸《ガラスど》の中に、年の頃五十ばかりの顔の長いおかみさんが坐っていた。渋紙色に白粉焼のした顔色と単衣《ひとえもの》に半纏をかさね、長羅宇《ながらう》の煙管《きせる》で煙草をのんでいる様子、洲崎のおいらんだったと云う木場の話が思出される。

「チェリーを。」と言いながらわたくしは硝子戸を明け「白井さん、お留守ですか、市川から一寸《ちょっと》用があって来たんですが。」

「たった今方お出かけになりました。」

「夕方はお帰りでしょうか。」

「病院へお見舞ですから、たぶんあちらでお泊りでしょう。」

「奥さんですか。おわるいのは。」

「はい。」

「入院じゃ余ッ程おわるいんですね。」

「いいえ、それほどの事でもないようで御在ます。二、三日前ちょっと御見舞に行って見ましたが……。」

「そうですか。突然つかぬ事を伺うようですが実はすこし金談の事でお尋ねしたんですが、アノ、お宅さまの方は毎月間代なんぞ、お延しになるような事は御在ませんか。」

「いえ、こちらは、あなた。何もかも御入用お構いなしですよ。足袋も肌襦袢《はだじゅばん》もみんな洗濯屋へお出しなさるし、夕方は毎日のように仕出屋さん、そうでなければ御一しょにお出かけなさいます。」

おかみさんは客足の途絶えた雨もよいの薄暗い昼過、話相手がほしいようにも見られたので、わたくしは店先へ腰をかけ、口から出まかせに、

「そんなら少しずつでも結構だから、わたしの方へも払って下さればいいのに。もう二年越しきまりがつかないんで困っているんです。どこかお勤めですか。」

「そんな御様子じゃありません。大抵ぶらぶら家にいらっしゃいますよ。」

「じゃ、暮しの方は奥さん持ちなんですか。どうも羨しいなア。」

わたくしは貸した金の取れない怨みがあるように見せかけると、おかみさんは煙管を軽く火鉢にはたき、

「しかし白井さんのお役もなかなか大抵じゃありませんよ。よくつとまると思うくらいです。」

「奥さん孝行さえしていれば毎日遊んで居られるんでしょう。こんどの奥さんにはまだ一度もお目にかかったことがありませんが、年でもちがって御面相がよくないとでも云うんですか。」

「どうしてどうして。お目にかけたいような、綺麗な方ですよ。しかし並大抵な男じゃつとまりません。もう、あなた。この近所じゃ寄ると触るとその評判です。白井さん

も蚊細《かぼそ》い方だし奥さんの方も薬の絶え間がないんですからね。人の噂ですから虚言《うそ》かほんとか知りませんが、白井さんの方じゃ内々奥さんの財産に目をつけて病気の悪くなるのを待っているんだなんて。ねえ。あなた。」

ぼつぼつ雨がふり出して来たのと煙草を買いに来た人があるのを、切掛《きっかけ》に、わたくしは腰をあげ、

「わたくしの来たことは内証にして置いて下さい。どうもお邪魔さまでした。」

その年の夏は過ぎ秋もやがて末近く、町の角々には二千六百年祭とやらの掲示が目につき初めた頃になった。木場はどういう風の吹きまわしか、また突然、鯊《はぜ》の佃煮を手土産にして一人で尋ねて来た。そして

「白井も一ッしょに伺う筈でしたが、すこしごたごたした事がありまして。よろしくお詫《わび》をしてくれと言って居りました。」

「新四谷怪談はどうしたね。まだ何処《どこ》へも発表しないようだね。」

「あれは出来ずじまいでしょう。小説よりも事実がすっかり怪談になってしまいました。」

「どうしたんだね。」

「この間。それでも何のかのと、一月ばかりになります。ふらりと葛西町の家へ尋ね

て来まして、あの女（お常さんと云うんです。）とても一緒には居られなくなったから逃げて来た。二、三日とめて貰いたいと言うのです。一口に言えばヒステリイの強いんでしょう。それに前々から胸の病気もあるし、去年頃から一体に身体がよくなかったそうです。夕方時々熱がでたり軽い咳嗽《せき》をしたり、夜寝てから譫言《うわごと》を言ったりする。それがとても凄いんだそうです。先《せん》の人が死んだのはわたしが攻殺したようなものだと言ったり、こんどはわたしが殺される番だと言ったりして、突然《いきなり》蒲団の上に坐り直って泣出したりするんだそうです。白井が言慰《いいなぐさ》めると、ますます泣沈んで、わたしが死んだら、きっと先の奥さんの所へ帰るにちがいがない。そうしたら二人とも取殺さずには置かないと言って泣くかと思うと、それなり眠ってしまって、夜があけると、けろりとして昨夜の事は覚えがないような様子になる。そんな状態が病気の昂進するにつれてだんだん激しくなるんで、白井は成りたけ心配させないように、夜も成りたけ静に寝かして置こうとすると、女の方では飽きが来たのだと云う風にわるく感ぐって、白井が自分の要求通りの事をしないと、あたり構わず怨言を並べる。いやならいやと、はっきりそう言って下さいと言って抱きついて離れないような始末なんで、一時《ひとしきり》病院にも入れたことがあるんだそうですが、一晩でも白井が側にいないと起きて帰ろうとするんで、仕方がなく、退院させたんだそうです。男親が相場に失敗して自殺したんだと云う話ですから、精神病の遺伝もあったんでしょう。家の女房はその話を知っていますから、もう顫上《ふるえあが》って、家へ来られちゃ大変だから白井さんを泊めることは出来ないと言うんで、仕方がないから入谷のアパートに居る妻の兄の処へ行って貰うことにしたんです。すると案の定《じょう》、そのあくる日家へたずねて来ました。幸《さいわい》日曜日で、わたしが家にいましたから、女房を紹介して、それから家中《うちじゅう》どこも見えるように、わざと障子や唐紙を明けたままにして、少し話をしてから、バスの停留場まで送って行きました。道々話をしながら遠廻しにいろいろ聞いて見ますと、お常さんは白井の情熱が足りないように思われ、もっと猛烈に愛されたい。三度の食事も、一ツ皿や一ツ茶碗で食べなければ満足しないと言うような訳なんです。まず何ですな。阿部お定に尖《しんにゅう》をつけたようなものなんでしょう。しかし鳥渡見《ちょっとみ》には、折かがみのいい、物のわかった、至極さっぱりした女のように見えるんです。ところが夜がふけて来てゴーンと四ツの鐘でも鳴る頃になると、まるで人が変って、吉田御殿よろしくと云うように成るらしいのです。バスがなかなか来ないんで話をしながら歩いて行くと、秋の日はいつか暮れかかって来て、葛西橋を渡りかける頃にはあたりも何やら薄暗く、見渡すかぎり生茂《おいしげ》った蘆《あし》のしげみに夕風の騒ぐ音や、水禽の鋭く鳴く声。長い橋の上には人通りもありません。気のせいか、何だか戸板返《といたがえ》しの場を見るような心持がして、ふと立止ると、お常さんは橋の欄干にもたれ、夕風に髪を吹き乱し、じっと水を見下しながら、木場さん、アラあすこにわたしの顔が映っている。痩せちまったと言うんです。永代橋より長いあの橋の真ン中から水の中に顔の映る筈がないと思うと、さすがのわたしもぞっと身ぶるいがして、それなり逃出そうと思った時、折好くタキシが来ましたから、あわてて呼留めました。それではまた入《い》らッしゃいと言ってお別れしたんですが、それがこの世のおわかれでした。」

「自殺か。」

「毎日白井をさがして歩き廻っている中、円タクに刎飛《はねとば》されたんです。それでも猫いらずなんか飲まれるより、まだしも寝覚がわるくない方でしょう。」

その後、木場は鼬《いたち》の道を切ったようにまた来なくなったので、従って白井の消息もわからなかった。日米戦争になってからは、雑誌や新聞記者の来訪するものも全く跡を断ったようになったので、わたくしは年々世事に疎《うと》くなるばかり。偽書偽本のはなしもその後はさっぱり耳にしなくなった。察するところ、白井と木場の二人も召集か、または徴用でもされて、偽書をつくる暇がないようになったのだろう。

（昭和十九年四月稿）

夢

いつからともなくわたくしは甘寝の楽を知らぬ身となっている。当初わたくしはこれを悲しみ医に就いて屢《しばしば》薬を求めたこともあったが、更に効験がなかったので、わたくしは吾が痼疾の中にまたしても更に不眠症という病が加えられたのだとあきらめ、歳月の過るにつれてさほど心にかけぬようになってしまった。夜々枕についても眠られないのが常態だと思ってしまえば、さほど気にもならず、また強いて眠らなければならぬと悶えもせぬようになった。その代り昼餉《ひるげ》の後といわず、夕餉の前といわず、少しでも睡気を催す時は処を択《えら》ばず睫を閉ることにしている。睡魔に襲われるという語はわたくしの身に取ては何となく妥当ならざる思《おもい》がある。宜しく睡魔を呼ぶとか迎えるとか言替うべきものであろう。

うとうとと睡《ねむ》るかと思うと、わたくしはきまって夢を見る。夢を見ずに睡ることは殆《ほとんど》ない。

是においてかわたくしは夢にもさまざま種別のあることを知った。覚めた後まで夢裏の光景のありありと胸憶に存して消え失せないものがある。一たび覚めて重ねて睡《ねむり》に落るや、すぐさま見残した前夢の跡を追うようなこともめずらしくはない。

夢からさめた時、その覚めぎわの光景を回想すると、略《ほぼ》夢には一定の約束があるようである。或時《あるとき》は愕然として驚きさめ、或時は哀傷窮りなく、或時は恐怖の極、おぼえず叫ぶおのれの声に覚め、或時は追掛けられて高処より墜落して目をさますというような光景である。是に由ってこれを観れば、夢の一段落は恰《あたかも》演劇の幕切に一定の形式があるのと同じようである。演劇は動作の芸術にして詩賦楽曲とは類を異にするもの。さればもし試に夢中の世界を採《と》って、これを芸術の部門に入れようとするならば、是また演劇と同じく動作を以て興味の中心となさねばなるまい。衆人の経験する夢の世界は大抵人物の動作と光景の変化とに富んでいる。

夢の世界において見るものは元より荒唐無稽である。しかしながらその覚めたる後、最も興味あるものはその事件とその光景との合理的なること現実の世界と甚《はなはだ》しく変りなきものであろう。かくのごとき夢を見る時、その人は覚めた後必《かならず》これを人に語って、聞く者をしておのれと同じ興味をおぼえさせようと思うのが常である。しかしこの説話に成功することは恐らく稀であろう。夢中の光景は、これを見ている間のみ、その人に興味があるばかりで、他人のこれを聞けば奇中の奇となすものも更に奇とは思われぬからである。これにおいてか夢はさながら凡庸なる詩人の独り自作の詩賦を尊んで、金玉の名篇となすが如きものであろう。古人は既に夢を説くものを以て痴人となしているではないか。

わたくしはここに一場の夢を記述しようとしているのである。痴人の嘲を買うことは更に慮《おもんぱか》るところでない。ただ聞く人をして甚しく倦ましめざれば意外の成功である。

一夜の夢にわたくしはひとり落葉に蔽われた小径を歩いていた。落葉は榎《えのき》、櫟《くぬぎ》、銀杏《いちょう》の如きもののようであった。人にはひとりも逢わず、また車も通らないが、しかしわたくしの歩いて行く処は崎嶇《きく》たる深山幽谷の険路でもなく、また荒涼たる寒村僻陬《へきすう》の道でもない。溝のような小流にはまだ板の新しい小橋がかかっていたり、小笹と枯れた芒《すすき》の茂った岡のふもとには涎掛《よだれか》けをかけた地蔵尊が並んでいたり、何か知らぬ小さな祠の軒や柱には無暗《むやみ》に千社札が貼ってあるなど、何ということなく東京の郊外の中でも、目黒とか堀の内とかいうあたりの小径であるような気がする。もしその幽邃《ゆうすい》に過ぐることが、既に今日の郊外のようでないとすれば、わたくしが少年の頃草鞋《わらじ》を穿って屢歩き馴れたその辺の田舎道であろう。道の行くがままに歩いて行ったら、やがて茅葺屋根の軒端に枝柿や草鞋をつるした掛茶屋か、または生垣の見事に刈込まれた植木屋などがなければならぬような気がしていた。

小径は竹や雑木の枯枝を結んだ垣に沿い、孟宗竹や杉苗を列植した林の間、または枯尾花ばかり茫々とした隙地《あきち》を過ぎて、忽然けわしい阪の上に出た。一株の老松が竜の蟠《わだかま》るが如く逞しい幹を雑木の茂った崖の方へと斜に傾けている。巌のように根の張出した路のほとりに小さな箱のような祠が置いてある。わたくしは佇《たたず》んで向をながめた。阪の下一帯の低地は耕されて、青々とした唐菜の葉は春草の如く軟かに見え、地に匍《は》っている甘藷の葉は霜に染められて蔦紅葉《つたもみじ》かと疑われる。畑の彼方は再び灌木に蔽われた丘阜になっていて、青空に白い雲が動いている。もしこの雲が吹き去られて老松の間から富士山が見えたならば、わたくしの立っているこの阪はどうしても広重が画中の名所でなければならぬ。そしてこの老松にも必由緒のある名称がつけられているに相違ない。わたくしが覚えず杖を停めたのはふとそんな事を思出した故である。

しかるにわたくしは富士を見ずして突然人に出会った。痩せ衰えた老人である。どこから来たのか夢であるからはっきりしない。しかし老人は能《よ》くわたくしを知るものと覚しく極めて親しい調子で、

「よく僕の家がわかりましたなア。少しわけがあって今居るところは誰にも知らさない。しかし君だけには是非会ってお頼みしたい事があるので。」と言いながら、兼てか

らわたくしの来るのを待ちわびていた様子で、老人は老松の根がたを廻っている小径をば崖づたいに先に立って歩き出した。わたくしも何やら多年会わなかった旧友に邂逅したような心持になって、雑木林や竹藪の間をその後に従いつつ歩み行くこと凡《およそ》一町ばかり。老人は早くも疲れ果てた様子になって庭木戸のような門の柱に片手をつき、「ここが僕のかくれ家《が》です。さアどうぞ。」と弱々しい咳嗽《せき》をしながらわたくしを顧みた。

門を入ると、苔と落葉とを踏む二人の跫音《あしおと》に、猫のような大きな鼬《いたち》が縁先の熊笹の中から崖の草むらへと逃げ込んだが、四十雀《しじゅうから》か何かわからぬ小鳥の声は、人の気勢《けはい》にもかまわず家の上に蔽いかぶさった大木の梢から絶え間なく聞えて来る。その声は深山でなければ聞かれぬようないかにも静《しず》かな心持にならせた。

「掃除をした事がないのです。外套はそのまま着ておいでなさい。鼠が小便をしないとも限りません。帽子もお取りにならない方がよい。」と老人はわたくしを制しながら絶えず咳嗽をしながら、匍うようにして縁側に上る。その様子のいたいたしさに、わたくしは後から扶《たす》け上げようかと思ったが、僅《わず》かに思直して遠慮した。

家は見たところ八畳ばかりの座敷一間だけらしい。一方に窗《まど》があいているが襖の引かれた処は更にない。台所さえ付いていないと見えて、手桶や皿小鉢、素焼の涼炉《コンロ》などが縁先に置き捨てられたままになっている。壁は土が落ちてこまいの竹が見え、畳は破れて藁床を現し、傾いた軒から丸木の柱にからんだ蔦と共に落残った烏瓜《からすうり》がぶらぶらと風に動いている有様、もし床の間があって女の絵姿が懸けてあったら、まず芝居で見る清玄の庵室そのままであろう。

「いつからこんな処においでです。一体ここはどこです。」とわたくしはあたりを見廻しながらきいたが、老人は耳でも遠いのか、何とも答えず、つと立って壁際に片寄せた机の上から何やら一冊書いたものを取って来て、

「僕はもう長く生きていられまいと思っている。年も年だが、こう疲れ切ってしまってはどうする事もできない。もし僕が死んだら、御面倒でもこの草稿を校訂して、出来る事なら世に示していただきたい。その事をおたのみしたいとおもって、実はこの間からおいでになるのを待って居りました。」

「どういう御著作です。わたしで出来ることなら喜んで致しますが、死後の出版などと仰有《おっしゃ》らずに今すぐお出しになったら如何《いかが》です。稿本の浄写ぐらいの事なら御自分でなさらずとも、わたしがやりましょう。」

「ありがとう御在《ござい》ます。しかし生前にはどうも出しにくいのです。いずれにしてももう長い事はない。実は遺書の代りに一切の顚末を小説的にかいたのですから。」と老人

は骨と皮ばかりの手で落ちこけた頰を撫でて、じっとわたくしの顔を見詰めている。

「それでは何か非常に痛切な御経験をなさったと見えます。御著作を拝見すればわかるでしょうが、一体どういう事柄です。思想上何か深刻な問題でも。」と言いかけると、老人はいかにも情けないような面持をして、首を左右に振りながら、

「いやいや、そんな、むずかしい問題じゃないです。女のはなしです。人には面と向ってはなしをする事ができない、極めて淫猥なはなしです。しかし正直に一伍一什、何事も有りのままに書いて置いたら、或《あるい》は後になって、見る人が見たら何かのやくに立つかも知れない。ふとそう思って書いて見たのです。まア聞いてください。

――たしか論語でしたな。君子に三戒あり。少《わか》き時は血気定まらずこれを戒るは色に在り。その壮なるに及んでや血気方《まさ》に剛なり。これを戒るは闘に在り。その老《おい》るに及んでや血気既に衰う。これを戒るは得るに在り。とか言ってあるが、僕の実験を以てすれば、その老るに及んでや血気既に衰うこれを戒るは益《ますます》色に在りと申したい。年のわかい時は色に溺れて身を過《あやま》つ事があっても、気力が壮だから一旦己れの非を覚れば、過を改め身を持直すことができる。年を取ってから色に溺れたら、申刻下《なゝつさが》りの雨でもう歇《や》まない。これではいかぬと気がつき、これでは大変だと思いながら、何事も疎懶《そらん》になっているから、若い時のように生活を一新する気力がない。それにまた老人の恋というも

のは青春の時とちがって、もしこの女に別れたら、その後おいそれと代りの女を見つけるわけには行かないような気がする。じじむさい半白の親爺を誰が相手にするものかと思うから、未練の上にも未練がつのッて、何事を犠牲にしてもその女の甘心を得ようというようになるものです。老人の恋は返咲きした冬の花の夕風を待たずに散るようなものでしょうね。

いつも夕方になると、僕の女はここへ尋ねて来ます。もうやがて来る時分だから、待っておいでなさい。僕は二十の頃から遊び始めて今年五十七になるが、あんな不思議な女に逢ったことは一度もなかった。まず百人に一人と言ってもいい。一口に言えば男なしでは一夜も寐《ね》られないという淫婦ですが、その性行を語る前に、その体質が普通の女とはまるで異っている事から話しをしなければ、十分にあの女の説明をする訳にはなるまい。唐の楊貴妃は肌身が脂ぎっていて一種の体臭があったという事だが、あの女にも下顎から咽喉のあたりにビスケットの鑵をあけた時のような薄い体臭が感じられる。皮膚はこまかくすべすべとして居ながら、それでいつもじみじみ汗をかいている。一日湯に入らないと自分でも身体中がべたべたしてたまらないと言っている。それよりも一番不思議なのは常人とちがって左に在るべき心臓が右側に在る事と、三日目位に朝飯を軽く一杯位しか食べないで、それで別に痩せもせず、日夜の別なく淫行を恣《ほしいまま》にして平然としている事と、それから夜中殆ど熟睡しない事です。橘南谿《たちばななんけい》の東遊記という書に、不食病の事がかいてあります。それによるとこの病は男子には殆んどなく、女にばかり稀に見るものだそうで、始めの中《うち》はただ米飯を嫌い菓子煎餅のようなものを好み、年と共に物を食うことが少くなって来て、遂には幾日間も絶食するようになる。それでいて立働きには一向差《さし》さわりなく、老婆になってから信州の善光寺へ参詣に行ったものもある。酒は却《かえっ》て好んで飲む傾きがあるという事です。僕の女も南谿の言う所に符合して飯は食わないが、酒は好きな方で、独りで二、三合が程好《ほどよ》い処でしょう。相手によっては随分飲むが決して乱酔するようなことはない。昭和の今日、寛政年代の古書にある事が適切に思合わされるというのも、要するにあの女のいかに常人と異っているかを知らしめる証拠になるわけです。

僕が始めてあの女に逢ったのは、郡部の新開町で芸者をしていた時です。その頃僕は数年前からの神経衰弱症がいよいよ甚しくなって、一時は少し長く人と談話をしても忽《たちまち》疲労を覚え、その夜は全く眠られないようになる。従って読書も著述も思うにまかせず、酒も煙草も次第に廃し、女の事なども全く絶念しなければならぬ有様でした。医者の診察によると、僕の病は二、三十年前に感染した黴毒《ばいどく》に起因しているらしいというので、僕は医者の言う事をおとなしく聴いて、毎年春秋二季に二個月間ばかり、隔日に注射をしていた。僕は真実の事を告白すると、さほど黴毒を恐れたのでもなく、またさほど生命を惜しんだのでもない。僕は注射の効能で幾分なりと健康を恢復させる事ができたならば、もう一度、たった一度でもよいから口色の楽を味《あじわ》って見る事ができるように成るかも知れない。そうしたなら生活の興味に伴って、再び勉学する気も出るだろう。酒と女の楽を得たいばかりに、僕は医者の言うなり次第に治療を受けていた。それのみならず、人の勧めるがままに鼈《すっぽん》の生血も飲めば、蝮酒《まむしざけ》も買って飲んだ。若い人達は五十を越した老人にも、まだそんな慾情が残っているのかと怪しむかも知れない。イヤ僕自身さえ中年の頃までは、五十、六十の老人が下女を辱めたり、雛妓を弄んだりするのを見て不審に思った。僕は年を取って色慾の悩みが自然になくなったら、その時こそ巌頭に坐して心静《こころしずか》に老子でも読むというような崇高な生活に入る事ができるだろう。一日も早くそうなりたい。老境はモオパッサンが死よりも強きかなしみと言ったほど呪うべきものでもあるまい。と思った事もあったが、しかしいざとなると決してそうでない。人は心付かぬ中自分から己れを欺いてよろこぼうとする癖がある。

駆黴注射を始めてから二年目の秋もいつか冬近くなった。散歩かたがた僕は先祖の墓石移転の用談を兼て府下○○町に在る□□寺の住僧を訪うた事がある。何かとはなしをしている中、日は傾いて鴉の啼く声が耳立って聞え出したので、そうそう暇を告げ、その頃新《あらた》に開通した電車の停車場へと、道をききながら、新開町の曲りくねった道を歩いて行った。両側ともにトタン葺の屋根にペンキ塗の看板を並べたその辺の小売店には早や灯がちらつき、汚らしいカッフェーの納簾《のれん》からは蓄音機の流行唄が聞え、べったり白粉をぬった女給が二、三人ズツ一組になって、洗湯へ行くらしいものもあればその帰りらしく見えるものもある。やがて風呂屋の前を通り過ぎた時、島田の鬢《びん》に鬢さしをさし、半帯しだらなく締めた芸者の出入するのを見て、僕はこんな郡部の新開地にも芸者家があるのかと意外な心持がした。僕ばかりには限るまい。永年東京市内に住んでいる東京生れの人には、府下の埋立地や新開町の景況は、来るたびごとに知らぬ土地へ来たような心持にならしめる。僕は折からの空腹を好いことにして、土地の景気を観察しようと、横町へ曲って建仁寺垣に瘤《こぶ》だらけの門柱を立てた唯有《とあ》る待合へ上り、鳥鍋に芸者を二人呼んで、飯をくった。一時ばらばらと降って来た時雨《しぐれ》もじきに歇んだらしいので、そろそろ自働車でも呼んで貰おうかと、時計を見ながら席を立つと、こういう土地柄の事とて女中も芸者も始からそういう習慣になっているらしく、二人の中でも年の若い方の芸者が厠へと立つ僕の後について来て、硝子戸《ガラスど》を明けて一緒に内へはいり、「ゆっくりしていらッしゃいヨ。まだ早いじゃないの。」と後からおぶさるように抱きついた。

教訓亭春水の梅ごよみに、廓《くるわ》の芸者米八が向嶋の田舎家で男と忍逢いをする時、そっと縁先に出て手を洗い、軒端の梅の蕾を摘んで口にふくむ事がかいてある。これは男と枕を交わす際女の身だしなみのよい事を示す作者の所謂《いわゆる》教訓なるものであろう。今郡部新開地の芸者が厠の前に立って、口に仁丹をふくみながら、身をよせかけたのは、要するに梅ごよみに見る場合と変りはないわけであるが、その情と景とは全然同じではない。一は竹格子の窗《まど》に竹の縁側、鶯《うぐいす》が手洗の杓杮にとまって水を飲むという風情なのに、一は陶器の瓦で張った壁の面に、「お互に病気を防ぎましょう」というような文言で、花柳病予防についての警察署の訓示が貼出してあって、大きな鏡の下には理髪店のように、化粧品を並べた硝子板の棚と洗面器とが取付けてある。彼は江戸の芸者で、これは昭和現代の芸者である。僕の呼んだ女は後から男にもたれかかった姿を鏡の中に眺めながら、

「ねえ、あなた。いっそ天井も鏡にすればいいのに。わたし、西洋の写真を見て、あれはいいと思ったわ。」

「ここの家にも西洋間があるようじゃないか。鏡はどうだね。」

「たしか壁にかけてあったようだわ。」

「ようだわじゃない。始終うつしているんだろう。」

その場の冗談から僕は女に導かれて鏡の具合を見ようと西洋間へ入った。女中は様子

を察して既に灰皿や水呑などを寝台の旁のテーブルに置いて行った後である。女は扉をしめて立戻ると共に、馴れた手つきで帯の間から懐中鏡やコンパクトなどを一ッ一ッ抜出して、テーブルの上に置き、帯揚《おびあげ》の結目《むすびめ》を解きかけたが、僕が肱掛椅子に腰をかけたままじっとしているのを見て、「アラお浴衣がきていないのね。持って来ましょう。」

「いいよ。別に寝衣は入らない。」と言ったが以前遊び馴れた僕は、この場合になって若い芸者に耻をかかせるのも気の毒だと心付いて、目鏡をはずすと共に羽織の紐を解いた。

僕は一時間ばかりの後、自動車で麴町の家へ帰ったのであるが、その夜の事件が全く意想外のように思返されて三日とは待ちきれずふらふらとまた出かけて見た。二度が三度になり三度が四度になるにつけて僕はいよいよ自分の行動を怪しむと共に女の言う事や為す事にも仔細に注意するようになった。僕が今日までの経験によると、外国の事は例外として、売笑婦でその身の薄命を歎かないものは一人もない。かの苦界といい川竹の流の身といった江戸時代の言葉が今でもその儘《まま》に移し用いられる。しかるにあの女ばかりは年はまだ十八だというのに浅間しい境遇に対して一点の悲しみをも感じていない。売春は自分の天分に最適したものと信じて自ら択び自ら好んでこれを業としているらしい。

「こわいのは病気だけれど、それも大抵男の様子で用心すれば大丈夫らしいわ。健康診断ならわたしいつでもパスするのよ。」とこれが疾患についてのあの女の覚悟である。僕は逢うたびごとにいろいろな事をきいて見て、そしていつもその答の意外なのに驚かされまた頗《すこぶる》事の真相を穿《うが》っているのに往々敬服させられた。

「お客の中でも身ぶるいするほどいやだと思うのがあるだろう。」ときくと、「そうね。そうたいしていやだと思った事もないワ。まア大抵同じようなものね。」

「それでも若いシャンな男とおれのような年寄りとはたいしたちがいだろう。」

「好い男ぶっているお客ほど気障なものはない事ヨ。一番きらいヨ。それから恋愛だの情熱だのといろいろな事を言う人も面倒くさくッていやだわねえ。」

「そうかな。しかしじじむさい髯だらけの親爺で図抜けてひつッこい奴だったらお前でも閉口するだろう。」

「そういうお客には仕たい放題勝手にさして置けばいいのヨ。男のしたがる事は十人が十人大抵似たり寄ったりで、そんなに困るようなことはないわ。」

「そう考えてしまえば、たいしていやな事もこわい事もないわけだな。兎《と》に角《かく》お前ほど不思議な女はない。男から惚れられた事はあるだろうが、お前の方から惚れた事なぞは一度もないだろう。」

「ほんとうよ。わたしまだ男に惚れて見よう、なんて、そんな気になった事はないわ。だから他の芸者が男のために借金をしたり、男を取られて騒いだりしているのを見ると何だか馬鹿馬鹿しいような気がするのよ。わたし見たようなものはいくら自分で惚れて見ようと思っても、そういう気にはなれッこないわねえ。」

「お前、時々さびしいと思うことはないか。」

「あるわ。」

「そういう時にはどうする。」

「ひとりでお酒をのんで思うさま一人で泣くわ。そうして誰でもいいわ。男の人から思うさま残酷な目に遇わされたいと思うわ。だから、わたし自分でも余ッぽど変態だと思ってるのヨ。」

「残酷というのはどんな事だ。縛られたり撲《ぶ》たれたりすることか。」

「まア、そう云うような事ねえ。わたし、手入らずのかわいらしいお嬢さんが見るから怖《おそろ》しい男に取巻かれている画なんぞ見ると、こわいと思うよりか一度でいいから、そういう目に遇わされて見たいような気がして来て仕様がなくなるのヨ。だから、わたしお客の中でも、土方の親方みたような日にやけた眼付のぎょろりとした人だの、風体《ふうてい》のよくない刺青《ほりもの》なんぞした人に呼ばれると、アアいやだなアと思いながら、すぐまた残酷な画を見た時のような妙な心持になって、後生だから思うさまひどい目に遇わして貰いたいと云う気になってしまうのよ。お馴染になって気心の知れたお客じゃ、何だか刺撃がなくって物足りないような気がするわ。それよりか会体の知れない薄ッ気味のわるい人のおもちゃになる時は、悲しいような情ないような、何とも言えない妙な心持になるものだわ。」

「お前のような女なら強盗に出会っても平気だろう。却《かえっ》て歓迎するわけだな。」

「わたし時々夢を見るわ。強盗にはいられて殺されそうになって、どんな事でもしますから生命だけ助けて下さいッて、死にもの狂いになって男にかじりついて泣いたりあやまったりする時はどんな心持だろうと思うと、きっとその事を夢に見るのよ。起きてから気がつくと、襦袢《じゅばん》も何も彼も汗びっしょりになっているわ。」

女の語ることは冷静に考えればさして珍しいものではない。恐怖と汚辱とがボードレール以後十九世紀末の文学の一特色たることを知るものには、あの女の言うことはむしろ陳腐であろう。しかし人生の実事と学芸の批判とはおのずから遭遇を異にしている。僕は既に告白したように僕の病み衰えた老軀に対して偶然あの女の肉身が不可思議なる昂奮剤となった場合、その女の学ばずして得たる不健全な思想と、頽廃した趣味とは更に一層強烈なる刺撃を添えるわけである。僕は時々この刺撃とこの昂奮とに堪えられないと感じる折々、二度とは逢うまいと決心しながら、さて別れて家に帰ると、その翌日には恰《あたか》もモルヒネや鴉片《アヘン》の中毒に罹った人のように、かの刺撃がなくては居ても立ってもいられないような苦悩を覚え、ひょろひょろよろめきながら女の許へと引寄せられて行く。そしてこのまま絶望的な抱擁と接吻との昏酔中に斃れてしまうより外には、もう何一ツこの嫌悪すべき苦悩から脱する道はないというような悲痛な心持になるのであった。

逢うのはいつも正午頃《ひるごろ》である。女は僕の顔を見ると、昨夜別れてから後今朝方まで、どういうお客が幾人《いくたり》来て、それぞれそのたびたびにどんな事をしたと、興に乗じて包まず語って聞かせる。僕は始め戯《たわむれ》に強いてそういう話をしてくれるように仕向けたので、今更これを避けるわけにも行かない。夜といわず昼といわず客を送ってはまた客を迎える女の述懐は、憎悪と嫉妬と哀憐と悲壮と悔恨と恐怖との紛雑した感激の渦巻の中に僕の身を投込む。僕はいっそあの女が遊客に斬られて不具者にでもなるか、或《あるい》は病に冒されて死んでくれればいいと思った事もある。始めて逢った時からかれこれ一年近くなった時分、気がついて見ると女の様子も大分変って来た。紅を拭い去った時の脣《くちびる》は土色になり、白粉をおとした時下眼縁の青黒さは次第に甚しく、盃を持つ手先は顫《ふる》えるようになった。人に呼ばれてふと立上る時軽い眩暈をおぼえ、二階の梯子を上ると息切がして、降りる時は後から押されて前へのめるような気がするし、坐って話をしている最中にもそっと男が懐中へ手をさし入れるような気がしてしょうがないと言うようになった。まだ二十に至らずして早くも三十を越した女のように頽廃しかけたあの女の姿は所謂《いわゆる》デカダンスの美の象徴であるが如くに見えて、ますます僕の感触を刺撃するばかりである。僕は青年の頃巴里《パリ》リュキザンブル公園の門前に見た詩人ルコント、ド、ルイルの紀念碑を想起す。碑の上に彫刻が飾ってある。胴と乳房とは人間の女で、四肢が猛獣になっている怪物に抱きすくめられて、快感の極莞爾《かんじ》として悶死せんとする美少年の像である。僕はあの女を救おうという心よりも只管《ひたすら》僕の身を危険なる沈湎《ちんめん》から覚まさせたいばかりに、凡庸なる教訓を口にして遂に女を説き伏せ芸者をやめさせた。芸者をやめたら、あの女の性行も境遇に従って次第に健全になるだろう。そうしたら僕の感受する刺撃も適度に弱められるだろうと思ったのであるが、事実は決して予想の通りには行かない。女はただ髪の形を島田からハイカラに結い替えたというばかりで、その為す事は却《かえっ》て芸者よりも更に甚しくなった。僕は女を住わせて置いた借家を訪う折々思いがけない光景を窺い見て、しかも内心これをよろこぶようになった。もともと僕とあの女の間は恋愛の清い糸で結びつながれているのではない。性を異にした二個の肉体は溝川を流れる塵芥の相寄って一かたまりとなったようなものである。腐爛したものはいよいよ腐爛するに従っていよいよ熱しいよいよ発酵するように、女の汚行醜態はますます僕をして沈湎惑溺させるばかりである——

この時老人は突然言葉を切って、「君、あの女が来た。」とわたくしの袖を引き「阪を上って来るあの女が、僕のはなしをした女だ。大方見舞に来たのだろう。しかし僕はもう駄目だ。君を見たらきっと誘惑します。運命の導くがままに勇しく誘惑されて見たまえ。」

わたくしは竹縁に立出で、既に落葉した灌木と枯れた芒《すすき》の間から崖の阪道を上ってくる女の姿を見ようと首をさしのばした。初冬の日影は早や傾いて、先刻わたくしが富士山を見るだろうと思った彼方の岡の頂から真赤な烈しい光を鋭くこなたの崖に投じている。女はこの鋭い夕陽を背に受け一歩一歩長く大きくなるおのれの影を踏みながら、前かがまりに急な阪を登って来るとばかりで、わたくしは夕日に向う眩しさに、その顔もその衣服も明《あきらか》に見定める事ができない。ただ真黒な人影の一歩一歩近くなるに従って日は次第に低く、岡の上の空一帯に棚曳く暮雲は燦爛として黄金の帷帳《とばり》の如く、あたり一面の枯芒は火焔の舌のひらめくが如く、灌木の細い枝は一本のこらず針のように輝きだした。わたくしは燃え立つ晩照の中に忽然女の影を認めた一刹那。ただ何のわけとも知らず偉大と悲壮との感に打たれ、針の山を攀《よ》じて火焔の池に陥る地獄の光景を想像し、また一変して茫々たる原頭、一閃の怪光と共に石榴《ざくろ》のように割れ裂けた巌石の間から、鮮妍《せんけん》たる美姫の立現れたのを見るような心持になった。思うに老人の語りつづけた告白はいつともなく恐怖の風にわたくしの魂を戦慄させていたのであろう。

「あら、お客さまだったの。」と女はいつの間にか庭木戸をくぐって竹縁の下に立っている。老人は咳嗽《せき》をしながら、

「かまわない。昨夜もお前に話をした方だから。」

「いらっしゃいまし。」と女は挨拶をした後何やら携えて来た紙包の紐を解きながら、「印度の金蛇をお酒に漬けたのですって。浅草で売っている蝮酒《まむしざけ》だの、すっぽんの生血なんぞよりもっと好くきくんですすッて。」

「そうか。お前、飲んで見たのか。」

「いいえ。まだ飲みません。一緒に飲みましょうヨ。あなたもいかがです。」と女はわたくしの方を流し目に見やって、「おつき合にあなたも上って御覧なさい。」

「イヤわたしはお酒はもう一滴もいただけない方ですから。」

「それでもこのお酒は薬ですから、そんなに酔いはしますまい。」と女は紙包をひらいて真黒な小さい壺を取出した。

これを見るともう居たたまれぬほど気味がわるくなって、わたくしは外套を着たまま

でいたのを幸、隙を窺って逃げ出そうと思定めた時、女は湯呑を洗いにと立って裏の井戸へ行った。わたくしは挨拶もせず老人を置去りに、靴と帽子を手につかむや否や後をも見ず、息を切って走った。

道はどこまで行っても平で、痩せた枯木のちらばらと立っている広い隙地ばかりがつづいている。郡部で屢《しばしば》殺人の兇行を見るのも大方こんな処であろう。突然鉄道線路の踏切に出た。番人の小屋らしいものがあるので、道をきこうと戸口へ立寄って内をのぞくと、痩せこけた老人が拳《こぶし》ほどしかない小さな顔を板壁へ寄せかけて眼をつぶっている。寐ているのではなくして死んでいるように思われた。再び息を切って走ると、平な道はやがて河原か堤防にでも通ずるものらしく樹のない隙地には一面に蘆荻が茂っている。風が来て蘆荻が低く倒れ伏す時、道のはずれに人家のまばらに立っているのが見えその窓には火影がうつッている。息がきれて倒れそうになったので、いきなり道ばたの家に入ると、土間に椅子卓子が置いてあって、壁や天井に色のさめた塵だらけの造花が打ちつけてある。家の内はしんとして、女がたった一人テーブルに両肱を張って俯伏《うつぶ》しになっているばかり。赤い電燈の笠に大きな青蠅が翼を鳴している。

「おい、麦酒でも水でもいい。」とどっさり椅子に腰をかけたが女は突伏したまま顔を上げない。よく見ると肩で息をしながら啜泣きをしているらしい。

「どうしたのだ。心持でもわるいのか。」と立寄って肩の上に軽く手をかけると、女は矢張突伏したまま悶えるように肩を動し、

「あの人はわたしを愛しているんじゃない。お腹の中ではわたしを憎んでいるのよ。わたしの事を毒婦か妖婦だと思っているのよ。あなただってきっとそうよ。あの人は自分勝手にわたしの事を妖婦にしてしまって、そして自分勝手に恐しい幻影をこしらえて見て、それが真実だと思込んでいるんだから。」

女は音高く涙を啜り袂でかくした顔を上げて上目づかいにわたくしを見た。どこかで見た事のある女だと思う間もなく、それは先刻気味のわるい蛇酒をすすめた彼の女だと心づくや否や、わたくしはびっくりして飛びのく途端、物につまずいてばったり倒れた。その物音に一場の夢はさめた。わたくしは机の上に、丁度夢で見た女のように両肱を張ったその手の甲に額を押当てて、まどろんで居る中《うち》身動きでもしたのか、積みかさねた机上の書冊の畳の上に崩れ落ちるその物音に目をさましたものらしい。

わたくしはもしこの夢を人に語って退屈させまいと思えば、夢の光景をして更に一層神秘幽玄ならしめ、人物の行動に教訓の意を寓せしむることを忘れぬであろう。猥雑なる説話を人に向って語る時最《もっとも》必要なるは宗教的神秘と道徳的教訓との二事である。これ恰《あたか》も慨世家の陽に国家の得失を論じ隠に自家の口腹を肥すものと変りがない。そして

もし何が故にあのような夢を見たかと問うものがあったなら、わたくしはただ旧習に従って五臓のつかれの為すところだと答えて置こう。

（昭和五年庚午臘月稾）

解説――永井荷風・沈黙の論理

多田蔵人

一

永井荷風（明治一二年―昭和三四年、一八七九―一九五九）の生涯は、明治以後の日本文学が経験した変動の歴史とかなりの部分で重なっている。荷風の前後には徳田秋声と島崎藤村を筆頭に泉鏡花、正宗白鳥、谷崎潤一郎など長命の作家が多く、彼らはいわば近代文学史の骨格を形づくる世代だったのだが、荷風ほど時流と尖鋭に渡りあいつづけた作家はちょっと見当たらない。

しかも荷風の文章と時代との関係は、人々には相当に奇妙なものと映ったようである。日露戦争に酔う社会には『あめりか物語』『ふらんす物語』を洋行体験に基づいて提出し、明治末のいわゆる思想弾圧の季節には江戸文化への傾倒を示す作品を書く。この間の随筆や評論では文学者と世間にかなり手きびしく論難を加えていて、慶應義塾を退き「偏奇館」と名づけた洋館に独り暮らすようになると、その傾向がますます強まる。昭和のモダニズム時代には神楽坂の待合で遊び回る女給の物語（『つゆのあとさき』）が書かれ、戦争に向かう頃には場末の売春窟に通う老人の物語（『濹東綺譚』）が書かれる、といった具合である。たしかに、作家は世相を細緻に見つめ、風俗に身を浸しながら、何ものにも順応することがない。

フランスの文化や江戸の文事に心をかたむけて時代を白眼視し、遊蕩にふける畸人《きじん》。そう見える作家の言行には、時に「無用者」の矜持（唐木順三）が読まれ、時に「遁走者」の孤独と内閉（江藤淳）が読まれる。第二次大戦後の社会では、戦前戦中に孤独を貫き日本近代に対して批判的でありつづけた老文人のイメージがもてはやされた。さらに昭和二七年（一九五二）の文化勲章受章後には連日の浅草通いなどが喧伝され、彼の死をめぐる報道のすさまじい氾濫につながっている。

これらの荷風像には時代の読者の思いが何ほどか託されているわけで、荷風その人も面白がって偶像づくりに手を貸した形跡がある。ただしそうした時代との関わりを支えたものが何よりも彼の文章であり、物語とそのスタイルについての鋭敏な感覚であったことはどれほど強調してもしすぎることはないだろう。フランス文学にせよ江戸趣味にせよ、当時の日本に荷風と同じような主張がないわけではない。しかし彼の文学が多くの文学者を刺激した――鷗外漱石の影響圏に教育の色が濃いのに対し、荷風は感性の反応を喚びおこした――のは、書き手の認識を読者の精神に直接刻み込み一つのスタイルとして定着させてしまう、独自の文章ならではのことだった。風俗のただなかにあって時流を抜いてゆく荷風の姿勢も、この言葉の面から見てみるならば、なぜ彼がそのようでなければならなかったのかが見えてくるだろう。

＊

この文庫では『花火』を冒頭に置いた。欧州戦争講和の花火を遠く聞く「わたし」が、世上の事件の記憶を書き綴る文章である。

この作品には大逆事件への感慨を述べた箇所があるため、作家の政治的告白として読まれた経緯があり、事件に声をあげえぬ自分など江戸の戯作者になるしかないという一節は「戯作者宣言」と呼ばれもする。しかしそうした議論の是非を問う前に、一度荷風の書きかたに目を向けてみてほしい。書き手が挙げてゆく紀念行列や都市騒乱は、なんという美しいフォルムのもとに並べられ、なんと複雑に絡みあっていることだろう。荷風の思考の真髄は、言葉をほとんど偏執にちかい慎重さで配置する、この手つきにあると私は思う。

「祭典」というタイトルで祭りを列挙するある種の随筆のようなやり方だが、『花火』の筆法は荷風が好んだルナールの植物誌とも江戸の随筆とも一風異なっている。たとえば大日本帝国憲法発布のところには、「学者や書生が行列して何かするのは西洋にはよくある事だ」という父親の一言がある。もちろん祝賀行列を意義づけるための言葉なのだが、ここに挙がる西洋の政治行動——その源流はフランス革命の祭典行列であろう——が、父の率いた行列とのあいだにすくなからぬ差異を含むものでもあったことは指摘しておいていいだろう。憲法に万歳を叫ぶ人々の姿に変革を要求する人々の図像をチグハグに重ね合わせてしまう、この真偽不明の一言に、おそらく『花火』という年代記の導火線は隠されている。結果的に以下の祝典や騒動の数々は、近代国家の基礎固めとしての祭典と革命祭典をとりちがえて輸入し、そのために制度と民衆がともどもに茶番を演じつづけてきた、そんな「何となく可笑しいような」国の歴史として立ち現れるのである。

この静かな文章が一筆でとらえているのは近代という時代のおよそ分析しがたい混雑ぶりであり、その大騒動《シャリヴァリ》の響きのうちに言葉の方法を探る、したたかな文章家の顔なのだろう。淡々と描かれた「目に見る事象」を書き手とともに眺めるとき、読者は、どこか迷路にも似た事件史の相貌を見ないだろうか。たとえば奠都三〇年祭に「人が大勢踏み殺された」のは誰の責任なのか。国民新聞の焼打や即位式の祝典で糾弾されるべき暴力は、罪のない人を斬ったという軍隊や巡査か、それとも「義憤」と「野蛮なる劣情」がないまぜになったらしい民衆(書き手は「暴徒」の語も用いる)の側か。そもそも祝典がその形式を誤っており、噂の方が新聞よりも確からしく感じられるような国で、誰かを言葉で糾弾することなどどうしてできるだろう? ひょっとすると本当に不気味なのは米騒動の騒ぎさえ聞こえず「ひっそりと鳴を静め」ている芸者家や路地内の隠宅から、天皇の即位式になれば行列を組んだ芸者たちさえ練りだしてくるという、いわば制度と反制度との境界が全く見えない状況そのものではないのか。

「わたし」はこれらの事件について声高に語らないかわりに、噂や風聞をあちこちに配していて、それがかえって事件の語りえぬ意味やとらえがたさを浮きあがらせている。どうにもわりきれない歴史の珍妙さはそのまま歴史を語る言葉の不安定さでもあるわけで、言葉によりどころのないこの世界では、むしろ沈黙を組織する方法が模索されなければならない。『花火』の書き手は自らの「偏奇」を引き受けながら、かすかな示唆や風説の糸で雑多な断片を縫いあわせ、奇妙なのは誰か、と問いかけるのである。

『花火』が発表された大正八年(一九一九)前後は明治維新から五〇年が過ぎ、文明開化以来の歴史があらためて見つめかえされた時期でもあった。たとえば鹿鳴館の花火に菊の大輪のイメージを交錯させて開化の一挿話を描いた芥川龍之介の『舞踏会』(大正九年)をみるとき、『花火』が『舞踏会』の見ようとしたもの――あまりに奇妙な日本近代の、あまりに脆い言葉の位置――を、不穏なタッチで描ききっていることが了解されるかと思う。大逆事件を思いかえす「わたし」の言葉は事件へのにがい記憶の表白であるとともに、沈黙に力を与える原理をつかんだ作家による再出発の証明でもあったはずだ。

二

『曇天』から『夏すがた』までの七篇は、『花火』の時期に至る荷風の文章遍歴を示す作品である。まずは上野公園での物思いを描く『曇天』(明治四二年)。都市観察者としての荷風の本領は、たとえばこの作品の書き手が博覧会の建物をながめる、その位置の取りかたにもあらわれていよう。書き手は不忍池に浮かぶ弁天堂の裏手から、池の破れ蓮をへだてて博物館建築を見やっている。風にただよう傷ついた蓮――「荷風」の雅号の由来である――と「偉大なる明治の建築」との対照は、時代の敗者と勝者との対比を示しているといえよう。ただしここでは、博物館の威容を皮肉たっぷりに語る「自分」の頭上に「恐しいほどな」松の大木が聳えていることにも目をとめておきたい。博物館と同じく「憎々しく曇天の空に繁り栄え」た松もまた、蓮との対照を形づくっている。維新以前からの記憶が重層する上野公園という舞台では、博物館と松との対照に、近代と江戸の対立を読むことができるかもしれない。実のところ松の根もとに腰かける書き手はこの空間のどこにも身を落ちつけられてはいないわけで、おそらくここには、いつの時代にも慰藉を得ることのできない人間の眼が覗いているのである。

この、何にも属さない自己のありようを言葉の方法としてつきつめたところに、明治末から大正の文学における荷風の特徴がある。旧友への違和感を通じて自らを語る『曇天』の物語は白樺派の小説に似ているが、たとえば武者小路実篤の『二日』(明治四〇年)と『曇天』には、実篤の倫理と荷風の厭世といった気質の相違以上に、言葉への態度の決定的な違いがあった。『二日』の書き手が友人に率直な手紙を送り、自分の言葉を信じつづけようとする様は衝撃的だけれども、説得などはじめから考えもしない『曇天』の「自分」は、冒頭に書いた「衰残、憔悴、零落、失敗」の印象的な四語にさえ、同じることができずにいるかのようなのである。『曇天』のやや饒舌な調子のかげにある、〈言葉への孤独〉とでもいうべきこのモチーフの成長は、それぞれ異なる時期に机辺の風景を書いた『花より雨に』(明治四二年)『蟲干』(明治四四年)『初硯』(大正六年)の三篇に読むことができる。

江戸漢詩文やフランス詩への知識を深め、文語文の腕を磨いてゆく過程で、荷風は口語のリズムにもたえず工夫を凝らしており、一人称も二葉亭四迷や国木田独歩ふうの「自分」から「わたし」(「わたくし」)へと切り替えている。しかし次第に明瞭になるのは、どの言葉にも決して自らをゆだねず、あたかも埋葬人が墓を整えるようなやりかたで文体を精錬してゆく作家の姿勢ではないだろうか。変則漢文体で書かれた『東京新繁昌記』の「奇妙な文体」には「時代を再現させるその書の価値が含まれている」と述べ、それは「今日近代的文章と云われる新しい日本文」も同じことかもしれないという『蟲干』の一節に、彼独特の文体認識がすでに見えている。

文語文が滅び、口語文もまた将来滅びさるべき過渡期の形態であるなら、荒廃しきった日本語の様態こそ、廃頽期芸術《デカダンス》の淵源となるだろう。近代の日本語がかかえた混乱そのものを文に表現しようとする実践がここにはある。現在よりも良い日本語がいつか実現しうる、という文体改良者たちの信念を、荷風は彼らとおなじ手続きのもとに拒絶する。言葉への不信ゆえに全ての言葉を精査するこの文体観は、やがて『花より雨に』の一部を利用して書かれた傑作『雨瀟瀟《あめしょうしょう》』(大正一〇年)に結実することになるのである。新時代の成長と見えるものをそのまま荒廃としてとらえ、細部をすみずみまで確かめながら廃墟の美を描き出してしまう眼。そうした眼を持つ書き手にとって、「凡ての新しいものと古いものとが」不統一に集まる銀座は恰好の場所だったにちがいない(『銀座界隈』)。どんな時も「朦朧不定不確実」の境地でいたいと語る『怠倦』(明治四三年)の言葉は、これが慶應に赴任した荷風の韜晦だとしてもやはり重要で、都市を愉しげに活写する『銀座界隈』(明治四四年)にも、「日本の十年間は西洋の一世紀にも相当する」という一節がまぎれこんでいる。西洋よりも時勢の変転が異常に速い都市として東京をみる言葉は既に『ふらんす物語』に見えるが、東京の町々を悠々と歩きまわる荷風は、急激な変貌ぶりにこの都市の脆さと地方性を見てしまう、そんなさめた意識をいつも抱えていた。

＊

実際、東京を描く荷風のこだわりかたには、一時代前に未踏の町々を書きとどめていった探検旅行者たちの記述に通うところがある。都市の細部をこまやかに記憶してたのしむ東京人の闊達さと、生まれ育った首都を、どこか辺境の一都市のように遠くながめる眼と――。この二つが絡み合うがゆえに、荷風の都市描写には郷愁とも批評とも違う味わいが生まれるのだろう。

そうした描写の濃密さ、都市を見る眼の厳しさという点で、『夏すがた』(大正四年)は荷風小説中随一のできばえであると言っていい。妾宅探しが行われる筑土明神下の叙景(一章)に、まずは作家の持つ都市情報の密度が示される。そして神楽坂一帯を「堪えがたい酷暑」に包み、とりすました近郊商業地の仮面を一挙に剝ぎとってみせる荷風の筆力。神楽坂は荷風が幼時から親しんだ土地ではあるが、妾宅の二階から神楽坂一帯を見おろす三章の描写は氏や育ちの問題をはるかに超えて、もはや圧巻というほかはない。「だんだんに低く箱でも重ねたように建込んでい」る芸者家や待合に裸の女たちがごろりと寝そべる様は、ほとんど地中海や南洋の歓楽地を見るかのようなのだ。

この原色の描写は、かえってこの土地における生彩を欠いた性の相貌を浮き彫りにしてもいる、とも言える。『夏すがた』に現れた人物が、いつも現実の何かを模倣している点に注意しよう。お千代にどうしようもなく吸い寄せられる慶三は活動写真で見た「西洋のモデル女の裸体」らしきものをお千代の体に見る。慶三とお千代は隣の待合に他人の情事を覗くとき、ますます「狂気のように猛烈な力で抱合」う。二人の欲情はたしかに暑さでたかぶってはいても、それは案外、複製や他の情事との競合に引きずられた空っぽのエロティシズムなのかもしれない。花柳街に性の記号性を立ち上げてゆく試みは、昭和六年(一九三一)の『つゆのあとさき』へと受け継がれることになる。

しかし『夏すがた』の魅力は、とくに猟奇的でも幻想的でもない現実描写の方法が、読者にもう一つの現実の形を呈示してしまうところにあると言えよう。慶三がお千代の性の痕跡を嗅ぎまわる場面は、田山花袋『蒲団』をどぎつく拡大した気味合いだ。裸体の影像にとらわれた慶三は「白い敷布の上から何物かを捜し出そうとするらしく稍暫く瞳子を据えた後、頻に鼻を摺付けて物の臭でもかぐような挙動をし」、「更に手をば蒲団の下に突込んで隈なく何かをさがし出そう」とまでする。執念が欲情を追い越した中年の性はあますところなく描かれ、荷風はこのほとんど動物と化した人物を、真紅の光のなかに連れだす。

慶三はどうにかして二人の様子、二人の密談を窺おうと逆立するまでに頸と半身を窓の外に差出したが、八月の西日が赫々とさし込む台所には水道の栓から滴る水の音が聞えるばかりである。（三章）

窓から女の動静をうかがう男の、ぎりぎりに身を折り曲げて乗りだした奇態なポーズ。滴り落ちる水の音に「無暗に咽喉が渇いて堪らなくな」る慶三の生理感覚には自然主義の手法が活かされているが、ここに捉えられた奇怪な身体のうごきは、どちらかといえば稲垣足穂の小説の一節に近い。

特徴のない町や、古びた筋書きのなかにある超現実《シュルレアル》の形を、荷風はありふれた技法で無造作に取りだしてしまう。自然主義リアリズムにひそんでいた前衛への通路を、荷風は良く理解していたのだといえよう。『屋根裏の散歩者』や『人間椅子』(ともに大正一四年)の江戸川乱歩をはじめとする雑誌「新青年」のメンバーが都市の人間観を解体してゆくずっと以前に、こうした〈現実の壊れかた〉の描写がありえたことは記憶されていい。

この荷風の手さばきを感知しえた作家たちの側からすると、『にくまれぐち』(昭和二年)はつくづくやりきれない文章だっただろうとあらためて思う。このわるぐちが困りものなのは荷風が経済的に優位な作家だからでも鷗外に連なる文人だからでもなく、人の文章を野卑だとか錬磨がたりないとかいうすね者めいた放言さえ、それについて何か言おうとしたとたんに荷風の言葉で語ってしまうような磁力を持っているためなのである。

三

昭和に入ると荷風は次々に新作を発表し、昭和六年(一九三一)には単行本『つゆのあとさき』を上梓する。『花火』を収めた大正一一年(一九二二)の『雨瀟瀟』以来ひさびさの創作集であり、以後、昭和一〇年代に至るまで、旺盛な創作活動が続く。谷崎潤一郎の『卍《まんじ》』(昭和三―五年)や『盲目物語』(昭和六年)などとあわせ、いわゆる大家復活の動きがめだった時期でもある。同人誌時代における新人氾濫と円本全集の売れ行きが彼らの再登場をうながしたのだが、明治以前の言葉をかかえる作家たちは、出版界や読者の要請を受けつつ、新しい挑戦に乗り出していたのである。

共通するのは、日本古典を活用する手法であろう。谷崎も古典にかかわる作品を多く書いていて、歴史書や講談をつくりかえるその方法には中古中世文学の内在律から長篇小説《ロマン》を再創出する志向があらわである。江戸文学にこだわった荷風の場合、その本領は複数の物語を凝縮したような短篇にあり、『つゆのあとさき』ほかの中篇小説も断片の集積としての性質をいくぶんか持っている。

『あぢさゐ』(昭和六年)では、自分が殺そうとまで思いつめた女を他の男が殺した、という男の身の上が語られる。下谷のお化新道(「お化横町」ともいう)から出た「浮気」な芸者、という君香の境遇は『夏すがた』のお千代に似ているが、衣裳をかえればこうもちがう話になるかと驚かされる。物語を切りつなぐ荷風の技量は、宗吉の話が終わるあたり、「とんだお祭佐七になったかも知れませぬ」という一言にもうかがわれよう。

思う女をかくまって暮らし、一度離れたあげく嫉妬から女を殺してしまう佐七の物語(鶴屋南北『心謎解色糸《こころのなぞとけたいろいと》』)は、宗吉の話と多く重なる。この話が三味線弾きをやめた男の声でかたられるところにも、芸と体験談のあわいを行く小説の用意を見ていいだろう。芝居とちがうのは他の男が女を殺してしまうところだが、死体や殺人についての「噂はとりどり」の語には、樋口一葉『にごりえ』の影が落ちている。書き手がだまって耳を傾けている話は、古い物語にいくつかの角度からの引用が重なりあい、あたかも紫陽花が色――「情人《いろ》」の含意もある――をかえるように、「新内と縁が切れたら今度は太棹」といった調子で変幻してゆくのである。

他人の話を紹介する『あぢさゐ』の形式は明治大正文学の常套でもあるが、当時この方法には、エピソードに引用を含ませ、意味にひろがりを持たせる効果が再発見されていたらしい。書き手と話者の綱引きが物語を塗りかえてゆく作品群のうち、『女中のはなし』(昭和一三年)の書き手はかなり積極的なほうで、語り手である恵美子の話にしきりに質問をさしはさんでいる。一度姿を消したあとダンサーとしてあらわれた恵美子は、パトロンになった男が「おれはお前の兄さんの仇だ」と告げたという話をするのだが、「わたくし」は恵美子がこれをどう感じるかということにただならぬ関心を示していた。『夏すがた』にも聴こえていた「水道の栓から水の滴る響」に、時ならぬ緊迫感が託されていよう。恵美子に「読み始めた小説の結末がどうなるのだろうと思いながら、章を追って行くような興味を覚えたに過ぎな」いという作家は、実は現代における物語のありどころを見さだめようと、「眼を痛くするまでに」(『銀座界隈』)目をこらしているのである。この五・一五事件当時を思いかえす小説には、「路傍の電信柱や、橋の欄干などに貼り出される宣伝の文字」や「流行唄」、ダンスホールの「入口の壁から便所の中まで、隈なく貼出された御触書」などの言葉が溢れてもいた。政治が言葉を追いかけているような時代相を書きとめる「わたくし」は、「むかしなら仇敵《かたきうち》だぜ」と恵美子に水を向け、この告白譚を言葉の手がかりにしようとしているのである。

だからこの一件をこともなげに話す恵美子の「むかしはむかし、今は今ですもの、ねえ、先生」という答えに「わたくし」が何も言えなくなってしまう箇所には、小説家である「わたくし」の見かけ以上の挫折が描かれていたと言っていい。おそらく『花火』の、あるいは『曇天』のころから事態は何も変わっていないのである。書き手は「強く生きよとか、強くなれとか云う言葉」を避ければ「強くなつてねえ。あなた。」という流行歌の「泣寝入りに寐てしまう強者」——物語のカタルシスなど必要としない人の言葉に出会い、双方から等しく遠い位置で黙りこんでしまう。この沈黙は抵抗でもないし順応でもない。言葉で時代を語りえぬ小説家の姿には、物語がはんぱな断片として浮き沈みするほかない時代の姿が映しだされているのである。

＊

ばらばらな断片を寄せ集めるようにして書くことで、かえって時代の姿をくくり出してゆく書きかた。こうした手法はもちろん『濹東綺譚』（昭和一一年）で存分に展開されたものだが、『来訪者』（昭和一九年稿、二一年刊）はこれにもう一つ、真贋のモチーフを絡めた作品である。「わたくし」の偽筆が出回った話を発端とするこの小説は、荷風の実体験に基づいているために贋作問題やモデル論議の俎上に載せられることが多かったけれども、近年にわかに評価が高まりつつある作品のひとつでもある。

「わたくし」が書いたという「怪夢録」の筋書きは、贋作者である白井の艶物語とあちらこちらで呼応する。「怪夢録」では女が金の蛇を漬けた酒を持ってあらわれるのに対し、白井と交渉をもつ未亡人は「蛇屋の娘」。「怪夢録」で夢中の夢に女に会う前には夕陽が「火の海」のように見えたとされるが、白井は未亡人の風貌にダヌンツィオの「炎焔《イルフオコ》」を思い起こす。白井は「新四谷怪談」なる小説を構想するが、「東京近郊のひらけなかった頃の追憶」にもとづく「怪夢録」の叙景には四谷怪談の舞台が含まれていた。おまけに「わたくし」の原稿を体裁や書体、印まで本物そっくりに仕立てた白井は、ふと旧友を思い起こすほど「わたくし」の好みにかなった人物であるとされる。「わたくし」にある意味でよく似た白井が「わたくし」の自筆を贋作し、贋作者である白井の話を、かつてよく似た話を書いた「わたくし」が虚構にしている。贋作事件以来白井を見ていない「わたくし」の行文がリアリティをもつのは、文学の好みが白井と同じで、白井が感じるはずのことを筆にできるという、いわば偽者による保証があるからだ。

『来訪者』はこうしたしかけをもとに、実物と贋物との関係を鏡合わせのようにくりひろげてゆく。自筆と贋作、実作者の旧稿と贋作者の体験、探偵の報告書と木場による白井の話、「わたくし」が現在書いている小説、などなどの伝聞や文書はたがいちがいに重なりあっていて、白井の話と「わたくし」の話を腑分けするどころか、本物とフェイクを見分けることさえむずかしい。極端にいえばこの小説はすべて白井が作りあげた話を「わたくし」に書かせているのだといった荒誕さえゆるしかねないような情報の網を、荷風はしたたかに張りめぐらせているのである。

昭和一〇年代の小説には、文学者をいわゆる私小説よりもさらに大胆に登場させた作品がいくつかある。『来訪者』にもその名が挙がる泉鏡花の『薄紅梅《うすこうばい》』(昭和一二年)、宇野浩二『夢の通ひ路』(同)、佐藤春夫『わが妹の記』(昭和一六年刊。なおこの小説には荷風が登場する）などで、いずれも文壇や世間によく知られた作家の言動が小説のリアリティを攪乱してゆくのだが、なかでも『来訪者』の複雑さは際立っていよう。大正の文学に流行した分身が、ここでは分裂した文書としてあらわれたかっこうだ。文字の確からしさがいとも簡単に消えてゆくこの経緯にこそ、現代における奇譚のかたちが書きとどめられているのかもしれない。

　複数の確からしい物語によって、正しい言葉がありえない場所の輪郭を描くこと。作品が公刊された後の昭和二七年（一九五二）には、「怪夢録」とほぼ同じだがすこし違う内容を持つ『夢』（昭和五年稿）の原稿が、しかも複製によって公表されている（原本は阪本龍門文庫所蔵）。『夢』の公表をゆるす行為が『来訪者』の見えかたをどう変えているか、ぜひ読者に確かめていただければと思う。奇妙な映像や言行を世間にふりまき、何か複製めいた作品をさかんに書いている戦後の荷風の姿も、この論理をたどった先にあるのではないかと、今は考えている。

　言葉がただちに無効になる場所を書きつづけたこれらの文章は、今なお読まれてしかるべきだ。彼の沈黙を聞くことは難しいが無用ではない。何しろ『花火』から百年経っても、荷風の描いた祭りや騒ぎは、その響きを止めていないのだから。

〔編集付記〕

一　本書は、『荷風全集』第六、七、十一、十二、十四、十六、十七、十八巻(岩波書店、第二刷、二〇〇九年六月、十一月、十二月、二〇一〇年三月、四月、六月、八月、九月)を底本とした。

一　原則として、漢字は新字体に改めた。

一　旧仮名づかいを現代仮名づかいに改めた。原文が文語文であるときは、歴史的仮名づかいのままとした。

一　読みにくい語、読み誤りやすい語には、適宜、現代仮名づかいで振り仮名を付した。

一　漢字語のうち、使用頻度の高い語を一定の枠内で平仮名に改めた。平仮名を漢字に変えることは行わなかった。

一　「蟲干」「初硯」の漢文、漢詩の訓読は、堀川貴司氏による。記して謝意を表します。

一　本文中に、今日からすると不適切な表現があるが、原文の歴史性を考慮してそのままとした。

(岩波文庫編集部)

花火《はなび》・来訪者《らいほうしゃ》 他十一篇

2019年6月14日 第1刷発行
2021年10月5日 第2刷発行

作 者 永井荷風《ながいかふう》

発行者 坂本政謙

発行所 株式会社 岩波書店
〒101-8002 東京都千代田区一ツ橋2-5-5
案内 03-5210-4000 営業部 03-5210-4111
文庫編集部 03-5210-4051
https://www.iwanami.co.jp/

印刷・精興社 製本・中永製本

ISBN 978-4-00-360035-1 Printed in Japan

読書子に寄す

——岩波文庫発刊に際して——

岩波茂雄

真理は万人によって求められることを自ら欲し、芸術は万人によって愛されることを自ら望む。かつては民を愚昧ならしめるために学芸が最も狭き堂宇に閉鎖されたことがあった。今や知識と美とを特権階級の独占より奪い返すことはつねに進取的なる民衆の切実なる要求である。岩波文庫はこの要求に応じそれに励まされて生まれた。それは生命ある不朽の書を少数者の書斎と研究室とより解放して街頭にくまなく立たしめ民衆に伍せしめるであろう。近時大量生産予約出版の流行を見る。その広告宣伝の狂態はしばらくおくも、後代にのこすと誇称する全集がその編集に万全の用意をなしたるか。千古の典籍の翻訳企図に敬虔の態度を欠かざりしか。さらに分売を許さず読者を繋縛して数十冊を強うるがごとき、はたしてその揚言する学芸解放のゆえんなりや。吾人は天下の名士の声に和してこれを推挙するに躊躇するものである。このときにあたって、岩波書店は自己の責務のいよいよ重大なるを思い、従来の方針の徹底を期するため、すでに十数年以前より志して来た計画を慎重審議この際断然実行することにした。吾人は範をかのレクラム文庫にとり、古今東西にわたって文芸・哲学・社会科学・自然科学等種類のいかんを問わず、いやしくも万人の必読すべき真に古典的価値ある書をきわめて簡易なる形式において逐次刊行し、あらゆる人間に須要なる生活向上の資料、生活批判の原理を提供せんと欲する。この文庫は予約出版の方法を排したるがゆえに、読者は自己の欲する時に自己の欲する書物を各個に自由に選択することができる。携帯に便にして価格の低きを最主とするがゆえに、外観を顧みざるも内容に至っては厳選最も力を尽くし、従来の岩波出版物の特色をますます発揮せしめようとする。この計画たるや世間の一時の投機的なるものと異なり、永遠の事業として吾人は微力を傾倒し、あらゆる犠牲を忍んで今後永久に継続発展せしめ、もって文庫の使命を遺憾なく果たさしめることを期する。芸術を愛し知識を求むる士の自ら進んでこの挙に参加し、希望と忠言とを寄せられることは吾人の熱望するところである。その性質上経済的には最も困難多きこの事業にあえて当たらんとする吾人の志を諒として、その達成のため世の読書子とのうるわしき共同を期待する。

昭和二年七月

《日本文学(現代)》〔緑〕

- 怪談 牡丹燈籠　三遊亭円朝
- 真景累ヶ淵　三遊亭円朝
- 塩原多助一代記　三遊亭円朝
- 小説神髄　坪内逍遥
- 当世書生気質　坪内逍遥
- 青年　森鷗外
- 阿部一族 他二篇　森鷗外
- 山椒大夫・高瀬舟 他四篇　森鷗外
- 渋江抽斎　森鷗外
- 舞姫・うたかたの記 他三篇　森鷗外
- 鷗外随筆集　千葉俊二編
- 森鷗外 椋鳥通信 全三冊　池内紀編注
- 浮雲　二葉亭四迷　十川信介校注
- 野菊の墓 他四篇　伊藤左千夫
- 吾輩は猫である　夏目漱石
- 坊っちゃん　夏目漱石
- 草枕　夏目漱石
- 虞美人草　夏目漱石
- 三四郎　夏目漱石
- それから　夏目漱石
- 門　夏目漱石
- 彼岸過迄　夏目漱石
- 漱石文芸論集　磯田光一編
- 行人　夏目漱石
- こころ　夏目漱石
- 硝子戸の中　夏目漱石
- 道草　夏目漱石
- 明暗　夏目漱石
- 思い出す事など 他七篇　夏目漱石
- 文学評論 全二冊　夏目漱石
- 夢十夜 他二篇　夏目漱石
- 漱石文明論集　三好行雄編
- 倫敦塔・幻影の盾 他五篇　夏目漱石
- 漱石日記　平岡敏夫編
- 漱石書簡集　三好行雄編
- 漱石俳句集　坪内稔典編
- 漱石・子規往復書簡集　和田茂樹編
- 文学論 全二冊　夏目漱石
- 坑夫　夏目漱石
- 漱石紀行文集　藤井淑禎編
- 二百十日・野分　夏目漱石
- 五重塔　幸田露伴
- 運命 他一篇　幸田露伴
- 努力論　幸田露伴
- 天うつ浪 全二冊　幸田露伴
- 渋沢栄一伝　幸田露伴
- 子規句集　高浜虚子選
- 病牀六尺　正岡子規
- 子規歌集　土屋文明編
- 墨汁一滴　正岡子規

仰臥漫録　正岡子規
歌よみに与ふる書　正岡子規
子規紀行文集　復本一郎編
金色夜叉 全二冊　尾崎紅葉
二人比丘尼 色懺悔　尾崎紅葉
不如帰　徳冨蘆花
謀叛論 他六篇・日記　徳冨健次郎　中野好夫編
武蔵野　国木田独歩
愛弟通信　国木田独歩
蒲団・一兵卒　田山花袋
田舎教師　田山花袋
藤村詩抄　島崎藤村自選
破戒　島崎藤村
春　島崎藤村
千曲川のスケッチ　島崎藤村
桜の実の熟する時　島崎藤村
新生 全二冊　島崎藤村

夜明け前 全四冊　島崎藤村
生ひ立ちの記 他一篇　島崎藤村
にごりえ・たけくらべ　樋口一葉
大つごもり・十三夜 他五篇　樋口一葉
修禅寺物語 正雪の二代目 他四篇　岡本綺堂
高野聖・眉かくしの霊　泉鏡花
歌行燈　泉鏡花
夜叉ケ池・天守物語　泉鏡花
草迷宮　泉鏡花
春昼・春昼後刻　泉鏡花
鏡花短篇集　川村二郎編
日本橋　泉鏡花
外科室・海城発電 他五篇　泉鏡花
湯島詣 他一篇　泉鏡花
鏡花随筆集　吉田昌志編
化鳥・三尺角 他六篇　泉鏡花
鏡花紀行文集　田中励儀編

俳句はかく解しかく味う　高浜虚子
回想 子規・漱石　高浜虚子
有明詩抄　蒲原有明
上田敏全訳詩集　山内義雄　矢野峰人編
宣言　有島武郎
一房の葡萄 他四篇　有島武郎
ホイットマン詩集 草の葉　有島武郎選訳
寺田寅彦随筆集 全五冊　小宮豊隆編
柿の種　寺田寅彦
与謝野晶子歌集　与謝野晶子自選
与謝野晶子評論集　鹿野政直　香内信子編
私の生い立ち　与謝野晶子
入江のほとり 他一篇　正宗白鳥
つゆのあとさき　永井荷風
濹東綺譚　永井荷風
荷風随筆集 全二冊　野口冨士男編
おかめ笹　永井荷風

- 摘録 断腸亭日乗 全二冊 — 永井荷風／磯田光一編
- すみだ川・新橋夜話 他一篇 — 永井荷風
- 夢の女 — 永井荷風
- あめりか物語 — 永井荷風
- 江戸芸術論 — 永井荷風
- 下谷叢話 — 永井荷風
- ふらんす物語 — 永井荷風
- 浮沈・踊子 他三篇 — 永井荷風
- 花火・来訪者 他十一篇 — 永井荷風
- 問はずがたり・吾妻橋 他十六篇 — 永井荷風
- 斎藤茂吉歌集 — 山口茂吉／柴生田稔／佐藤佐太郎編
- 桑の実 — 鈴木三重吉
- 小鳥の巣 — 鈴木三重吉
- 千鳥 他四篇 — 鈴木三重吉
- 鈴木三重吉童話集 — 勝尾金弥編
- 小僧の神様 他十篇 — 志賀直哉
- 万暦赤絵 他二十二篇 — 志賀直哉

- 暗夜行路 全二冊 — 志賀直哉
- 志賀直哉随筆集 — 高橋英夫編
- 高村光太郎詩集 — 高村光太郎
- 北原白秋歌集 — 高野公彦編
- 北原白秋詩集 全二冊 — 安藤元雄編
- フレップ・トリップ — 北原白秋
- 野上弥生子随筆集 — 竹西寛子編
- 野上弥生子短篇集 — 加賀乙彦編
- お目出たき人・世間知らず — 武者小路実篤
- 友情 — 武者小路実篤
- 釈迦 — 武者小路実篤
- 銀の匙 — 中勘助
- 鳥の物語 — 中勘助
- 犬 他一篇 — 中勘助
- 若山牧水歌集 — 伊藤一彦編
- 新編 みなかみ紀行 — 若山牧水／池内紀編
- 新編 啄木歌集 — 久保田正文編

- 時代閉塞の現状・食うべき詩 他十篇 — 石川啄木
- 蓼喰う虫 — 谷崎潤一郎／小出楢重画
- 春琴抄・盲目物語 — 谷崎潤一郎
- 吉野葛・蘆刈 — 谷崎潤一郎
- 卍（まんじ） — 谷崎潤一郎
- 幼少時代 — 谷崎潤一郎
- 谷崎潤一郎随筆集 — 篠田一士編
- 多情仏心 全二冊 — 里見弴
- 道元禅師の話 — 里見弴
- 今年竹 全二冊 — 里見弴
- 萩原朔太郎詩集 — 三好達治選
- 郷愁の詩人 与謝蕪村 — 萩原朔太郎
- 猫町 他十七篇 — 萩原朔太郎／清岡卓行編
- 恩讐の彼方に・忠直卿行状記 他八篇 — 菊池寛
- 父帰る・藤十郎の恋 菊池寛戯曲集 — 石割透編
- 河明り 老妓抄 他一篇 — 岡本かの子
- 春泥・花冷え — 久保田万太郎

大寺学校 ゆく年　久保田万太郎
室生犀星詩集　室生犀星自選
犀星王朝小品集　室生犀星
出家とその弟子　倉田百三
羅生門・鼻・芋粥・偸盗　芥川竜之介
地獄変・邪宗門・好色・藪の中 他七篇　芥川竜之介
河童 他二篇　芥川竜之介
歯車 他二篇　芥川竜之介
蜘蛛の糸・杜子春・トロッコ 他十七篇　芥川竜之介
芭蕉雑記・西方の人 他七篇　芥川竜之介
侏儒の言葉・文芸的な、余りに文芸的な　芥川竜之介
芥川竜之介俳句集　加藤郁乎編
芥川竜之介随筆集　石割透編
蜜柑・尾生の信 他十八篇　芥川竜之介
年末の一日・浅草公園 他十七篇　芥川竜之介
芥川竜之介紀行文集　山田俊治編
都会の憂鬱　佐藤春夫

美しき町・西班牙犬の家 他六篇　佐藤春夫　池内紀編
海に生くる人々　葉山嘉樹
日輪・春は馬車に乗って 他八篇　横光利一
宮沢賢治詩集　谷川徹三編
童話集 風の又三郎 他十八篇　宮沢賢治　谷川徹三編
童話集 銀河鉄道の夜 他十四篇　宮沢賢治　谷川徹三編
山椒魚・遙拝隊長 他七篇　井伏鱒二
川釣り　井伏鱒二
井伏鱒二全詩集　井伏鱒二
太陽のない街　徳永直
伊豆の踊子・温泉宿 他四篇　川端康成
雪国　川端康成
山の音　川端康成
川端康成随筆集　川西政明編
三好達治詩集　桑原武夫　大槻鉄男選
詩を読む人のために　三好達治
夏目漱石 全二冊　小宮豊隆

社会百面相 全二冊　内田魯庵
新編 思い出す人々　内田魯庵　紅野敏郎編
檸檬《レモン》・冬の日 他九篇　梶井基次郎
蟹工船 一九二八・三・一五　小林多喜二
風立ちぬ・美しい村　堀辰雄
富嶽百景・走れメロス 他八篇　太宰治
斜陽 他一篇　太宰治
人間失格・グッド・バイ 他一篇　太宰治
津軽　太宰治
お伽草紙・新釈諸国噺　太宰治
真空地帯　野間宏
日本唱歌集　堀内敬三　井上武士編
日本童謡集　与田準一編
森鷗外　石川淳
至福千年　石川淳
近代日本人の発想の諸形式 他四篇　伊藤整
小説の認識　伊藤整

岩波文庫の最新刊

梶山雄一・丹治昭義・津田真一・田村智淳・桂紹隆 訳注
梵文和訳 **華厳経入法界品**（中）

大乗経典の精華。善財童子が良き師達を訪ね、悟りを求めて、遍歴する雄大な物語。梵語原典から初めての翻訳、中巻は第十八章―第三十八章を収録。（全三冊）〔青三四五-二〕 **定価一一七七円**

ヴァルター・ベンヤミン著／今村仁司、三島憲一 他訳
パサージュ論（五）

事物や歴史の中に眠り込んでいた夢の力を解放するパサージュ・プロジェクト。「文学史、ユゴー」「無為」などの断章や『パサージュ論』をめぐる書簡を収録。全五冊完結。〔赤四六三-七〕 **定価一一七七円**

……今月の重版再開……

ヘミングウェイ作／谷口陸男訳
武器よさらば（上）
〔赤三二六-一〕 **定価七九二円**

ヘミングウェイ作／谷口陸男訳
武器よさらば（下）
〔赤三二六-二〕 **定価七二六円**

定価は消費税 10% 込です　2021. 8

岩波文庫の最新刊

柳井 滋・室伏信助・大朝雄二・鈴木日出男・藤井貞和・今西祐一郎校注

源氏物語(九)
蜻蛉―夢浮橋／索引

浮舟入水かとの報せに悲しむ薫と匂宮。だが浮舟は横川僧都の一行に救われていた――。全五十四帖完結、年立や作中和歌一覧、人物索引も収録。(全九冊)

〔黄一五―一八〕　定価一五一八円

カッシーラー著／熊野純彦訳

国家と神話(下)

国家と神話との結びつきを論じたカッシーラーの遺著。後半では、ヘーゲルの国家理論や技術に基づく国家の神話化を批判しつつ、理性への信頼を訴える。(全二冊)

〔青六七三―七〕　定価一二四三円

大塚久雄著／齋藤英里編

資本主義と市民社会 他十四篇

西欧における資本主義の発生過程とその精神的基盤の解明をめざした経済史家・大塚久雄。戦後日本の社会科学に大きな影響を与えた論考をテーマ別に精選。

〔白一五二―一〕　定価一一七七円

恩田侑布子編

久保田万太郎俳句集

万太郎の俳句は、詠嘆の美しさ、表現の自在さ、繊細さにおいて、近代俳句の白眉。全句から珠玉の九百二句を精選。「季語索引」を付す。

〔緑六五―四〕　定価八一四円

……今月の重版再開……

今野一雄訳

ラ・フォンテーヌ 寓話(上)

〔赤五一四―一〕　定価一〇一二円

今野一雄訳

ラ・フォンテーヌ 寓話(下)

〔赤五一四―二〕　定価一一二二円